Asche über Santorin –

und danach?

- *Geschichte ist die Lüge, auf die man sich geeinigt hat. (Voltaire (1694 - 1778))*

Meinen Enkelkindern Yahel, David, Sophie, Simon, und Julia Appenzeller

Asche über Santorin –

und danach?

Roman

Verena Appenzeller

Bibliografische Information der Deutschen Nationalbibliothek: Die Deutsche Nationalbibliothek verzeichnet diese Publikation in der Deutschen Nationalbibliografie; detaillierte bibliografische Daten sind im Internet über www.dnb.de abrufbar.

Copyright © 2015 Verena Appenzeller
Herstellung und Verlag:
BoD - Books on Demand, Norderstedt
ISBN   978-3-7386-2920-0

PROLOG

Santorin – Trauminsel! Atemberaubender Blick in die Caldera, Luxusunterkünfte über dem Abgrund, schwarzsandige Strände …

Doch sah das immer schon so aus?
War da nicht einst eine mächtige Handelsstadt mit komfortablen Häusern voller farbiger Fresken? Tatsächlich, seit 1967 wird fleissig ausgegraben, eine komplette minoische Stadt wird ans Licht hervorgeholt und bringt Liebhaber wie Forscher der Minoer ins Schwärmen. Da kann Kreta vor Neid erblassen.
Ein riesiger Vulkanausbruch 1645 v.Chr. zerstörte alles auf einmal, nicht nur die Stadt; die gesamte Insel wurde verändert, ein kläglicher Ring mit stotzigen Rändern blieb zurück, bedrohlich, doch grandios.

Untergang einer Stadt – wahrhaftig ein dramatisches Ereignis! Stoff genug für hundert Geschichten. Da gibt es jede Menge packender und erschütternder Szenen zu schildern. Da ist etwa, wie in Troja und Karthago, von grimmigen Unholden zu berichten, die Blut spritzen lassen, von stöhnenden Sterbenden und wehklagenden Trauernden. Oder da ist wie in Akrotiri und Pompeji von entfesselter Natur zu lesen, von Steinen und glühender Asche, die unerbittlich alles Lebendige unter sich begraben. Jedenfalls liefert ein Untergang, eine grausame Zerstörung, Spannung und Stoff genug, um den Leser noch tiefer in seinen Lehnstuhl sinken zu lassen und ihm Schauder über den Rücken zu jagen.

Und danach?
Was dann später geschieht an dem Ort der Katastrophe, ist um einiges weniger spektakulär. Trümmer, die nicht mehr rauchen, tote Steine, Öde und Leere. Kein Leben, keine Farben, kein Laut, nichts als verwahrlostes Land, unansehnliche Brache. Bei der Zerstörung von Karthago halfen die siegreichen Römer gar noch selber kräftig mit, das gewünschte Bild zu erzeugen: Sie streuten Salz auf die Ruinen, nie mehr sollte an dieser Stelle etwas gedeihen, kein Baum, kein Strauch, kein Mensch.
Doch irgendwann wachsen wieder Pflanzen, finden sich Tiere ein, und früher oder später kommen Menschen und möchten den leeren Raum für sich nutzen. Oft wissen sie nicht, was da früher alles an Häusern und Strassen bestanden hat, ob überhaupt schon einmal

Menschen hier gelebt haben. Sie sehen das leere Land, und sie ent-schliessen sich, hier ein neues Leben aufzubauen. Dieses andere Ende eines Untergangs ist weit weniger sensationell, kann aber durchaus auch seine Tücken und Spannungen haben.

Dieses Buch erzählt von dem, was auf Santorin danach kam.
Wie kam das arg lädierte Inselreststück wieder zu neuem Leben?

Wenig Genaues weiss man über Datum und Art der Wiederbesied-lung. Hier einige zufällige Angaben aus Reiseführern oder Internet-seiten:
Um 1300 v.Chr., besiedelten Phöniker die Insel, später um 1050 v.Chr. eroberten Spartaner die Insel. - Eine erste Besiedlung Alt-Theras soll im 6. Jahrhundert erfolgt sein. - Im 9. Jahrhundert v. Chr. wurde das Eiland von den Lacedaemoniern (Dorern) übernommen

Quellen:

Die vorliegende Geschichte basiert in den alten Teilen auf antiken Quellen, die moderne Zwischengeschichte ist rein erfunden. Sie soll in entspannter Art zeigen, wie heutige Griechen und Besucher etwa mit der Tradition umgehen.

Pikante Einzelheiten und Namen liefert uns, wie so oft, Herodot *(*490/480 v. Chr.; †um 424 v. Chr., ein antiker griechischer Ge-schichtsschreiber, Geograph und Völkerkundler (Wikipedia))*. Aller-dings wird er nicht in allen Teilen als wörtlich zu nehmende Quelle angesehen, doch bedient man sich seiner gern, wenn es irgendwelche Lücken im Wissen zu füllen gibt.
Auch Pausanias *(*um 115 n. Chr. in Kleinasien; †um 180 n. Chr., ein griechischer Reiseschriftsteller und Geograph. manchmal auch zu den Historikern gerechnet (Wikipedia))* ist eine reichhaltige Quelle für die Kenntnis des antiken Griechenlandes. Von ihm über-liefert ist die „Beschreibung Griechenlands" in zehn Büchern, wo er über Örtlichkeiten, Gebäude, Routen, Gebräuche, Religionen in aller Buntheit berichtet.

Hier die Texte des Herodot und des Pausanias für Leser, die es be-sonders genau wissen wollen. Die allerwichtigsten Stellen tauchen auch im Text des Romans auf.

Herodot Buch 4, 145 - 148

145 Die Kindeskinder der Argofahrer wurden ... aus Lemnos vertrieben und segelten von dannen nach Lakedämon, und setzten sich auf dem Taygetos und zündeten Feuer an. Als die Lakedämonier das sahen, sandten sie einen Boten, um zu fragen, wer und von wannen sie wären. Sie aber sagten dem Boten auf seine Frage, sie wären Minyer und Kinder der Helden, die auf der Argo gefahren; ... die Lakedämonier ... fragten, in welcher Absicht sie in ihr Land gekommen und Feuer angezündet. Sie aber sagten,... sie kämen zu ihren Vätern ... sie bäten um Wohnung bei ihnen und dass sie der Ehren teilhaftig würden und auch ihr Stück Land bekämen. Die Lakedämonier beschlossen, die Minyer unter diesen Bedingungen aufzunehmen. ... Sie nahmen also die Minyer auf und gaben ihnen ihr Stück Land ...

146 Kaum aber war einige Zeit vergangen, so wurden die Minyer alsbald übermütig und verlangten Teil an dem Königreich und verübten andere frevelhafte Dinge. Die Lakedämonier beschlossen nun, sie zu töten, ergriffen sie und warfen sie in das Gefängnis. .... Als sie nun umgebracht werden sollten, baten es sich ihre Weiber aus, ... in das Gefängnis zu gehen und sprechen zu dürfen mit ihren Männern. Und sie bewilligten ihnen das, indem sie sich gar nichts arges von ihnen versahen. Als die Weiber aber hineingekommen, thaten sie also: Sie gaben ihre ganze Kleidung, die sie anhatten, ihren Männern und zogen selber die Kleidung der Männer an. Die Minyer aber zogen die Weiberkleider an und gingen heraus, als wenn sie die Weiber wären, und als sie auf diese Art entkommen, setzten sie sich wiederum auf dem Taygetos.

(147) Zu derselben Zeit segelte auf Ansiedelung von Lakedämon Theras, der Sohn Autesions, ...Dieser Theras war ein Kadmeier und der Mutterbruder von den Söhnen des Aristodemos, dem Eurysthenes und Prokles. Und da diese noch ganz kleine Kinder waren, hatte Theras das Königreich in Sparta als Vormund. Als aber seine Neffen gross wurden und die Herrschaft übernahmen, konnte es Theras nicht ertragen, sich von anderen beherrschen zu lassen, da er die Herrschaft selber gekostet, und sagte, er wollte nicht in Lakedämon bleiben, sondern zu seinen Verwandten fortschiffen. Es waren aber auf der Insel, die jetzt Thera heisst, dieselbe, die früher Kallista genannt wurde, die Abkommen des Membliaros, des Sohnes des Peukiles, eines Phönikers. Denn Kadmos, des Agenor Sohn, landete auf der heutigen Insel Thera, als er die Europa suchte. Und da er angelandet, gefiel ihm nun die Gegend oder wolle er es sonst gerne

thun, kurz er liess auf dieser Insel mit mehreren anderen Phönikern auch den Membliaros zurück, der war von seinen Verwandten. Diese wohnten auf jener Insel Kallista acht Menschenalter, bevor Theras von Lakedämon kam.

(148) Zu diesen nun wollte Theras mit vielem Volk aus den Stämmen, um mit ihnen zusammen zu wohnen und keineswegs, um sie zu vertreiben, sondern er war sehr freundschaftlich gegen sie gesinnt. Nachdem nun aber die Minyer nach der Flucht aus dem Gefängnis sich auf dem Taygetos gesetzt, und die Lakedämonier beratschlagten, sie zu vernichten, bat Theras für sie, dass kein Mord und Totschlag geschähe, und nahm es über sich, sie aus dem Lande zu führen. Und als die Lakedämonier ihm alles zugestanden, segelte er mit drei Dreissigruderern ab zu den Nachkommen des Membliaros. ... Die Insel aber bekam den Namen Thera von dem Anbauer.

(Die Geschichten des Herodotos, übersetzt von Friedrich Lange, Breslau 1824, neu herausgegeben von Dr. Otto Güthling   1885, Leipzig, Druck und Verlag von Philipp Reclam Jun.)

l

Pausanias, Beschreibung Griechenlands 3,1,7

Seine Söhne hießen Prokles und Eurysthenes; obgleich Zwillinge, waren sie doch im höchsten Grad zwieträchtig. In so großer Feindschaft sie indes lebten, so unterstützten sie doch gemeinschaftlich den Theras, des Autesion Sohn, der ein Bruder ihrer Mutter Argeia und ihr Vormund war, bei der Gründung einer Kolonie. Diese Kolonie führte Theras nach der damals Kalliste genannten Insel, in der Hoffnung, die Nachkommen des Membliaros würden ihm freiwillig das Königtum abtreten. was sie denn auch taten indem sie in Betracht zogen, dass das Geschlecht des Theras auf Kadmos selbst hinaufging, sie aber Nachkommen des Membliaros waren; den Membliaros aber, einen Mann aus dem Volk, hatte Kadmos, als Führer der Kolonie, auf der Insel zurückgelassen. Theras änderte nun den Namen der Insel nach dem seinigen, und noch jetzt bringen die Theraier ihm als ihrem Gründer alljährlich Totenopfer. In ihrer Zuneigung zu Theras also waren Prokles und Eurysthenes einträchtig, im übrigen gingen ihre Pläne in allen Stücken auseinander (Übersetzung J.H.C.Schubart, , 1860, 1903-7 (überarbeitet)).

Personen

1 Santorin 2014

Etwas musste geschehen.

Nikos kratzte sich am Kopf und schaute seinen Toyota an. Da gab es nichts schönzureden, neben den andern Taxis wirkte er wie eine runzelige Grossmutter inmitten von rosigen Kindern. Warum, warum hatte er heute morgen die Kurve oben bei der Einmündung in die Hauptstrasse so eng und auch etwas zu forsch genommen, so dass nun zu allen andern Kratzern und Beulen noch eine ganz neue höchst augenfällige Schramme am rechten Schutzblech den Blick auf sich zog?

Und warum nur waren vor einer Woche plötzlich drei neue Taxis dagestanden, genau vor dem Ausgang des Flughafens Santorin? Dass die Feriengäste aus den Charterflugzeugen zuerst auf diese zusteuerten, konnte man ihnen nicht einmal verargen.

Auch heute wieder – es war drückend heiss, es war totenstill auf dem Flugplatz, nur von Zeit zu Zeit brummte in der Ferne ein Motor auf. Jeder andere Taxi war weg, und Nikos blieb als einziger übrig.

Er richtete sich entschlossen auf. So konnte es nicht weitergehen, es musste etwas geschehen. Immer weniger Einkünfte mit dem Taxi, und immer mehr Kosten mit den Kindern.

Heute morgen war ein SMS aus Athen gekommen von Spyridon, seinem ältesten Sohn, der ein Studium als Bauingenieur begonnen hatte. Er war einer der glänzendsten Schüler auf Santorin gewesen, und jedermann riet ihm, eine Universität zu besuchen. Das erste Jahr war bestens durchgestanden. Spyridon hatte in den Prüfungen mit Höchstnoten brilliert. Daneben hatte er als Kellner in einem angesehenen Estiatorio in der Plaka gearbeitet und sich mit seinem Charme zum Lohn hinzu noch ein erkleckliches Trinkgeld angelächelt.

Doch heute meldete er, dass die Taverne Ende Oktober schliesse, da die Touristen ja ausblieben. Es erging vielen Studenten gleich; sie alle hatten Sommerjobs. Es sei beinahe unmöglich, den Winter hindurch neben dem Studium eine Arbeit zu finden. Tausende Studenten, die in der gleichen Lage waren wie er, rissen sich um die paar lausigen, schlecht bezahlten Jobs, die noch übrig blieben, sei es in der Müllabfuhr, in der Nachtwache in einem Spital oder in der Reinigung der Athener Untergrundbahn. Er werde sein Studium wohl abbrechen müssen, wenn es seinen Eltern nicht möglich sei, ihn durch das Winterhalbjahr mit etwas mehr Geld zu unterstützen.

Sollte Nikos als stolzer Vater wirklich den vielversprechenden Ingenieur auf die Insel zurückrufen müssen, klein und beschämt, und ihm eine glänzende oder wenigstens erträgliche Zukunft ein für alle Mal verderben?

Zum Glück war der zweite Sohn, Angelos, kein Problem. Er war das Gegenteil zu seinem feingliederigen Bruder, gross und breit gewachsen, mit unbändiger Kraft in seinen Armen und Beinen. Was er anpackte, wurde schwungvoll und energisch erledigt. Jetzt im letzten Schuljahr schmiedete er eifrig die phantastischsten Berufspläne. Er war ein durchschnittlicher Schüler, da lag zum Glück kein teures Studium drin. Irgendwie würde der sich durchschlagen, am liebsten auf einem Schiff auf dem weiten Ozean. Warum auch nicht?

Schlimm war, dass sein kleiner Michalis, der ihnen nach zehn Jahren noch geschenkt worden war, auch keine besseren Aussichten hatte, wenn nicht irgendein Wunder geschah. Michalis, erst fünfjährig, und schon so selbständig und klug! In dem steckte ein regelrechter Professor, so interessiert und aufgeweckt, wie er sich heute schon gab.

Nikos verstand die Welt nicht mehr. Wie war es möglich, dass er es nicht fertig brachte, genügend Geld für fünf Leute zusammenzukratzen? Lieber nicht daran denken, wie man das nannte: Versager.

Natürlich gab es genug Beispiele unter seinen Freunden und Bekannten, die echte Versager waren, nicht fähig, eine Familie zu erhalten; aber bei all denen war da irgendein Grund zu finden, ein Haken – sie waren nicht intelligent, nicht wagemutig, oder es haperte mit der Gesundheit.

Bei ihm gab es nicht das Geringste zu bemängeln, ganz im Gegenteil. Er wäre eigentlich der Vorzeige-Taxichauffeur von Santorin, fand er selber. Seine Jeans waren makellos sauber und auch sein weisses T-Shirt zeigte keinen Flecken; ein grünes Kleeblatt, das Signet seines Lieblingsclubs, des Panathinaikos, schmückte dezent den Rücken. Sportlicher Körper, trotz seiner 43 Jahre immer noch von Energie und Muskelkraft strotzend, gebräuntes Gesicht mit einer Nase, die die phantasiebegabteren Gäste aus dem Norden als griechisch bezeichneten. Seine Arme hoben mit Schwung auch das schwerste Gepäckstück in den Kofferraum, und wenn es sein musste, stieg er mit dem Koffer auf der Schulter auch noch beschwingt und pfeifend die hundert Stufen hinunter zu den etwas exponierteren

Unterkünften in der Calderawand, ohne sich auch nur eine Schweissperle von der Stirne wischen zu müssen.

Gut, er war beinahe nie weg von seiner Insel gewesen, er kannte die Welt draussen nur durch Schule und Kurse, durch Zeitungen, Fernsehen und Internet. Doch was da geboten wurde, war das nicht reichhaltig genug, um mitreden zu können? Auch Englisch hatte er fleissig gelernt und sprach es so gut wie mancher, der sich brüstete, in England oder gar Amerika zur Schule gegangen zu sein.

Aber was scherte das die Touristen, solange das Auto nicht so schön neu glänzte? Die Gäste, die auf Santorin landeten, hatten entweder genug Geld, um sich ein anständiges, möglichst modernes Taxi zu leisten, oder hatten gar keines, waren Tramper und fuhren sowieso mit dem öffentlichen Bus.

Es war allzu billig, die ganze Schuld auf die böse Weltlage zu werfen. Andern ging es genau gleich, jeder musste selber schauen, wie er sich durchbeissen konnte.

Dran bleiben, durchhalten bis zuletzt war sein Motto. Er sah sich als direkten Nachkommen des Odysseus, seines grossen Vorbilds. Dem hatte niemand geholfen in all seinen schwierigen Lagen, doch in ihm waren, genau wie in Nikos heute auch, alle wunderbaren griechischen Eigenschaften vereint gewesen, die zum Überleben notwendig waren: das übliche wie Gesundheit, Kraft, Durchhaltewillen; und dazu noch das typisch Griechische: Ideen, Pfiffigkeit, und obendrein ein Beutel voller Listen, stets griffbereit. So ausstaffiert hatte Odysseus schliesslich gesiegt.

Augen auf, Ohren auf – irgendeine Rettung musste sich zeigen.

Trotzig setzte sich Nikos wieder hinter sein Steuer und tat so, als ob er die Sportzeitung höchst interessiert studiere. Doch seine Gedanken waren oben an der Durchgangsstrasse in Fira, an der 25 Martiou. Dort hatte nämlich Kostas von der Autovermietung Caldera-Cars im Augenblick eine wunderhübsche Octavia zu verkaufen, eine einmalige Occasion, nur gut 18000 Kilometer gefahren, sehr gepflegt, sozusagen neu. Er würde den Wagen für 12000 Euro abgeben, nur weil Skoda jetzt unter diesem Namen ein moderneres Modell mit Automat führte. Das wäre genau, was er sich erträumte.

Er würde ihn nämlich nicht nur als Taxi brauchen; das auch, notgedrungen. Doch er hatte da eine Idee in seinem Hinterkopf, ein neuartiges Angebot für gutbetuchte Touristen, ein Nischenprodukt, wie es so schön hiess: Er wollte die Octavia als privaten Ausflugswagen einsetzen.

Das war etwas für besonders flexible Chauffeure. Seit nämlich die Kreuzfahrtschiffe die Grösse von mittleren Städten angenommen hatten und nicht Hunderte, sondern Tausende von Reisenden unten in Athinios aus den dicken Bäuchen spuckten, war individuelles Sightseeing gefragt. Das Bedürfnis, sich endlich von der Masse abzusetzen und etwas anderes zu erleben, war geboren. Die anonymen Tausende warteten wie geduldige Schafe, bis sie einem Bus zugewiesen wurden, der dann endlich zu einer mehr oder weniger interessanten Fahrt über die Insel losschwankte. So vertrödelten sie die halbe kostbare Zeit auf Santorin mit Warten und Zuteilen und mit Ein- und Aussteigen.

Nun hatte es auf solchen Schiffen immer Rosinenpicker dabei, Individualisten, die es auf die besondere Art mochten. Sie hatten sich kundig gemacht in einem speziellen Reiseführer, der Geheimtipps anpries, und wollten nun etwas sehen, was die grosse Meute nicht sah, und das möglichst sofort, sobald sie nämlich aus dem Schiffsbauch ausgespien waren. Kosten Nebensache. Man ist ja schliesslich nicht jeden Sommer auf Santorin. Ein Flyer, geschickt verteilt auf den grossen Schiffen, würde ihnen genau das anbieten, was sie suchten – etwas Individuelles. Um solche Sonderwünsche zu erfüllen, wäre er in einem schnittigen Auto gleich an der Ausgangsrampe des Kreuzfahrtschiffes genau der rechte Mann. Sogleich einsteigen zu einer Rundfahrt! Vier oder sechs Stunden, je nach Wunsch, auch mit Mittagessen bei Onkel Pavlos in der schattigen Taverne in Pyrgos. Er wäre der humorvolle, beschlagene Fremdenführer. Und was er als Trumpf zu bieten hätte: seine Kenntnisse in Archäologie und Geschichte von Santorin waren weit mehr als durchschnittlich, sie waren hervorragend. Auch zur Geologie, zur Form der Insel, zum Vulkan wusste er einiges mehr als die üblichen Führer. Er liebte seine Insel, hatte sich über alle Aspekte immer wieder auf dem Laufenden gehalten, und er konnte das alles spannend und locker präsentieren. Seine Erklärungen waren erst noch alle, oder wenigstens die meisten, korrekt.

Er hätte auch gern eine ganze Busladung geführt und mit seinem Witz und seinen Belehrungen erkleckliche Trinkgelder eingenommen. Doch das war für ihn unmöglich, dazu brauchte man nämlich die besondere Lizenz als Fremdenführer, die nur nach einem zweieinhalbjährigen Studium in Athen zu erringen war. Das konnte er sich beim besten Willen nicht leisten. Was jedoch das Fachwissen anbetraf, da konnte wohl keiner dieser studierten Officials ihm das Wasser reichen. In ihrer teuren Ausbildung hatten sie nämlich ganz

13

Griechenland zu lernen. Was nützte es einem Führer auf Santorin, die Länge der Rennbahn in Olympia oder das Datum der Schlacht bei den Thermopylen oder die Säulenordnung in Bassai auswendig zu wissen? Für Santorin genügten Kenntnisse über Santorin, basta, und da übertraf er haushoch alle die Guides in ihren albernen Uniformen und der Plakette „Official Guide". Er brauchte keine Plakette, sein Charme würde schon genügend Kunden anlocken, und sich in etwas kleiden, das bei oberflächlichem Hinschauen wie eine Uniform aussah, war auch kein Problem.

Doch unterdessen war sein Auto wirklich schrottreif, und eine Reparatur würde mehr kosten, als er in einem halben Jahr verdiente.

Er riss sich zusammen. Er war nicht dazu geboren, klein beizugeben, etwas würde sich finden. Nur was?

Um sich auf andere Gedanken zu bringen – warum nicht rasch Dimitrios einen Besuch abstatten? Das heiterte ihn jedes Mal auf. Beim nächsten Charter würde er es nochmals am Flugplatz versuchen. Nicht dass er sich Kunden versprach, aber man durfte wirklich nichts unversucht lassen.

Der alte Dimitrios, klein und gebückt, war gerade daran, seine Kasse und seine Eintrittskarten zusammenzuräumen, kurz bevor er das Museum schloss. Nicht dass er einen Ansturm von Besuchern gehabt hätte – waren es heute sieben oder acht gewesen? Das „Archäologische Museum", wie man es immer genannt hatte, war kein Renner mehr, seit das neue „Prähistorische" eröffnet worden war.

Dass das „Prähistorische" ein Schlager würde, war zu erwarten, zeigte es doch ausschliesslich Funde aus der dramatischen Ausgrabung von Akrotiri, einer perfekten, wunderschönen minoischen Stadt mit mehrstöckigen Häusern, Abwasserrohren und farbigen aufschlussreichen Fresken. Eine ganze Stadt war beim gigantischen Vulkanausbruch 1645 v. Chr. völlig zugedeckt worden, erstarrt, und unter der Lavaschicht vollkommen erhalten geblieben, wie wenn sie sorgfältig in Watte gepackt worden wäre. Und das bis 1964! Als sie endlich entdeckt wurde, ging diese Sensationsmeldung um die ganze Welt. Ein Wunder aus der Minoischen Zeit, tausend Jahre älter – tausend Jahre sind kein Pappenstiel! – als alles antike Griechische! Und tausend siebenhundert Jahre älter als das malträtierte Pompei.

Hier standen nun auf einmal die rätselhaften Minoer lebendig vor Augen, und das alles auf einer winzigen Insel, auf Santorin! Man konnte es den Wissenschaftlern und vor allem den Touristikmogulen nicht verargen, dass sie kräftig auf die Pauke schlugen und möglichst viel Kapital aus diesem einmaligen Fund herausholten. Ein neues perfektes Museum musste her, das „Prähistorische". Es lag an der Zufahrtsstrasse zur Hauptstadt Fira und war daher wie nur weniges in Fira mit dem Auto oder gar Bus erreichbar. Es war topmodern, erdbebensicher, überschaubar, nach der neuesten Museumsdidaktik eingerichtet, mit funktionalen Kästen aus blendfreiem Spezialglas, klar angeschrieben, genial beleuchtet, einfach perfekt. Und erst noch klimatisiert. Es nannte sich elegant „Museum of Prehistoric Thera".

Von diesem Wunder hatten die Leute gehört. Nicht dass die Blitztouristen viel Unterschied sahen zwischen prähistorisch und historisch – alt ist alt – aber das war ein Muss auf der teuren Mittelmeerkreuzfahrt, das wollten sie besuchen.

Da hatte es das altehrwürdige archäologische Museum daneben schwer. Der Bau aus 1902, der dann nach dem grossen Erdbeben 1956 erneuert worden war, war nur zu Fuss zu erreichen. Es zeigte brav und traditionell in den üblichen Glasschränken historisch datierbare Funde der Griechen- und Römerzeit. Ähnliches sah man auf jeder griechischen Insel und in jeder griechischen Stadt, die das Schiff anlief, so oder so.

Nikos setzte sich zu Dimitrios. Hier im „Archäologischen" war ihm wohl, hier hatte er eine Art Heimatgefühl, hier war er unter seinen echten griechischen Vorfahren. Die hatten griechisch geredet und griechisch geschrieben. Waren ihre archaischen und geometrischen Töpfe nicht wundervoll? Die rätselhaften Minoer im Prähistorischen Museum und in Akrotiri mit ihrer so perfekten Zivilisation waren ihm eher fremd, oft gar unheimlich. Man kannte nicht einmal ihre Schrift und ihre Sprache!

„Etwas Neues von Theras?" fragte Nikos fröhlich. Das war die übliche Begrüssungsformel. Er wusste zwar nur zu gut, dass nichts Neues zu erwarten war, denn die griechisch-römische Stadt Alt Thera war radikal untersucht, systematisch erforscht und ausgegraben worden, und das schon zwischen 1895 und 1904 durch den deutschen Archäologen Friedrich Hiller von Gaertringen, auf eigene Rechnung!

Dimitrios grunzte zufrieden.

Seine tiefliegenden kleinen Augen spähten wach unter weissen Locken hervor. Er war stolz darauf, einmal drei Semester in Athen Geschichte studiert zu haben. Allerdings ging dann seinen Eltern das Geld aus, und er wurde zurück auf die Insel beordert, um einer Arbeit nachzugehen. Er hatte damals das grosse Glück, als Lehrer angestellt zu werden. Daneben blieb ihm noch Zeit, sich in die Archäologie und Geschichte von Santorin zu vertiefen. Und als man ihm

15

nach seiner Entlassung als Lehrer die Aufsicht über das Archäologische Museum übertrug, war er mehr als zufrieden mit seinem Schicksal.

Er war sein eigener Meister im Museum, Wächter, Kassier, Ordner, Führer, Sicherheitsbeamter, Putzmann ... was immer anstand. Er war zwar schon ein gutes Stück über siebzig, doch die Obrigkeit war froh, einen so zuverlässigen und erst noch billigen Wächter zu haben.

Es war ihm egal, wenn Besucher nur sehr spärlich eintrafen. Es war ihm sogar recht, denn dann waren es wenigstens Leute, die sich besonders interessierten, und nicht einfach Horden, die sich wie Schafherden durch Akrotiri und das neue Museum schleusen liessen, weil sie schliesslich für einen Ausflug zu einer Dreistern-Sehenswürdigkeit bezahlt hatten. Ob sie nachher eine Ahnung hatten, was das alles bedeutete, fragte sie niemand.

Aber das war wohl der Fall mit allen Besichtigungen auf solchen Blitzkreuzfahrten durch das ganze Mittelmeer. Alles anzusehen, einzuordnen, zu bewundern und zu schätzen – dazu brauchte es eher sieben Jahre als sieben Tage.

Dimitrios setzte sich auf die Bank neben Nikos. Er schmunzelte.

„Neues von Theras? Nichts Besonderes. Das übliche: Ein Professor aus dem Libanon, dem alten Phönizien, fragt wieder einmal, wohl zum hundertsten Mal, ob nicht doch Funde aus der Zeit vor den Spartanern ans Licht gekommen seien. Kurz vor Theras, dem Spartaner, nicht Minoisches von vor dem Vulkanausbruch. Davon haben wir jetzt wirklich genug hier auf der Insel."

Jetzt wurde er wieder ganz der alte Lehrer, der einen neugierigen Schüler vor sich hatte.

„Jedermann weiss, dass die Insel nach dem Vulkanausbruch etwa sieben Jahrhunderte lang leer war, und erst dann, etwa im 9. Jahrhundert vor Christus, neu besiedelt wurde, nachdem sich die Natur erholt hatte und wieder zu blühen begann. Aber die ersten Neusiedler sollen nicht Spartaner gewesen sein, wie wir es unsern Kindern beibringen. Wissenschaftler sagen, die kamen etwas später. Vorher waren schon andere da, Phönizier, Siedler aus dem Nahen Osten, aus dem Libanon. Denn so sagt das Herodot."

„Und was haben ihm unsere Archäologen diesmal geantwortet?"

„Eine kurze Antwort haben sie dem phönizischen Professor gegeben, nämlich ihr ewiges ceterum censeo der letzten vierzig Jahre: „Auf ganz Santorin sind bisher noch keine Spuren von phönizischer Besiedlung gefunden worden." Als ob sie gesucht hätten! Die wollen doch einfach nicht wahr haben, dass möglicherweise schäbige Fremdlinge aus dem Osten je den Fuss auf ihre ach so durch und durch griechische Insel gesetzt hätten. Unsere Archäologen suchen lieber gar nicht in dieser Richtung. Die graben jetzt sowieso nur noch in Akrotiri, und wieder in Akrotiri, alles andere interessiert sie nicht, am allerwenigsten die Phönizier! Stell dir vor – Leute aus Asien als Urväter auf der allerschönsten und allergriechischsten Insel – undenkbar, eine Schande!"

Er grinste. Das war sein Credo, und er genoss es sichtlich, es wieder einmal einem andächtig Lauschenden herunterzubeten.

„Und wenn sie etwas fänden, ich glaube, sie würden es rasch wieder vergraben."

Wieder schmunzelte er vor sich hin.

„Die Leute aus dem Libanon pochen aber immerhin auf Herodot," fügte er noch bei.

„Herodot? Ja, an den erinnere ich mich noch gut aus deinen Geschichtsstunden in der Schule. Kann man den verstehen?"

„Allerdings, in bestes modernes Griechisch übertragen habe ich ihn hier in meiner Schublade. Willst du ihn dir mal ansehen?"

„Noch so gerne. Ich habe wieder einmal keinen Kunden gehabt. Das Taxigeschäft läuft für mich gar nicht mehr."

Dankend steckte Nikos das Buch in seine Jackentasche und verabschiedete sich.

Es blieb ihm nichts anderes übrig, als es wieder am Flughafen zu versuchen. Eine andere Wahl hatte er nicht. Es musste Geld hereinkommen, geschehe was wolle, und jeder Euro war besser als gar keiner. Ariadni sollte sich nicht noch mehr abrackern müssen für die Familie. Als Zimmerfrau im Atlantis-Hotel erhielt sie nicht einmal ganze vier Euro Stundenlohn.

Missmutig sass er hinter dem Steuer und wartete. Wieder war die Menge aus dem Charterflug versorgt und davongebraust.

Er musste einfach auf ein Wunder hoffen.

Und er sollte nicht enttäuscht werden.

2 Sparta 9. Jahrhundert v. Chr.

So gedemütigt hatte ihn noch nie jemand. Er war richtig zur Schnecke gemacht worden.

Hatte doch tatsächlich heute morgen das blutjunge Bürschchen Prokles zu ihm gesagt:

„Es ist unser Wunsch und Befehl, Onkel, dass du von nun an den Palast nicht mehr betrittst, ohne dazu aufgefordert zu werden, so wie alle andern Bürger auch."

Sparta, sein geliebtes Sparta, war ihm gründlich verleidet. Benommen torkelte Theras auf die Strasse hinaus, und beinahe wäre er vor einen Eselskarren geraten, der eben mit Kürbissen beladen zum Markt schwankte.

Das Ärgerliche an seiner Lage war, dass er selbst schuld war.

Er hätte sich nämlich all das ersparen können, wenn er vor zwölf Jahren die Weichen anders gestellt hätte, wenn er damals nicht ein theatralischer Held hätte sein wollen, sondern ein normaler Mensch. Sein Hang zu Pomp und Feierlichkeit hatte ihn wieder einmal eingeholt.

Zugegeben, es war ein hehrer Augenblick gewesen, damals vor zwölf Jahren – eine Schlacht für das Vaterland, der Feind geschlagen, der Sieg errungen. Rundum auf dem Schlachtfeld Schmerzensschreie und Stöhnen der Sterbenden und Verwundeten, Geruch von dampfendem Blut. Und der König, sein Schwager, lag sterbend in seinen Armen, sein Leben opfernd für sein Volk. Patriotisch, rührend, erschütternd.

Theras war in einer Gemütsverfassung gewesen, die sich für diese Lage geziemte, und hatte seinem röchelnden Schwager ins Ohr geflüstert, dass er an seiner Stelle so lange regieren würde, nicht als König, sondern bloss als Regent, bis seine beiden Söhne, echte Königssöhne, volljährig würden.

Keine Seele hatte das gehört. Nach der Schlacht hätte er dieses Versprechen unschwer unterschlagen können. Andere, ja die meisten, hätten es ohne Gewissensbisse getan, denn was wogen schon Trostworte an einen Sterbenden? Mit anderer Leute Kindern als Thronanwärtern ging man meist wenig zimperlich um. Da hätte er genügend Vorbilder gehabt. Es wäre ein Leichtes gewesen, die Söhne zu übergehen oder gar aus der Welt zu schaffen, und niemand hätte ihn daran hindern können, selber König zu sein und es zu bleiben.

18

Doch er hatte es nicht getan. Er hatte das weise Gesetz des Lykurg vollkommen korrekt und ehrlich ausgeführt, zu ehrlich, würden die meisten sagen. Er hatte seine beiden unmündigen Neffen zwölf Jahre lang als Prinzen behandelt und für sie als Regent geherrscht.

Vor einem Monat waren sie volljährig geworden, da hatte er die Herrschaft abgegeben, und das in einem feierlichen Akt vor dem ganzen Volk.

Es war wieder ein erhabener Augenblick gewesen, wieder hatte ihn sein Hang zu Pomp und Edelsinn eingeholt. In der Volksversammlung, der Apella, hatte die Zeremonie stattgefunden, bei Vollmond:

„Prokles und Eurysthenes, wie ich es eurem Vater, dem grossen König Aristodemus, bei seinem Tod auf dem Schlachtfeld versprochen habe, übergebe ich euch beiden heute die Herrschaft über Sparta, nachdem ihr nun volljährig geworden seid. Heute findet mein Amt als Vormund und Regent ein Ende. Ihr beide übernehmt die Königswürde in Sparta, als Doppelkönige, wie es das Gesetz des weisen Lykurg vorschreibt."

Wie stolz war er gewesen, als er diese sorgfältig eingeübten hehren Worte sprach, laut und deutlich artikuliert, für alle hörbar, auch die in den hintersten Reihen. Dann das unvermeidliche Szenario: Die Zwillinge waren vor ihm niedergefallen, hatten seine Knie umfasst, er hatte sie hochgezogen; dann das Ganze umgekehrt: er war theatralisch vor ihnen niedergekniet, und es war an ihnen gewesen, ihm einen Lorbeerkranz aufs Haupt zu legen und ihn hochzuziehen – eine feierliche, eindrückliche, unvergessliche Zeremonie, ausgeführt vor den Augen aller Spartaner, die schweigend und tief beeindruckt dabeistanden, nicht wenige mit Tränen in den Augen.

Das alles vor einem Monat. Wirklich erst vor einem Monat?

Und was war von all dem erhabenen Großmut übriggeblieben?

„Es ist unser Wunsch und Befehl, Onkel, dass du von nun an den Palast nicht mehr betrittst ohne dazu aufgefordert zu werden, so wie alle andern Bürger auch."

Das sass. Das war ein Stoss mitten in sein Herz hinein.

Das Ärgerliche war, dass er selber schuld war. Denn damals vor einem Monat, gleich im Anschluss an die Zeremonie, hatte er eine Dummheit begangen, für die er sich heute ohrfeigen könnte.

„Denkt daran, liebe Neffen, ich will gern in eurer Nähe bleiben und euch jederzeit mit meinem Rat zur Seite stehen," hatte er noch beigefügt. Welcher Kobold hatte ihm diese unseligen Worte nur in den Mund gelegt?

Weggehen hätte er sollen, und zwar sogleich, möglichst weit weg, unauffindbar, wie es weisere Politiker schon getan hatten.

Aber nein, er war in Sparta geblieben. Und er hatte sich tatsächlich noch eingebildet, die Neffen wären dankbar für weise Ratschläge eines abgedankten Onkels!

Der Anlass zum heutigen Rauswurf war, dass er einfach den Mund nicht halten konnte, wenn er Unrecht sah.

Das war so gekommen:

Theras war eben nach seinem Frühstück aus dem Haus getreten, nur leicht bekleidet in seinem einfachen Tribon, der ihm in der Hitze angenehm lose um den Körper hing. Sehr viel zu tun hatte er nicht, so wollte er das warme Herbstwetter nutzen um nachzusehen, wie weit die Ernte auf seinem Kürbisfeld draussen vor der Stadt schon fortgeschritten war. Das Stadtleben war voll erwacht, Kinder tobten herum, Händler priesen lauthals ihre Waren an, Frauen und Männer trafen sich, schwatzten und lachten.

Da liessen seltsame Laute ihn aufmerken. Schon von Kindheit an war sein Gehör von einer ganz besonderen Feinheit gewesen; er hörte mehr Vögel als jeder andere Spartaner. Oft war diese besondere Eigenschaft ein Nutzen, manchmal auch verfluchte er seine ausserordentlichen Ohren, wenn er zu viel zu hören bekam.

Aus der übernächsten Strasse war ein rasselnder Lärm zu hören, eine gemeine tiefe Stimme, raue Befehle, harte Tritte, und dazwischen leisere Jammerlaute. Besonders dieses kaum hörbare Wimmern beunruhigte ihn.

Ein Hüne mit dunkler Fratze, von affenartigem Aussehen, stiess eben einen schmächtigen Jungen vor sich her durch die Strassen. Nur schwach setzte sich der Junge zur Wehr. Mit dem Knie schubste er den Jungen vor sich her und schlug ihn mit einem Knüppel auf den nackten Rücken.

Theras stieg der Zorn auf und sein Gesicht wurde rot. Solch gemeine Szenen in seinem Sparta vertrug er nicht.

Beinahe hätte er seine Beherrschung verloren und dem Schinder einen wohlgezielten Schlag versetzt. Er war noch in bester Kondition, da er sich jeden Tag eisern körperlich ertüchtigte, auch jetzt noch nach seinem fünfzigsten Geburtstag. Schon jung war er Spitze gewesen in seinem Lieblingssport, im Kampf von Mann zu Mann.

Theras war grösser als die durchschnittlichen Spartaner. Er war überzeugt, dass er noch anderes Blut in sich hatte als nur spartanisches. Sein Haar war auch auffallend lockig, seine Nase war scharf geschnitten, seine Schultern besonders breit, und von überflüssigem Fett an seinem Körper keine Spur.

Schon waren die beiden im Hof des Palastes verschwunden. Theras eilte hinterher. Der Schinder schubste den Jungen in den grossen Raum, in welchem sich die Brüder aufhielten, die beiden neu ernannten Könige von Sparta.

Sie waren erst neunzehn Jahre alt, eigentlich noch Knaben mit rosigen Gesichtern, etwas zu langen Gliedern und schlaksigen Bewegungen. An ihnen war herzlich wenig Königliches zu entdecken, obwohl sie sich seit ihrer Ernennung bemühten, möglichst erwachsen zu wirken, wenigstens wenn sie sich beobachtet fühlten. Das gelang ihnen nur sehr mässig.

Sie liessen rasch das Würfelspiel verschwinden, mit welchem sie beschäftigt waren, setzten sich steif hin und versuchten, wichtig dreinzuschauen, sobald sie den Schwarzen mit dem wimmernden Jungen eintreten sahen. Theras blieb vorsichtshalber beim Tor stehen.

Der Dunkle warf ihnen den Jungen vor die Füsse, wo er sich zusammenrollte und unbeweglich vor Furcht und Schmerzen liegen blieb.

„Dieser Bengel hier hat sich geweigert, die vorgeschriebene Blutsuppe aufzuessen. Er hat sie absichtlich wieder herausgewürgt. Vier Tage im Kerker ohne Speise dürften ihm zustehen."

Der Junge war kaum älter als acht Jahre. Wimmernd versuchte er sich zu rechtfertigen, doch ein Peitschenhieb brachte ihn sogleich zum Schweigen.

Die Könige berieten kurz und gaben sich alle Mühe, überlegen zu wirken. Coalix, der stetige unvermeidliche Begleiter, diskutierte eifrig mit. Theras, der das Gespräch unbeachtet an der Türe verfolgte, konnte ihr hastiges Flüstern trotz seines guten Gehörs nicht verstehen. Darauf erklärte Prokles dem Dunklen, die Strafe müsse auf eine Woche Hungern erhöht werden, damit sie auch nütze und andere vom Ungehorsam abschrecke.

Jetzt konnte sich Theras nicht mehr halten. Wutschnaubend trat er ein und stellte sich vor die Könige:

„Zwei Tage sind mehr als genug. Wie soll er, so klein, nach einer Woche noch zu irgend einer Leistung fähig sein? Und wie soll ein so junger Bursche den grossen Teller Blutsuppe überhaupt hinunterkriegen? Unzumutbar!"

Er hätte sich anschliessend die Zunge abbeissen können. Warum konnte er nicht endlich den Mund halten? Doch es war ihm schlicht

21

unmöglich zu schweigen, wenn er bei einer Ungerechtigkeit zusehen musste.

Der Lohn für seinen Übereifer kam auch postwendend. Coalix flüsterte Prokles etwas ins Ohr. Der setzte sich steif hin und sprach den unheilvollen Satz, der Theras völlig aus der Bahn geworfen hatte:

„Es ist unser Wunsch und Befehl, dass du, Onkel, von nun an den Palast nicht mehr betrittst, ohne dazu aufgefordert zu werden."

Das war der Dank für zwölf Jahre langen Einsatz für ein lebenswertes Sparta!

Dieser Coalix, der hatte es in sich. Er war etwas älter als die beiden Prinzen, und ihn umgab ein Geheimnis. Nur schon sein Name; so hiess man wirklich nicht in Sparta. Er war schmal, beinahe schmächtig, kleiner als die beiden Könige, hatte eine kleine unförmige Nase und eine niedrige Stirne, war eher bleich und wirkte nicht besonders intelligent. Seine Herkunft war nie ganz eindeutig festgestellt worden. Seine Mutter behauptete mit Schwüren, er sei der rechtmässige Sohn ihres früh im Krieg gefallenen Gatten, eines angesehenen Spartiaten. Doch es wäre genauso denkbar, dass er einer der Söhne war, die ein noch nicht kriegsdienstwürdiger Junge mit den zurückgebliebenen Frauen gezeugt hatte. Noch wahrscheinlicher war jedoch, dass er einen vollkommen anderen Vater hatte, nämlich einen blonden, kleineren, von unbestimmter Herkunft, der irgendwie aufgetaucht und wieder verschwunden war in der Kriegszeit, als vieles ungeregelt vor sich ging in Sparta.

Coalix war im Gegensatz zu seinem mittelmässigen Aussehen mehr als intelligent, er war brillant. Dazu war er auch äusserst ehrgeizig. Theras erinnerte sich an die gemeinsamen Unterrichtsstunden mit den Prinzen und ihren Altersgenossen. Dort war Coalix der Erste gewesen und gab Antworten, welche die Lehrer kaum einem so unerfahrenen Jungen zugetraut hätten. Er war auch in sportlichen Wettkämpfen stets in den vordersten Rängen.

Theras musste zugeben, dass Prokles ein geschickter Schachzug gelungen war, sich einen Kopf wie Coalix zum besten Freund zu sichern. Coalix und Prokles waren unzertrennlich.

Eurysthenes, der um einige Minuten jüngere und unscheinbarere der Prinzen, neigte zu Dicksein, war langsam, schwerfällig und in sportlichen Wettkämpfen stets unter den letzten. Wäre er nicht Prinz gewesen, wäre er bald in die unterste Klasse der Spartiaten versetzt worden. Er war oft unsicher, und auch in seiner neuen Stellung als König wäre er nicht abgeneigt gewesen, in schwierigeren Situationen den Onkel um Rat zu fragen. Sogar Prokles, der klügere, hätte ganz gern von seinem Onkel hin und wieder Hilfe eingeholt. Doch Coalix wusste es stets zu verhindern. Er wusste alles viel besser als der Alte, der nun wirklich ausgedient habe und den Mund endlich halten sollte, wie er Prokles unablässig zu verstehen gab.

Coalix hatte einen Groll gegen Theras. Der Regent hatte ihn, den besten Freund von Prokles, nie besonders bevorzugt, im Gegenteil, er hatte ihn genau wie die anderen normalen jungen Spartiaten behandelt; er hatte ihn nie den beiden Prinzen gleichgestellt, obwohl er das doch zehnmal verdient hätte, wie er selber fand.

Doch er konnte sich glänzend an Theras rächen, indem er sich Prokles völlig hörig und den Onkel mundtot machte.

Das war ihm an diesem Morgen perfekt gelungen.

Wortlos wandte sich Theras um, würdigte die drei keines Blickes mehr und verliess den Palast aufrecht, mit stolzen langen Schritten. Innerlich kochte er vor Wut, einmal über die drei unflätigen Rüppel, dann auch ein bisschen über sich selber. Warum konnte er nicht endlich den Mund halten?

Seine Lage in Sparta wurde langsam unmöglich.

Was sollte er denn tun? Er war mit fünfzig Jahren zu alt, um in der Armee eine ihm entsprechende Aufgabe zu erfüllen, doch auch noch viel zu jung, um in der Gerusia, dem Rat der Sechzigjährigen, mitzuwirken. Zehn weitere Jahre in dieser unerträglichen Lage waren undenkbar. Was in aller Welt sollte er unternehmen?

Er hatte sein weiteres Leben nicht geplant, denn er hatte ganz einfach angenommen, dass er nach der Amtsübergabe noch manch wertvolle Funktion erfüllen könnte im Palast, dass sein bisheriges Leben in ähnlicher Nützlichkeit und in ähnlichen Tätigkeiten weitergehen würde.

War er wirklich erst einen Monat her, dass er abgetreten war?

Sein Haus war still und leer. Seine Frau war sehr früh gestorben, bei der Geburt des ersten Kindes. Danach hatte er allein gelebt, sich nicht mehr um eine Familie bemüht, unüblich für einen Spartiaten. Er zog ein Leben als Einsiedler in seinem Haus vor.

Ziellos torkelte er durch die Strassen, dann hinaus aufs Land, an seinem Feld vorbei, ohne es eines Blickes zu würdigen, einfach weiter, immer weiter, weg von Sparta. Er war keines anständigen Gedankens mehr fähig, er fühlte sich leer, schwach, verlassen. Sein Leben hatte kein Ziel, keine Aufgabe.

War er fünf, sechs oder sieben Stunden unterwegs gewesen? Nun stand er am Meer und schaute auf die sanft gewellte Fläche hinaus, die ihn mit ihrem Farbenspiel immer neu faszinierte. Ein Glücksgefühl durchströmte ihn wie jedes Mal, wenn er am Ufer stand. Das Meer kannte kein Alter, es war Tag und Nacht, jahrein jahraus in Bewegung, höhlte aus und baute auf in ständigem Schaffen, ohne Hast, ohne Ziel – so sollte man sein eigenes Leben leben können.

Reglos sass er auf einem Stein und starrte und starrte.

Da plötzlich kräuselte sich das Wasser vor ihm: Delphine? Tatsächlich, einige silberglänzende Tiere, ein ganzes Rudel, spielten und hüpften auf und ab vor seinen Augen.

Delphin – Apollons Tier! Und er erinnerte sich wieder, was seine Frau oft gesagt hatte: „Wenn alle Götter versagen, auf Apoll ist immer Verlass." Er hatte ihren Spruch belächelt und als Schwärmerei eines jungen Mädchens für den schönsten der Götter abgetan. Jetzt wusste er, wer ihm helfen würde. Er musste Apolls Orakel in Delphi befragen.

Es war tiefe Nacht, als er in sein Haus zurückkehrte. Er stieg über den schlafenden Diener, der die Türe bewachen sollte, und ohne an Essen oder Trinken zu denken, kletterte er die steile Treppe hinauf auf sein Dach. Er hatte sich dort für den Sommer ein Lager eingerichtet, in herrlich frischer Luft, mit nichts zwischen ihm und dem Himmel als die Dunkelheit. Da trat die Mondsichel, die am Wachsen war, hinter den Wolken hervor. Gross und weiss stieg sie auf, um später in der Nacht hinter dem Bergrücken, dem Taygetos im Westen, wieder zu verschwinden.

Warum war ihm die Idee mit dem Orakel nicht schon früher gekommen?

Mit einem Orakelspruch würde er den Neffen auf jeden Fall entgegentreten können. Ein Spruch aus Delphi liess keine Widerrede zu, genoss unbeschränkte Anerkennung und Achtung selbst bei den höchsten Männern im Staat, wie es seine Neffen nun waren.

Zugegeben, nicht immer bot ein Orakelspruch eine eindeutig klare Lösung für ein schwieriges Problem. Er wusste von manchen Fällen – eigentlich von den meisten – wo die Antwort des Orakels die Probleme eher noch verworrener gemacht hatte anstatt sie zu lösen. Doch das würde ihm gerade recht kommen, dachte er, so etwas könnte sein Glück bedeuten. Da könnte man wohl ein wenig zurechtbiegen und nachhelfen.

Der Spruch, den er schliesslich erhielt, war erwartungsgemäss nicht besonders eindeutig, doch er war durchaus brauchbar, ja hoffnungsträchtig.

3 Beirut   2014

Pfeifend schlenderte Didier über den exakt gestutzten und bewässerten Rasen des Campus, rundum zufrieden mit sich selber. Es war zwar drückend heiss in Beirut, doch seine nassen Haare kühlten seinen Nacken. Zwanzig Längen im Pool, Teil seines Sportprogrammes – so etwas tat dem Körper gut.

Das Lob, das er diesen Nachmittag im Karatekurs geerntet hatte, liess ihn die Hitze vergessen. Er war einer der Kleinsten, jedoch einer der besten Schüler, wendig und flink. Er beglückwünschte sich täglich, dass er sich für sein Sportprogramm auch in „martial arts" eingeschrieben hatte. Er hatte den Auftrag seines Vaters wörtlich genommen: auf das Bac in Paris folgte ein Auslandstudium, eher ein Auslandaufenthalt, damit er lerne, sich zu wehren, sich durchzusetzen, kurz erwachsen zu werden.

Sein Vater in Paris versuchte um jeden Preis, auch im wörtlichen Sinne, sicher zu stellen, dass wenigstens der dritte und letzte Sohn sein blühendes Handelsgeschäft übernehmen würde.

Dass Papa sich nichts sehnlicher wünschte als einen einigermassen fähigen Nachfolger für sein Geschäft, war ihm wohl nicht zu verargen. Er konnte sich in eine Rage reden, ja bis knapp vor einen Herzinfarkt ereifern, wenn er begann, Fälle aufzuzählen, wohlverstanden alle aus seinem Freundeskreis, in denen ein Sohn ein florierendes Unternehmen in kürzester Zeit in den Abgrund manövriert hatte; etwas, das in langen Jahren aufgebaut worden war, konnte ein Tunichtgut in wenigen Monaten zerstören. Das zu vermeiden, dafür scheute der Vater keine Mittel.

Sein ältester Sohn war schon immer ein Taugenichts gewesen. Einen anständigen Schulabschluss hatte er nicht hingekriegt, wohl aber eine uneheliche Tochter, die einiges kostete. Um sich von seinen Sünden zu distanzieren, hatte er eine Vollwende gemacht, war buddhistischer Mönch geworden, Veganer, und versuchte jetzt bei einem Guru in Indien mit seinem lädierten Karma ins Reine zu kommen.

Der zweite Sohn, recht begabt, intelligent wie der Vater, hatte sich nach einem recht erfolgreichen Studienbeginn entschlossen, sich den schönen Künsten zuzuwenden, ohne irgend eine Kunstakademie zu besuchen oder sich sonst weiterzubilden. Er wurde freier Künstler, einfach so. Er malte nun in Marokko, lebte in einem Loch, das der Vater wohlweislich nie besuchte, und ernährte sich von minimalen Arbeiten und einer knapp berechneten doch stets pünktlich eintreffenden Geldüberweisung durch den Vater, in unregelmässigen Abständen etwas aufgepolstert durch verschwiegene Beiträge der Mutter.

Nun blieb noch Didier, der jüngste Sohn, der letzte Hoffnungsträger. Und der war, wie der Vater erleichtert feststellen konnte, recht willig. In ein solch wohlpräpariertes Nest einsteigen zu können, war, wenn man ehrlich sein wollte, wahrhaftig ein Geschenk für einen jungen Mann mit einem Hang zu einem komfortablen Leben.

Er war ein gutes Kind, im üblichen Rahmen folgsam, zum Glück ohne besondere Ambitionen künstlerischer oder religiöser Natur, also ein rundum positiver Sohn. In den Schulleistungen war er etwas unstet. Wenn ihn ein Fach interessierte, konnte er leicht Primus sein, lag es aber nicht in seiner Linie, mogelte er sich schlecht und recht durch.

Wie zu erwarten war er verwöhnt und verhätschelt und nach dem Schulabschluss daher noch nicht so richtig lebenstüchtig und selbständig. Selbständigkeit hatten die beiden grösseren Brüder für sich in Eigenregie erworben, da war elterlicher Rat nicht mehr gefragt. Didier sollte Selbständigkeit und Weltgewandtheit auf gutbürgerliche Art gewinnen, nämlich mit einem Auslandaufenthalt. Er sollte etwas „Welt schnuppern". Der Vater hatte bereitwillig und grosszügig erst zwei, dann ein drittes Jahr ein nicht allzu billiges Studium in Beirut finanziert, dankbar, dass Didier nicht ein Tramperjahr irgendwo bei Lachsfischern in Norwegen oder bei Schafen in Neuseeland oder einem Frachter nach Argentinien vorgeschlagen hatte.

Der Vater hätte seinen Sohn zwar lieber in den USA gesehen, doch Didier hatte sich durchgesetzt, es musste Beirut sein. So ganz durchschnittlich und brav war er dann doch nicht. USA – nein, dorthin gingen wirklich alle.

Immerhin war ja auch ein bedeutender Teil von Vaters Geschäft im Osthandel. Das war aber nicht der Hauptgrund für Didier. Sein Interesse am Nahen Osten war geweckt worden, als er vierzehn Jahre alt war, gerade im Alter, wo man urplötzlich eine neue Leidenschaft entdeckt, die noch nicht alle andern kennen. Seine Eltern hatten ihn auf eine Kreuzfahrt ins östliche Mittelmeer mitgenommen, und zum ersten Mal hatte er hier eine völlig neue ungewohnte Welt entdeckt, die ihn faszinierte. Wie anders waren diese Länder doch als sein Paris!

Im College gefielen ihm seit dieser Reise besonders die Geschichtsstunden über die alten Kulturen. Griechen, Römer, Ägypter, Phönizier - das waren Themen! Seine für andere nicht leicht verständliche Begeisterung für ausgerechnet den Libanon wurde geboren, als seine Klasse einmal mit der Lehrerin ein Atelier für Kunstpädagogik im Louvre besuchen durfte. Da war ihnen ein Stab, ein winziges Ding, gezeigt worden, auf dem das erste Alphabet eingeritzt war. Er erinnerte sich noch ganz genau, dass er das Original dieses Stabes auf seiner Kreuzfahrt gesehen hatte – war es in Beirut oder in Byblos oder in Ugarit? So genau wusste er es nicht mehr. Aber die Begeisterung war gross, als sie im Louvre mit der Kunstvermittlerin selber Buchstaben und Zeichen malen durften.

Seit dieser Zeit hatte Archäologie eine unerhörte Faszination für ihn, ein Fach voller Geheimnisse, zwar völlig unnütz, aber umso spannender. Er hatte dieses erste phönizische Alphabet später mit einem Freund als Geheimschrift für ihre Korrespondenz verwendet. Sie waren sich genial vorgekommen.

Und da war dann zu allem Überfluss noch ein betörendes Mädchen im Klassenzimmer nebenan aufgetaucht, Jamileh, Tochter eines Gesandten aus dem Libanon. Er hatte sie vorbehaltlos bewundert, von ferne. Er hatte nie gewagt sie anzusprechen, aber umso ausgiebiger von ihr geträumt.

Also warum nicht in den Libanon – einmal etwas anderes versuchen als jedermann in seinem Umkreis?

Didier hatte seine drei Jahre hier genossen. Er hatte es nicht zu eng gesehen mit Studieren. Er hatte seine Zeit vor allem mit Kultur angereichert. Kultivierte Chefs, hatte er irgendwo aufgeschnappt, waren doch besonders angesehen, galten als überlegen, etwas abgehoben; für die Details des Handels waren bestimmt niedrigere Kaderleute zu finden.

Er war überzeugt, dass er wirklich erwachsen und weltgewandt geworden war in diesen drei Libanon-Jahren, genau wie sein Vater es wünschte. Er kannte sich jetzt bestens aus in den Gebräuchen, den Essgewohnheiten, den Geldautomaten, den Freizeitbeschäftigungen, dem Kleiderstil, den Wutausbrüchen, dem Wetter der Libanesen.

Er hatte auch bewiesen, dass er sich wehren konnte, als er einmal angegriffen wurde. Da waren ihm seine Karatekenntnisse zu Hilfe gekommen. Jedenfalls hatte der zögerliche Angreifer, der ihm in einer engen Gasse seine Geldbörse aus der Tasche ziehen wollte, Reissaus genommen, als ihm Didier einen Gezielten verpasste.

An die elende Geschichte mit der falschen Semiramis wollte er lieber nicht denken. Immerhin war auch das eine nützliche Lehre gewesen. Es waren eben nicht alle Libanesinnen so abgehoben und vollkommen wie die Jamileh aus seinem College. Es war ein Glück, dass er dieser Semiramis und ihrem durchtriebenen Drahtzieher im Hintergrund auf die Schliche gekommen war, bevor er noch mehr Geld an das gemeine Luder verschwendet hatte. Es erfüllte ihn immer noch mit Genugtuung, wie er, auch diesmal im Nahkampf, den Liebhaber samt seiner Metze ein für alle Mal zum Verschwinden gebracht hatte.

Die Stunden in der Universität waren auch sehr erfreulich für Didier. Sein Vater hätte es am liebsten gesehen, wenn er sich in einen Kurs für Wirtschaft eingeschrieben und mit einem handgreiflichen Diplom abgeschlossen hätte. Didier hatte in den Augen des Vaters die drei Jahre eher vertrödelt. Er hatte sich zwar als braver Sohn tatsächlich am ersten Tag an der Universität in Wirtschaft eingeschrieben, hatte die Unterlagen abgeholt, die Kursgebühr bezahlt und war zweimal persönlich im Hörsaal 24B an der Vorlesung über Grundlagen der Ökonomie erschienen. Langweilig, staubtrocken war ihm der Stoff vorgekommen. Er hatte sich ächzend überwunden, ein drittes Mal hinzugehen.

Doch da schlug das Schicksal zu: Ein neuer Bekannter aus der Kantine war eben daran, den Raum neben 24B zu betreten, nämlich 25B, und sagte noch lachend zu Didier: „Heute ist ein „Puzzle" angesagt, das wird lustig."

Puzzle! Das Wort traf Didier wie ein elektrischer Schlag. Puzzles hatten es ihm schon als Bub angetan. Als er zum siebenten Geburtstag eines mit fünfhundert Stücken geschenkt bekam, machte er sich sogleich an die Arbeit und ging nicht zu Bette, bis er es zusammengesetzt hatte. Wie gut erinnerte er sich – es war eine Teichlandschaft mit diversen Reptilien und Fischen darauf, mit grünen Pflanzen und sogar mit zwei Nixen.

Es war nur eine minimale Änderung in seinem Plan, nur zwanzig Schritte mehr, die kommende Stunde im Saal 25B zu verbringen anstatt in 24B. Diese zwanzig Schritte bedeuteten jedoch Welten. Hier regierte ein anderer Geist, hier ging es nicht um Zahlen und Börsenkurse, Prozente und Devisen, nein, hier ging es um Kunst und Kultur des alten Libanon, hier wurde gesprochen über die Heldentaten der alten Phönizier, über Seefahrt und Eroberungen, über Götter und Tempel, über Kriege und verbrannte Städte.

Dies waren Themen, die er mitnehmen würde ins kalte Paris. Hier sass man im Halbdunkel, betrachtete wohlig die Dia-Show, die der Herr Professor durch seinen Assistenten mit leisem Surren ablaufen liess, und lauschte den Geschichten über die kühnen Vorfahren und deren gefährliche Schiffsabenteuer.

Und dann die Übung mit den Puzzles! Es ging um Tonfunde, Keramik. Man sass um einen Haufen kleinster Scherben und versuchte, den ursprünglichen Topf wieder herzustellen, oder wenigstens Teilchen so zu ordnen, dass man sich über die Form des Gefässes etwas Klarheit verschaffen konnte. Ein faszinierendes Spiel, ein Puzzle-Fest auf höherer Ebene. Da war er der Star in der Gruppe, immer zuerst fertig, und immer mit dem vollkommensten Resultat. Professor und Assistent konnten nicht umhin, ihn vor allen zu loben.

Am Wochenende besuchte man dann die Schätze, die überall im Land herumlagen, in einem klimatisierten Bus, der genau an den richtigen Ort fuhr und vor dem Eingang anhielt. Der Begleiter erklärte im Bus nochmals alles, was es zu sehen gab und worauf man achten sollte, und anschliessend rundete meist noch ein angenehmer Halt in einem ländlichen Gasthof den Ausflug ab.

Hier war etwas zu lernen, was man wahrhaftig „Kenntnis des Nahen Ostens" nennen konnte.

Heute war die letzte Vorlesung über die Phönizier.

Der Professor zeigte im Halbdunkel auf eine grosse Karte des Mittelmeeres, auf welcher alle Siedlungsplätze der Phönizier eingezeichnet waren. Ganz prominent war Karthago, und daneben gab es unzählige Flecken und Fleckchen.

„Wir haben nun in diesem Semester die Siedlungsplätze der Phönizier im Mittelmeer alle dargestellt und beleuchtet. Die Phönizier sind, wie wir nun zur Genüge wissen, die Vorfahren der Libanesen. Wir wohnen heute noch in ihren Städten, in Byblos, Tyros und Sidon, die ursprünglich von den Phöniziern gegründet worden waren.

Der einzige Ort, der noch nicht von allen Wissenschaftlern als phönizische Gründung anerkannt wird, obwohl er mir unbestritten scheint, ist die Insel Santorin."

Der Professor zeigte mit seinem Stab auf eine seltsam geformte Insel in den südlichen Kykladen nördlich von Kreta, die nicht rot, sondern als einzige gelb markiert war.

„Die Griechen sind in diesem Punkt sehr empfindlich. Santorin als ihre schönste Insel muss rein griechisch sein, hier können unmöglich Völker aus dem Osten als Erste gesiedelt haben – meinen sie."

Der Professor räusperte sich.

„Die Quellen sind zwar völlig eindeutig. Herodot hat es gesagt, und die Griechen haben grosse Stücke auf Herodot – solange es ihnen passt."

Mit feierlicher Stimme zitierte er:

„Nun wohnten auf der Insel Thera, früher Kalliste genannt, die Nachkommen eines Phoinikiers, des Membliaros, Sohnes des Poikiles. Kadmos nämlich, Agenors Sohn, landete, als er auf der Suche nach Europa war, auch auf dieser Insel Thera. Ob ihm nun das Land dort gefiel, oder ob er einen anderen Grund dazu hatte, genug, er liess phoinikische Ansiedler und mit ihnen seinen Verwandten Membliaros dort. "

Mit besonders sonorer Stimme, indem er jedes Wort betonte, beendete er das Zitat:

„Acht Menschenalter bewohnten sie die Insel Kalliste, bis dann Theras aus Lakedaimon kam. "

Der Professor schaute bedeutungsvoll in die Runde und liess den Herodot einsinken.

„Die Griechen sind heute noch immer so von ihrer kulturellen Überlegenheit besessen wie damals schon. Sie können es einfach nicht wahrhaben, dass wir Phönizier, ein kleines Völkchen im östlichen Mittelmeer, zu Beginn des ersten Jahrtausends vor Christus bedeutender, grösser, intelligenter, gewandter, erfolgreicher waren als sie. Und dass wir Phönizier ihnen das geniale Alphabet geliefert haben, nehmen sie ganz nebenbei zur Kenntnis."

Seine Stimme wurde lauter und langsamer: „UNSER Alphabet hat ihre kulturellen Leistungen überhaupt erst möglich gemacht!"

Er machte eine Pause, um das Gewicht dieser Aussage eindringen zu lassen.

Die Studenten staunten gebührend und nickten zustimmend.

„Und was noch viel weniger bestritten werden kann, ist die Tatsache, dass eine PHÖNIZISCHE Prinzessin, sprich eine Libanesin aus Tyros oder Sidon, dem ganzen eingebildeten Kontinent dort drüben im Westen den Namen gegeben hat – EUROPA!"

Alle nickten befriedigt. Der Fall war klar.

„Es fehlen einfach noch Beweise, handgreifliche, solide Stücke einer Ausgrabung, welche die phönizische Erstbesiedlung von Santorin einige Jahrhunderte nach dem Vulkanausbruch ein für alle Mal belegen würden. Doch die Griechen sind überhaupt nicht interessiert, nach solchen Spuren zu graben.

Wenn jemand endlich diesen Schönheitsfehler korrigieren würde und einen einleuchtenden Beweis auf Santorin fände, dass wir Phönizier dort als erste die Insel wieder besiedelten, und dieses Beweisstück nach Beirut brächte – ein Doktortitel als Lohn wäre das mindeste."

„Doktortitel - als Lohn" – Didier zuckte zusammen, als hätte ihm jemand mit einem Stock auf den Kopf geschlagen. Jetzt war er hellwach.

Drei Jahre „Studium" im Ausland – und er hatte nichts vorzuweisen, das irgendeine Kompetenz dokumentierte. Wie war er doch nachlässig gewesen, ja recht blöd, sich nicht darum zu kümmern, irgend ein Papier zu erlangen, irgend ein Diplömchen oder einige Buchstaben hinter dem Namen. Das hatte er ein für alle Mal versäumt. Es würde ihm schwer fallen, das seinen Eltern in Paris irgendwie zu erklären.

Aber jetzt dieses Angebot – ein Doktortitel! Das würde Eindruck machen in Paris. Dort waren sie noch titelgläubig wie sonst nur noch in Wien. Ein Doktortitel wäre ein imponierendes Mitbringsel nach drei Jahren herrlichen Studiums in Beirut. Einige Buchstaben nach dem Namen ...

Er atmete hörbar ein. Die ganzen langen Sommerferien lagen vor ihm. Jetzt hatte er ein Ziel: „Archäologische Forschung auf Santorin zur Bestätigung der Erstbesiedelung durch Phönizier!"

Das sollte sich machen lassen.

Jetzt aber genau aufpassen. Er kritzelte auf den Rand eines Prospektes, der einen Ausflug nach Baalbek offerierte: Santorin – Herodot – Phönizier – Griechen. Hoffentlich hatte er das Wesentliche mitbekommen. Kalliste – Spartaner – Vulkan kam noch dazu. Sparta – der Professor hatte noch einen andern Namen genannt, L, Lak…, das würde er gleich nachschlagen in der Bibliothek.

Am Donnerstag um 16 Uhr sei Professor Eladawi frei, sagte die Sekretärin, ohne ihn eines genaueren Blickes zu würdigen, und schrieb Didier ein zu einem wissenschaftlichen Gespräch.

Es blieb zum Glück noch einige Zeit, sich um die allerprimitivsten Angaben zu kümmern.

Santorin? Aha, das hiess heute auch Thira, früher Thera oder gar Kalliste. Nach einem grandiosen Vulkanausbruch war das Leben völlig zum Stillstand gekommen. Aber das war 1600 v.Chr., also eigentlich alter Schnee. Die erste Kultur, die minoische, war also durch einen Vulkan zerstört worden. Seit kurzem, seit 1964, kamen aus der Vorvulkanperiode die wunderbarsten archäologischen Zeugnisse ans Licht, Zeugnisse griechischer Natur, minoisch, und dort schienen die Griechen immer weiter zu graben und die tollsten Funde zu machen. Es war die anschliessende viel bescheidenere Wiederbesiedlung, nachdem sich die Natur der Insel wieder erholt hatte, welche die Universität Beirut interessierte, die Griechen jedoch ganz und gar nicht.

„Heute eine sehr beliebte Ferieninsel, ideal für Badeferien und Wanderungen, Unterkünfte in grosser Zahl in allen Preislagen, besonders im Sommer mit Direktflügen leicht zu erreichen", sagte der Prospekt aus dem Reisebüro.

Punkt 16 Uhr stand Didier vor der Türe des Professors, doch der war anscheinend noch beschäftigt.

Nach zehn Minuten ging die Türe auf, und ein fremdländisch aussehender, untersetzter Herr kam heraus. Es war schwer zu erraten, aus welchem Land der kam, am ehesten aus Russland, jedenfalls hatte er einen hochroten Kopf – kein Wunder, denn er trug eine Lederjacke, die mit Pelz verbrämt war, mitten im heissesten Beiruter Sommer.

„Also gute Reise und viel Erfolg!" sagte der Professor unter der Türe, indem er ihm die Hand schüttelte, „anfangs Oktober sehen wir uns hoffentlich wieder. Der nächste, bitte."

Professor Eladawi, ein dunkelhäutiger Fünfziger mit einer gerade geschnittenen Nase und einem Spitzbärtchen, wirkte etwas allzu geschniegelt in seinem eleganten weissen Anzug und seinem mit reichlich Brillantine gebändigten Haar. Er liess sich wieder auf seinen breiten Ledersessel nieder und wies Didier auf einen weniger bequemen Besucherstuhl gegenüber. Zwischen ihnen lag das Pult, das in einer zierlichen Ordnung mit kleineren Tonfiguren ausgelegt war, mit Tempelmodellen von Anjar und mit Kopien des ersten Alphabetstabes in verschiedenen Grössen und Ausführungen. Ganz am Rand lagen einige wenige Bleistifte und Papiere.

Er gab sich betont interessiert, als Didier ihm stotternd mitteilte, er wolle sich gleich nach Santorin begeben, um dort handgreifliche phönizische Spuren zu finden.

Der Professor schmunzelte innerlich. Der kleine Franzose, der immer noch wie ein Schulbube von fünfzehn Jahren wirkte, frisch und rosig, wollte also das Problem mit der Phönizischen Besiedlung auf Kalliste-Santorin lösen! Rührend, wie er gierig alles aufgesogen hatte, was er an der Universität über Archäologie hören konnte. Wie begeisterungsfähig der noch war, so wie es der Professor selber im allererersten Semester noch gewesen war. Dieser Didier hatte vermutlich eine wohlbehütete Jugend in Paris verbracht und hatte sich seine Begeisterung für Altertumswissenschaften mit kräftiger finanzieller Unterstützung des Papa bis heute erhalten können. Warum der auch noch in Wirtschaft eingeschrieben war?

Vielleicht brauchte es gerade einen so naiven Botschafter wie Didier, um das Phönizierproblem zu lösen?

„Wunderbar," meinte der Professor. „Wir Libanesen wünschen nichts dringender, als dass Libanon endlich den ihm zustehenden Platz im Kreise der westlichen Wissenschaft einnimmt. Was fehlt, sind handgreifliche Beweise, also Statuen, Werkzeuge, Waffen – sie wissen schon, was ich meine. Allerdings werden kleinere Tonwaren stets als Importprodukte abgetan; wir brauchen also vor allem Gegenstände, die auf echte Besiedlung schliessen lassen, grössere Gegenstände, und am allerliebsten natürlich Götterstatuen."

Sollte Didier es wagen und fragen, ob da wirklich das Wort Doktortitel gefallen war? Aber die Entscheidung wurde ihm gleich abgenommen, er musste sich nicht als billiger Titeljäger zeigen.

„Sollten sich also ganz eindeutige archäologische Beweise finden lassen," er blinzelte Didier verschwörerisch zu, „dann wäre das ein viel bedeutenderer Beitrag an die Forschung als zehn unnütze Konglomerate aus Artikeln anderer Forscher, die sich dann Dissertation nennen. So etwas wäre ein echter markanter Fortschritt für die Wissenschaft, einen Doktortitel wirklich wert."

Darauf wurde er wieder praktischer.

„Wie Sie wohl wissen, Herodot hat es deutlich ausgedrückt, und wie ich schon in der Vorlesung gesagt habe, glauben ihm diesmal die Griechen nicht."

Er erhob sich, nahm ein gerahmtes Bild von der Wand, auf dem ein Text in altertümlichen grossen Lettern aufgemalt war, und reichte ihn Didier. Das war genau der Text des Herodot, den er in der Vorlesung präsentiert hatte. Das schien ein Lieblingskind des Professors zu sein.

Dramatisch schlug er mit der Faust aufs Pult, nicht allzu heftig, damit die säuberlich ausgelegten Schätze nicht durcheinander gerieten.

„Wenn das nicht Klartext ist, dann bin ich kein Phönizier!"

Darauf fuhr er in normalem Ton weiter:

„Lesen Sie auch einmal Pausanias, das 3. Buch, dort im Kapitel 1 können Sie es nachlesen, und beachten Sie Vers 8. Kein Wenn und Aber, Pausanias weiss es genau, und kein Mensch denkt je daran, ihm Lügen nachzusagen – ausser natürlich die Griechen, und das auch nur, wenn es ihnen passt."

Er schwieg und runzelte seine Stirne eindrücklich, darauf kritzelte er Namen und Zahlen auf einen Zettel und reichte ihn Didier.

„Also viel Glück und Erfolg zu ihrer Studienreise. Und vergessen sie nicht, sich von meinem Assistenten, von Abdu Bani, eine Bestätigung geben zu lassen, dass sie Student der Archäologie an unserer Universität sind. Das sollte Türen öffnen."

Der Professor erhob sich, wünschte Didier viel Erfolg und klopfte ihm väterlich auf die Schulter.

Und schon war Didier draussen und auf dem Weg zum Assistenten.

Abdu war ein mürrischer, eher fetter Vierziger mit einer dicken Hornbrille, der sichtlich darunter litt, dass er es nicht weiter gebracht hatte auf der Leiter der Universitätsposten. Er stellte die Petflasche, aus der er eben einen Schluck Cola genommen hatte, zurück in die Kühlbox. Dann machte er sich am Pult zu schaffen und übergab Didier wortlos das gewünschte Papier.

Darauf ging Didier noch rasch in die Bibliothek, um Pausanias, Kapitel 3 zu lesen, wie es ihm der Herr Professor empfohlen hatte. Tatsächlich, da stand es schwarz auf weiss:

„Diese Kolonie führte Theras nach der damals Kalliste genannten Insel, in der Hoffnung, die Nachkommen des Membliaros würden ihm freiwillig das Königtum abtreten ..." .

Das musste sich lösen lassen, koste es, was es wolle.

Er machte eine Kopie von der Seite.

Eine Ausgabe des Herodot fand sich auch in der Bibliothek, die durfte er ausleihen.

Jetzt hatte er eine konkrete Aufgabe, die er selbständig lösen würde und für welche er der ideale Mann war, fand wenigstens er selber. Er war einige Zentimeter gewachsen.

Auf dem Heimweg ging Didier beim Reisebüro vorbei und liess sich Fahrpläne von Fähren und Flügen nach Santorin herausschreiben.

Mit den Prospekten, Fahrplänen und Büchern beladen achtete er nicht auf all den Schmutz in der Eingangshalle der Studentenresidenz, sondern eilte beschwingt die Treppe hinauf in sein Zimmer.

Im Bett deckte er sich mit einem dünnen Leinentuch zu, um wenigstens andeutungsweise das Gefühl von Geborgenheit zu erzeugen, und vertiefte sich sogleich in Herodot. An diesem Abend hörte er die andern Studenten nicht mehr, die spät in der Nacht lärmend nach Hause kamen. Er hatte sich gefasst gemacht auf eine eher langweilige Fachlektüre, doch was er fand, packte und erheiterte ihn ungemein und liess ihn nicht mehr los: eine Sammlung von unterhaltsamen und oft auch unglaubwürdigen oder witzigen Geschichten. Er erinnerte sich, dass der Name Herodot immer wieder aufgetaucht war in den Vorlesungen, doch Didier hatte ihm keine besondere Beachtung geschenkt. Da hatte er etwas verpasst.

Er las die Texte mit dem Auge des zukünftigen kritischen Forschers, der zu werden er sich anschickte. Wie war das Leben doch interessant!

Nach den Prospekten zu urteilen war Santorin eine höchst seltsame Insel in der Form einer Mondsichel, mit schroffen Abstürzen gegen ein Innenmeer, das Caldera genannt wurde. Im Zentrum dieser Caldera schienen schon wieder neue Vulkaninseln rauchend aufzutauchen!

Dieser Aufenthalt versprach einiges an Spannung. Würde er wohl sein Ziel erreichen?

Die sieben Tage vor seinem Abflug waren ausgefüllt mit Vorbereitungen verschiedenster Art. Für eine solche Expedition musste man sich umsichtig ausrüsten. Da waren nicht nur geeignete Kleider und Schuhe zu beschaffen, man musste auch an alles denken, was es zum Graben und Suchen und Dokumentieren und Verpacken brauchen könnte. Gründliche Vorbereitung ist schon der halbe Erfolg, sagte er sich aufmunternd.

Doch auch geistige Vorbereitung war angesagt. Er hatte die beiden archäologischen Museen schon mehrere Male besichtigt, doch diesmal ging er nicht als genüsslicher Besucher hin, sondern als Forscher. Er prägte sich vor allem Formen, Material und Farben von Gefässen ein, dann auch Zeichnungen und Dekorationen, Bordüren, Spiralen, Mäander. Er füllte ein kleines Notizbuch mit Skizzen und Mustern. Kleinere Götterstatuen samt ihren Attributen aus verschiedenen Materialien versuchte er sich einzuprägen. Er gab sich alle Mühe, sein Auge noch etwas zu schulen für spezifisch phönizische Details und die ihm eigentlich schon recht vertrauten Stücke nochmals neu mit dem Auge eines zukünftigen Ausgräbers anzuschauen.

Eine Karte von Santorin war mit dem besten Willen im Libanon nicht aufzutreiben, doch das würde sich auf der Insel selber ergeben.

4 Delphi 9. Jh. v.Chr.

Es wurde nicht geduldet, dass sich Spartaner in andern Städten ihrer griechischen Brüder umsahen. Das war viel zu gefährlich; sie könnten auf Ideen kommen, wie man das Leben auch anders, nämlich etwas lockerer, gestalten könnte als es in Sparta Brauch oder eher Gesetz war. Der Gedanke, dass die Korinther ihre Tontöpfe mit kleinen Blümchen schmückten und die noch lockereren Athener gar mit Nymphen – besser man brachte nicht solche Ideen nach Sparta, wo noch Manneszucht und Kampfeswille herrschten. Für eine Reise, die ausserhalb Lakoniens führte, brauchte es daher eine königliche Erlaubnis, und die wiederum brauchte einen überzeugenden Grund.

Theras bat wie alle Untertanen um eine Unterredung bei den Königen, die ihm sehr rasch bewilligt wurde. Mit langsamen Schritten, leicht vorgebeugt, um nicht allzu gross zu scheinen, betont unterwürfig näherte er sich seinen Neffen. Er konnte es sich nicht verkneifen, einen besonders bekümmerten Ton in seine Stimme zu legen, als er fragte:

„Lieber Prokles und Eurysthenes" – er umging Coalix, der auch bei den Königen sass – „eine grosse Not zwingt mich, euch eure kostbare Zeit zu stehlen und euch eine Frage zu stellen, die für euch und für mich bedeutend sein könnte. Ein und der selbe Traum hat mich dreimal hintereinander im Schlaf heimgesucht und ein drohendes Unheil angekündigt. Ich würde mich am Staat und am Glück unseres Volkes schuldig machen, wenn ich nicht versuchen würde, den Sinn dieses Traumes herauszufinden."

„Was sahst du denn in deinem Traum, Onkel?" fragte Prokles verunsichert. Dinge wie Träume, Weissagungen und Vorzeichen fürchtete er wie eine Fliege den Honigstreifen. Die meisten der abgebrühten Spartiaten waren dem Aberglauben ergeben. Für sie waren Manneskraft und Mut die einzigen Werte, denen sie vertrauten.

„Ich darf dir den Inhalt nicht erzählen, lieber Neffe, der Traum könnte sonst sogleich wahr werden. Ich quäle mich schon einige Zeit mit der Sache und weiss nicht mehr ein und aus. Nun bin ich zum Schluss gekommen, dass es nur einen einzigen Weg gibt, den Sinn herauszufinden, wenn auch einen für mich sehr mühsamen: Ich muss das Orakel in Delphi befragen. Ich bitte untertänigst, mir diese eine Reise zu bewilligen."

Die beiden Neffen fanden mit dem besten Willen keinen Grund, das Gesuch abzulehnen, im Gegenteil, es beruhigte ihr schlechtes

Gewissen ein kleines bisschen, dem Verstossenen einen Gefallen zu tun, und immerhin ging es doch möglicherweise um das Glück von ganz Sparta.

„Lieber Onkel, wir gestatten dir gern, nach Delphi zu ziehen, um den Gott Apoll zu befragen, was es auf sich hat mit deinem Traum."

Coalix, der hinter den beiden stand, flüsterte hastig etwas in Prokles' Ohr. Theras hatte sich schon freudig zum Gehen gewandt, da rief Prokles den Onkel zurück und fügte noch bei:

„Doch finden wir, du solltest die mühsame Reise erst im Frühjahr unternehmen, wenn das Wetter milder ist und keine Stürme zu befürchten sind. Also gedulde dich noch etwas."

Theras bedankte sich und verliess den Raum. Innerlich kochte er. Warum sollte er denn so lange warten müssen? Der Winter mit seinen Stürmen war noch in weiter Ferne. Da steckte etwas dahinter.

Es ging nicht lange, da fand er den Grund. Unerklärlicherweise verschwanden schon am nächsten Tag zwei der fünf Ephoren. Ihr plötzliches Verschwinden wurde mit einem dringlichen Problem in einem Nachbarstaat erklärt, das einen sofortigen Besuch verlange.

Theras durchschaute das Spiel sogleich: Die Brüder wollten ihm zuvorkommen und in Delphi zum Rechten sehen. Theras sollte seine Antwort erst bekommen, nachdem die Offiziellen von Sparta mit den Priestern in Delphi verhandelt hatten.

Am Tag darauf verschwand auch Theras still und unbemerkt, mitten in der Nacht. Allerdings war es nicht mehr möglich, die Delegation der Spartaner einzuholen, doch immerhin würde man sich in Delphi bestimmt noch an die Gesandtschaft erinnern.

Um beim Orakel einem eindeutig negativen Urteil vorzubeugen, hatte Theras wohlweislich zwei seiner besten Kleroi verkauft, einen Teil der Ländereien, die er bei der Aufteilung zugewiesen bekommen hatte. Er wusste, dass man die Pythia, oder besser ihre Priester, zuerst mild stimmen musste. Und er wusste auch, dass reines Gold beliebter war als alle edlen kunstvollen Weihgaben, die ja meist nicht besonders brauchbar waren und dann jahrelang unbenützt im Weg standen oder in Schatzhäusern verstaubten. Die Priester in Delphi hatten am meisten Gefallen an Gold, viel Gold.

Leicht und beschwingt zog er gegen Norden, ganz allein, und mit jedem Schritt weg von Sparta wurde ihm leichter. Ganz ohne Ballast und ohne Verantwortung, nur sich selber genug, schritt er kräftig aus. Er konnte sich nicht recht erklären, warum ihn diese Wanderung so zufrieden machte.

Er wurde erst einige Tage später vermisst, nachdem er bereits weit über Korinth hinaus gelangt war.

In Böotien, kurz bevor er Phokis betrat, kam ihm ein Trupp entgegen, den er schon von weitem als spartanisch erkannte. Theras verbarg sich rasch in den Büschen.

Tatsächlich waren da hinter der Vorhut von drei Reitern die beiden Ephoren zu erkennen, dann einige Eseltreiber mit Eseln, die ihrer Last, nämlich der unnützen Geschenke an Delphi, entledigt waren. Sie befanden sich eindeutig auf dem Rückweg nach Sparta.

Kurz nach Tagesanbruch kam Theras am Ziel an.

Was er sah, übertraf alles, was er je gesehen hatte. Seine Heimat, der Peloponnes, war nicht arm an steilen ruppigen Bergen, doch hier bei der Kastalischen Quelle, wo man sich reinigte, stand eine Felswand vor ihm so nahe, so hoch, so steil, dass es für Menschen nicht zu fassen war. Da konnte nur ein Gott wohnen. Kleiner Mensch, halt ein, besinn dich, wie klein du bist! war die Botschaft dieser Wand.

Lange blieb Theras stehen und schaute und schaute. Noch nie hatte er sich so nahe bei einem Gott gefühlt. Hier war er aufgehoben, hier würde er die Lösung für seine Fragen finden.

„Woher kommst denn du? Ganz allein, ohne Diener und Träger?"

Misstrauisch betrachtete ihn der strubbelige alte Mann, der in Delphi den Eingang zum Heiligtum bewachte. Viel von der Welt hatte er nicht gesehen, viel über Götter wusste er nicht, doch etwas kannte er wie kein anderer: die Bittsteller, die sich um einen günstigen Orakelspruch hierher bemühten.

Dieser neue Bittsteller, der ganz ohne Begleitung an der Pforte erschien, passte allerdings nicht so recht ins Schema. Einerseits war er einfach, in ländlich-dicke Stoffe gekleidet, andererseits trat er sehr bestimmt und selbstsicher auf und strahlte eine Würde und Überlegenheit aus, die den Türhüter verwirrten. Besucher kamen entweder mit einem protzigen Aufzug, also mit mindestens fünf Dienern und zehn vollbeladenen Eseln, oder dann kamen sie ganz allein.

Von diesen unbegleiteten Ratsuchenden waren die meisten Arme, die ohne Entgelt etwas Gutes weissagt haben wollten. Auch Mittellose durften sich nämlich an die Pythia wenden in ihren Notlagen, doch mussten sie ihre Frage so formulieren, dass nur Ja oder Nein möglich war. Die Pythia zog dann aus einem Topf eine weisse oder eine schwarze Bohne.

Oder aber die Einzel-Frager waren ganz besonders wichtige Leute, die in einem geheimen Auftrag vorbeikamen, sozusagen inkognito. Der hier, der vor ihm stand, war bestimmt von dieser zweiten Art.

Misstrauisch schaute ihn der Türhüter an.

„Du kommst ohne Gefolge. Brauchst du wohl einen Ja-Nein-Spruch, wie die gewöhnlichen Leute?"

„Warum ich allein komme? Weil ich einen geheimen Auftrag habe von den Königen von Sparta."

„Von Sparta?" lachte der Alte, „da kommst du mit einem falschen Namen. Gesandte von Sparta sind eben gerade weggeritten, nachdem sie einen Spruch vom Orakel erhalten und auch gut bezahlt haben."

„Ach die? Da bist du ihnen aber auf den Leim gekrochen. Wie viel haben sie denn bezahlt?"

„Eine ganz anständige Summe, 50 kleine Goldstücklein."

„Haha, da siehst du, dass ich in besserem Auftrag komme, ich habe doppelt so viel an Gold zu bieten."

Er klimperte ganz unauffällig mit den Goldstücklein in seiner Tasche. Der Türhüter wurde neugierig.

„Ich wünsche nämlich für den, der früher König war und sein Amt niedergelegt hat, einen Spruch für die Zukunft. Er hat eine blendende Zukunft verdient, da er sich um den Staat Sparta besonders verdient gemacht hat."

Theras zückte seinen prallen Beutel und liess den Wächter mit den Fingern tasten.

„Siehst du, das Orakel, das die beiden Spartaner hier empfangen haben für knappes Gold, das ist für das Volk bestimmt. Das Volk will gern irgendeinen schönen Spruch hören, und diejenigen, die hier waren, werden ihn laut verkünden in der Volksversammlung. Aber das, was nur für die beiden Könige über den Regenten vorausgesagt wird, das soll ich allein empfangen, das ist mein Auftrag."

Dem Wächter erschien die Diskussion reichlich unverständlich, doch die Goldstücke liessen sich nicht wegargumentieren; die Sache hatte bestimmt Hand und Fuss. Es wäre wohl ein Fehler, diesen zahlungskräftigen Besucher nicht respektvoll zu behandeln .

„Warte hier, ich werde für dich einen Termin suchen," versprach er, und verschwand in einer hinteren Kammer. Es dauerte eine geraume Zeit, da kam er freudig zurück und erklärte, dass am vierten Tag am Morgen bei Sonnenaufgang ein Termin frei sei.

„Aber sag mir, was für einen Spruch hat die Pythia denn den Spartanern mitgegeben?"

„Das darf ich dir nicht sagen, Sprüche gehen nur an die Auftraggeber."

„Aber hör doch, wir haben ja denselben Auftraggeber, die Könige von Sparta, also kannst du mir ganz unbesorgt sagen, was da gelaufen ist. Ich würde es ja so oder so bald erfahren."

Der Wächter wurde unsicher. War das logisch?

Ein weiteres Goldstücklein, das Theras aus der Tasche zog und ihm unauffällig in die Hand drückte, beseitigte alle Bedenken.

„Es war ein recht schwieriger Spruch, ich muss mich anstrengen, ihn noch hinzukriegen. Er hatte etwas mit Zahlen zu tun," meinte der Wächter, der in geistigen Dingen rasch überfordert war.

„Jetzt kommt es mir wieder:

„Aus drei mach zwei,
doch acht dabei,
die eins sei frei."

Theras frohlockte. Das dürfte keine besonders harte Knacknuss für die beiden sein; er selber verstand auch gleich, was gemeint war.

Die Abende in der Herberge wurden unerwartet zu einem Fest besonderer Art. Was Theras da alles zu hören bekam an neuen Ideen und originellen Gedanken war mehr, als er in den letzten zehn Jahren in Sparta mitbekommen hatte. Die Gäste kamen aus den verschiedensten Gegenden von Griechenland, ja einer war sogar aus Kreta hierhergekommen, und zwei aus dem Osten, dort wo vor einiger Zeit noch eine Stadt mit Namen Troja bestanden hatte. Sie alle hatten von Notlagen und Problemen in ihrer Heimat zu berichten und waren allesamt hier, um sich vom Gott Apoll eine Lösung zu erbeten.

Es wurde Theras wieder einmal bewusst, dass das Gerüst, das der weise Lykurg den Spartanern erstellt hatte, bloss eine von vielen Möglichkeiten war, und zwar eine bescheidene, das Zusammenleben in einer Stadt oder einer grösseren Gemeinschaft zu gestalten. Da diskutierten die Männer aus Athen über Vorgänge, die ihm unverständlich waren und die ihm ein freundlicher Greis geduldig erklärte. Am meisten amüsierte ihn, wie das Volk in Athen mitbestimmen durfte: nicht nur durch wohlformulierte unterwürfige Anträge, sondern durch Geschrei und Tumult in einer Volksversammlung.

Und was erst über die Mussezeit und das Gesellschaftsleben geredet wurde! Er schnappte Wörter auf wie Tragödie oder Orchestra oder Hetäre oder Symposion – alles Dinge, die ihm völlig unbekannt waren und die die Gäste mit Feuereifer und Kenntnis diskutierten. Nichts von all dem war in Sparta zu finden, da war das Leben einfacher, immer schön geradeaus, da lebten die wenigen kriegstüchtigen

Männer zusammen in ihren vorbestimmten Gruppen, den Syssitien, diskutierten über Sport und Kampf und wie man die sich ungebärdig zeigenden Heloten oder die gierigen Nachbarvölker am besten in Schach halten könnte, während die Frauen zuhause zum Rechten sahen und kleine Kinder zu zukünftigen Kriegern grosszogen. Am liebsten wäre Theras gleich nach Athen gereist, um sich diese so originelle Stadt genauer anzusehen.

Jetzt verstand er, warum die Herren in Sparta den Bürgern das Reisen verboten. Die könnten ja auf Ideen kommen!

Am zweiten Abend in der Herberge war ein besonderes Fest angesagt: ein herumziehender Sänger kam, um die Gäste mit den neuesten Liedern über den Trojanischen Krieg zu unterhalten. Theras freute sich ungemein, denn nur selten verirrten sich Sänger nach Sparta, obwohl ja eigentlich die ganze Geschichte um Troja in Sparta begonnen hatte, als dort die schöne Helena ihrem Gatten Menelaos von Paris geraubt und nach Troja entführt wurde. Die Heldentaten der griechischen Kämpfer hatte Theras schon einige Male gehört. Er hatte auch gehört, wie Odysseus den Griechen nach zehn Jahren endlich zum Sieg verholfen hatte, nicht durch eine besonders kühne Leistung als Kämpfer, sondern durch eine List: indem er Griechen in einem hölzernen Pferd versteckte. So gelang es ihnen, in die Stadt Troja einzudringen und sie zu zerstören.

Doch was der Sänger an diesem Abend den gespannt Lauschenden über Odysseus erzählte, war nicht wieder diese List mit dem hölzernen Pferd, nein, es war die unglaubliche Geschichte der Heimkehr des siegreichen Odysseus nach Ithaka, die sage und schreibe weitere zehn Jahre dauerte! Eine Gefahr um die andere musste der Arme auf seiner Meeresfahrt durchstehen, und jedes Mal gelang es ihm mit einer neuen List, Götter, Nymphen, Dämonen, Herrscher zu bezwingen. Die Zuhörer waren begeistert von Odysseus – das war wahrhaftig ein echter Grieche, der allein mit seinem gescheiten Köpfchen alle Schwierigkeiten überwand.

Am vierten Morgen war es endlich so weit, er war an der Reihe.

Erst musste die Pythia die eklen Gerüche aus der Spalte einatmen, darauf fiel sie in angemessene Trance. Dann gab sie etwas mit heiserer nebliger Stimme von sich, halb geschrien, halb gelallt. Die weisen Priester, die in der Nähe sassen, hatten ein geschultes Ohr für feine Nuancen und verfolgten die Worte oder besser das Gewinsel der Seherin aufmerksam. Sie schrieben auf, was sie aufgefangen hatten, und fassten es in Worte. Für einen kleinen Aufpreis wurde die göttliche Botschaft von einem besonders dafür geschulten Priester gleich noch in Verse gekleidet, die leichter zu memorieren waren.

Das war der bereinigte Spruch, den die Orakelpriester ihm schliesslich präsentierten:

„Sichelmond dein Leiter,
dreimal dein Begleiter.
Der erste – weg vom Strand,
der zweite – fester Stand,
der dritte – deine Hand."

Theras musste nicht lange rätseln, es war ihm klar, was der Spruch für die Könige und ihn bedeutete: Er solle aus Sparta ausziehen, weggehen, neues Land besiedeln - eine wunderschöne Idee, ein Vorschlag, der genau seinem Wesen und seiner Lage entsprach. Kurios, eigentlich unverzeihlich, dass er nicht selber darauf gekommen war.

Theras bedankte sich überschwänglich beim Türwärter, der ihn bevorzugt behandelt hatte, und wollte weiterziehen.

Doch der Wächter hielt ihn zurück. Er schaute sich sorgfältig um, ob niemand in der Nähe war, und zog Theras am Ärmel nahe zu sich heran:

„Ich hätte da noch etwas Spezielles für dich. Es ist schon drei Jahre her, dass mir ein sehr nobler Fragesteller ein privates Trinkgeld hinterlassen hat, wenigstens betrachtete ich es als das. Mir selber nützt es nichts, doch schon lange denke ich, es würde bestimmt einem andern etwas nützen, es braucht nur den richtigen."

Er erhob sich und öffnete umständlich die Kiste, auf welcher er sass. Dazu musste er vier komplizierte Schlösser überlisten, darauf wühlte er tief unten in zahllosen Gegenständen, undefinierbaren Metallstücken, Kleiderteilen, Amuletten, und zog schliesslich ein kleines Päckchen hervor. Er schaute sich nochmals vorsorglich um, ob ihn niemand beobachtete.

Mit zittrigen Fingern öffnete er die Schnüre. Etwas blau Schimmerndes kam zum Vorschein, etwas halb Durchsichtiges, Weisslich-Bläuliches so gross wie der nicht allzu dünne Daumen von Theras.

„Schau dir das an! Es ist als Anhänger gestaltet. Wenn du genau hinsiehst, erkennst du, dass da eine Mondsichel eingeritzt ist."

Stumm hielt er Theras das Stück vor die Nase. Es war ein einmaliges prächtiges Stück Mondstein. Theras kannte sich nicht gut aus in Edelsteinen, doch bei diesem Stück verstand er sogleich, dass es etwas Besonderes war.

„Bis jetzt habe ich ihn immer hier bei meinen Siebensachen gehütet. Doch ich nahm mir vor, wenn jemand kommt, der ihn besonders gut brauchen kann, dann würde ich ihn ihm geben. Wenn jemand einen Spruch erhält, in welchem der Mond eine Rolle spielt.
Was meinst du?"

Theras legte sein Misstrauen ab. Es war ein wunderschönes Stück,
geheimnisvoll milchig und blau, es strahlte etwas Göttliches aus.
War es Geborgenheit, war es Zuversicht, war es Trost? Und warum
sollte da etwas nicht in Ordnung sein? Der Wächter hatte das Stück
anscheinend unterschlagen, doch das war schon drei Jahre her.

Einige weitere Goldstücke, die er jetzt ja nicht mehr brauchte,
wechselten die Hand, und der Mondsteinanhänger baumelte um
seinen Hals.

5 Santorin 2014

Umsteigen in Athen war kein Problem, der Flughafen war ziemlich neu und erfreulich klar organisiert. Didier fand bald das richtige Gate und stellte sich ans Fenster. Von dort aus konnte er auf die startenden Flugzeuge blicken.

Neben den internationalen Riesen, die da auf der Piste standen, nahmen sich die Flugzeuge für den Innenverkehr zu den Inseln zierlich aus, wie Spielzeuge. Auf dem ganzen Hinflug konnte er von seinem Fensterplatz aus die Inseln und Inselchen unten in der Ägäis betrachten, samt den Schiffen und Schiffchen, die auf dem Wasser herumtuckerten und ihren Zielen zustrebten.

Der Flughafen von Santorin war genauso, wie man ihn erwartet auf einer kleinen griechischen Insel: schneeweiss getünchtes Gebäude, Pisten mitten im grünen Gestrüpp und im gelben Sand. „Kratikos Aerolimenas Santorinis" entzifferte Didier mit seinen Griechischkenntnissen. Für die Pisten hatte man genügend Platz gefunden auf einer total flachen Ebene gegen das Meer hin auf der sonst recht steilen und felsigen Insel – ein ausgezeichneter Ort für ein Flugfeld. Manch andere ebenfalls felsige griechische Insel hatte keinen solchen Idealplatz für auch nur kurze Pisten.

Doch was stand da für ein seltsamer Felsklotz am Ufer, wie fehl am Platz, hingeknallt von einer zornigen Gottheit?

Er blieb auf der Rampe stehen, die vom Flugfeld ins Abfertigungsgebäude hinein führte, und staunte.

Mit seinem kleinen Fernglas schaute er den Monolithen genauer an. Er erspähte gar an der Flanke ein kleines Kloster, irgendwie in den Fels hineingebaut. Dieser Felsbrocken in der Ebene hatte bestimmt eine besondere Geschichte. Den musste er fotografieren. Umständlich packte er seine Kamera aus.

„Halt, hier wird nicht fotografiert! Nicht stillstehen, weitergehen!" schnauzte ihn ein Sicherheitswächter an.

Didier fuhr zusammen. Schon bot sich die erste Möglichkeit zu beweisen, wie weltgewandt er in seinen drei Jahren im Ausland geworden war. Nur nicht gleich klein beigeben, eher etwas angeben, war seine neueste Devise, wenigstens für den Augenblick.

„Ich bin hier im Auftrag der Wissenschaft, ich brauche ein Bild von jenem Monolithen in der Ebene," sagte er und versuchte, seiner Stimme Gewicht und Bedeutung zu geben.

„Nichts da, hier wird nicht fotografiert! Ihre Ausweise, bitte!"

Das hatte nicht geklappt. Geknickt gehorchte Didier und zog seinen Reisepass hervor. Der Polizist studierte ihn umständlich und blätterte sämtliche Seiten durch.

„Weitergehen!" befahl er schroff.

Eingeschüchtert gehorchte Didier. Der erste Kontakt mit einem Griechen war nicht gerade vielversprechend, doch es war wohl ratsam, es nicht schon zu Beginn seines Aufenthaltes mit der griechischen Polizei zu verderben. Man musste die Griechen verstehen, denn die lange Grenze mit der verhassten Türkei war ein scharf geladener Draht, dem man lieber nicht allzu nahe kam.

Wieder waren alle andern Taxis mit Passagieren weg. Nikos versuchte, nicht aus dem Fenster zu schauen, sondern sich auf den Herodot zu konzentrieren, den ihm Dimitrios ausgeliehen hatte.

Da klopfte es an seine Fensterscheibe.

„Sind sie noch frei?" weckte ihn eine Stimme.

Nikos riss sich aus seiner Lektüre heraus und wandte seinen Kopf zum Sprecher. Ein jugendlicher, sportlicher Mann stand vor ihm. Er war bestimmt nicht älter als 23.

„Ich habe mich etwas verspätet, ich wollte mir noch den Monolithen genauer anschauen. Doch als ich eine Aufnahme machen wollte, kam ein Polizist, und der hätte mich beinahe verhaftet."

Er stellte sich vor als Didier, Franzose. Er lachte freundlich, und Nikos musste sich nicht besonders Mühe geben, ebenfalls erfreut dreinzuschauen. Das Glück hatte ihn wieder einmal eingeholt, er hatte einen Kunden gefunden.

Hatte der Taxifahrer tatsächlich einen Herodot in die Ablage geschoben?

„Ich möchte gern in den Hauptort fahren." Das war eine nicht besonders lange Strecke. Immerhin etwas.

„Ich suche noch eine Unterkunft."

Eine Unterkunft? Das war schon besser, das waren Glocken in Nikos' Ohren.

Didier war nicht einer der billig reisenden Rucksacktouristen, kein ungepflegter Tramper, der ein billiges Zimmer ohne Meerblick suchte. Das erkannte Nikos auf Anhieb. Er trug solide Wrangler-Jeans, dazu ein sauberes T-Shirt mit einem Karate-Aufdruck. Natürlich fehlte ein Rucksack nicht, doch es war nicht eines der gigantischen, hässlichen Mehrzweckmonster, das kaum Platz im Kofferraum fand, falls solch ein Gast ausnahmsweise einmal ein Taxi bestieg. Es war ein Arbeitsrucksäckchen, das sich für tägliche Erkundungen und

Wanderungen eignete; wahrscheinlich enthielt es gar einen Laptop. Ein türkisfarbener Koffer aus Samsonite enthielt das Übrige.

Der Junge wirkte eher unsicher, nicht so wie die so selbstbewusst auftretenden Habenichtse, die mit einem winzigen Ferienbudget in den Semesterferien das ultimative Abenteuer suchten. Und er hatte nicht auf einen lokalen Bus gewartet, sondern gleich ein Taxi anvisiert. Er war wohl ziemlich verwöhnt, an Geld schien es jedenfalls nicht zu mangeln. Nikos reihte ihn unter die wohlhabenderen Studenten ein, die in ihren Sommerferien herumreisen unter dem Vorwand der Weiterbildung, aber wohl eher, um den Sommer zu geniessen und endlich etwas zu erleben.

Ein idealer Kunde für das grosse sonnige Zimmer seiner Schwägerin, auch wenn er nur drei Nächte bleiben würde. Es stand im Augenblick leer, da die Reisedampfwalze der endlosen Charterflüge noch nicht voll über die Insel hereingebrochen war.

„Haben Sie an ein komfortables Privatzimmer mit Bad und Frühstück gedacht?"

„Ja, das wäre mir lieber als ein Hotelzimmer. Wüssten Sie mir eines? Das wäre wunderbar."

Dann fügte er noch beiläufig hinzu: "Ich gedenke etwa sechs Wochen zu bleiben."

Nikos fiel der Kiefer hinunter. Sechs Wochen bleiben? Den Kunden musste man sich halten. So einen fand man nicht jeden Tag, höchstens einmal in zehn Jahren. Sein Schwager wäre ein gemachter Mann. Und er selber hätte den ersten Schritt wieder aufwärts getan, denn Nikos als Vermittler würde, wie vereinbart, einen Viertel der Miete erhalten.

Die Fahrt vom Flughafen hinauf in den Hauptort Fira war nicht besonders interessant, die üblichen Tankstellen und Imbissbuden säumten die Strasse, die Pfosten mit den elektrischen Leitungen und den Telefondrähten standen schief und unordentlich am Wegrand. Überall standen Hotels meist neuerer Bauart in abenteuerlichster Architektur. Lieblingsfarbe neben schneeweiss schien hier rosa. Flachdächer fanden sich neben nostalgischen Tonnendächern im Traditionsstil. Immer wieder Gärten oder Höfe mit Schwimmbädern, die in giftig blauer Farbe aus dem Grün leuchteten. Die Gebäude waren ohne jedes System in die Gegend gestellt, dazwischen wuchs auf steinig rotem Boden Gestrüpp. Also besonders anziehend war Santorin bis jetzt noch nicht, fand Didier nach einer zehnminütigen Fahrt, doch er behielt seine Meinung für sich.

Das Auto bog nach links ein, kletterte steil den letzten Abhang hinauf und hielt abrupt an. Didier musste aussteigen. Noch einige Schritte aufwärts, am Hotel Atlantis vorbei, und er war oben auf der Kante.

Die Regie klappte vorzüglich. Didier trat an das Mäuerchen vor der Kirche – da wusste er es. Das war Santorin, das war das Wunder der Kykladen, das Heiligtum, das die Griechen auf keinen Fall mit den Libanesen teilen wollten. Senkrecht unter ihm war die Caldera – einige hundert Meter tiefer – mitten im Rund die beiden neuen Vulkaninseln – als Abschluss eine andere längliche Insel. „Atemberaubend" war das Wort des Prospektes – ja, jetzt verstand er die Griechen.

Nikos stand neben ihm und schwieg und wartete. Er wusste, dass er jetzt nicht drängen durfte.

Er hob den türkisblauen Koffer auf seine Schulter, und nach unzähligen Treppenstufen und durch enge Passagen stand Didier unvermutet in einem geräumigen Zimmer mit Terrasse und Blick auf die Caldera.

„Atemberaubend", noch einmal, war genau das richtige Wort. Er stand und staunte und konnte sich kaum wegwenden. Das Zimmer war schneeweiss getüncht, das Bett eingemauert in ein Gipsmäuerchen, die Türe zur Terrasse hinaus offen. Etwas wie eine Dusche und Toilette waren hinten in den Fels hineingebaut. Didier hatte das Gefühl, mutterseelenallein in einem Felsenkloster weit weg von Menschen zu hausen. Da musste er bleiben. Der Preis, den die Schwägerin nannte, lag durchaus in seinen Möglichkeiten.

Gleich wurde er noch zu einem Ouzo und Oliven in die Stube eingeladen, zusammen mit dem taxifahrenden Schwager.

Was ihn denn nach Santorin bringe und das gleich für sechs Wochen, wollten die beiden wissen, nachdem sie ihre Namen genannt hatten und mit Didier angestossen hatten. Die Schwägerin von Nikos hiess Melpomene, ihr Gatte, der Bruder Ariadnis, war an der Arbeit. Er hiess Antonios. Er hatte riesiges Glück, dass er eine solide Stelle bei der Schwebebahn gefunden hatte.

Melpomene war eine gemütliche, eher rundliche Vierzigerin, ihre schwarzen Haare waren im Nacken zu einem Knoten gebunden. Sie verdiente sich ein Zubrot mit der Vermietung ihres eigenen Gästezimmers und mit der Wartung und Betreuung von vier anderen Unterkünften. Der zwölfjährige Sohn war die meiste Zeit unsichtbar.

„Ja das ist eine verzwackte Sache," lachte Didier. „Es geht um einen Streit unter Wissenschaftlern. Ich bin Archäologiestudent, da interessieren mich solche Finessen."

„Worum geht es denn genau?" wollte der Taxifahrer wissen. „Archäologisches auf unserer Insel ist eins meiner Hobbies. Ich habe schon einiges darüber gehört. Manchmal führe ich Gruppen durch Alt Thera auf dem Mesavouno."

„Da muss ich wohl meinen Mund halten. Du bist Grieche, und ich, ich bin Franzose und studiere in Beirut im Libanon."

„Ach, bei den Phöniziern!" warf Nikos ein. Wieder die Phönizier! Zweimal am selben Tag das Thema Phönizier. War das eine neue Masche oder einfach Zufall? „Die sollen ja unsere Urururvorfahren gewesen sein!" fügte er lachend hinzu.

Didier war beeindruckt. Ein ungelernter Taxifahrer, der Bescheid wusste über die Urvorfahren auf seiner Insel.

„Die Phönizier, die kennst du? Glaubst du wirklich, dass sie eure Vorfahren waren? Das ist es genau, warum ich hier bin. Ich soll handgreifliche Belege finden und nach Beirut bringen. Und ich habe gefürchtet, die Santoriner würden jeden mit Schimpf und Schande fortjagen, der so etwas laut behauptete und gar erforschen wollte."

Nikos lachte laut auf. Wie froh war er, dass er noch Dimitrios besucht hatte und das Kapitel über die Phönizische Erstbesiedlung eben im Warten aufgefrischt hatte.

„Wir Santoriner sind da nicht so empfindlich. Aber die Archäologen, die aus der Schatulle von Athens Archäologischem Museum gefüttert werden, und das nicht schlecht, sind da ganz anders. Sie sind überhaupt nicht interessiert daran, phönizische Vorfahren zu finden. Es ist doch viel heroischer, wenn echte Griechen, Dorer, also Spartaner, die Insel neu und fest in den Griff genommen haben einige Jahrhunderte nach dem Vulkanausbruch. Das ist patriotisches Denken, das macht Eindruck, und nur das bringt den entsprechenden Lohn aus Athen."

Didier staunte. Also auch ein ganz gewöhnlicher Taxifahrer wusste solch komplizierte Dinge.

„Und du, wenn es dich so besonders interessiert, hast du denn schon selber geforscht und etwas entdeckt?"

„Ich? Ich habe meinen strengen Beruf, ich bin doch Taxifahrer. Und selbst wenn ich etwas Handgreifliches fände, wer würde mir glauben, dass es echt ist? Die griechischen Archäologen hier würden mich auslachen, einmal da ja wohl nichts zu erwarten ist von einem Taxifahrer ohne klassische Bildung, und dann eben auch, weil sie solche Sachen gar nicht hören wollen. Die beschäftigen sich lieber mit dem prähistorischen Akrotiri. Sehr viel weiter kommen sie dort aber auch nicht, nachdem ihnen das Dach auf den Kopf gestürzt ist. Zum Glück für den Tourismus ist die Sache jetzt wieder einigermassen repariert."

Nikos machte eine Pause und runzelte die Stirne eindrücklich.

„Es gibt schon auch Archäologen, die sich nicht mit dem minoischen Akrotiri beschäftigen, doch die interessieren sich für das klassische Alt-Thera, für die von griechischen Dorern gegründete Stadt. Das passt perfekt in den Ablauf der Geschichte, wie echte Griechen sie wünschen: Auf die Minoer folgten gleich Dorer, echte Vorväter, auf die wir ja stolz sein können, tüchtige Spartaner, die mit Theras ankamen. Aber dass da noch irgendwelche Phönizier als Siedler irgendwann dazwischen sein sollten, wie Herodot das behauptet, das stört den edlen Ablauf, das ist kein Thema hier, davon will niemand etwas hören."

Didier war beeindruckt, wie gut Nikos die Lage beurteilte und wie exakt er sich auskannte.

„Genau daran ist mein Professor in Beirut brennend interessiert! Wir haben ja nur den Text des Herodot, und es sollten noch Beweisstücke her. Und die Beweisstücke sollten nicht allgemeiner Art sein, so dass man sie als späteren Import abtun kann. Es sollten typische Funde sein, etwas möglichst spezifisch Phönizisches, am besten etwas Religiöses, das einem Kult zugeschrieben werden kann."

Nikos hörte interessiert zu. Da liess sich vielleicht etwas machen. Einem so offenen ehrlichen „Forscher" begegnete man nicht alle Tage, und einem, der nicht hochnäsig, sondern sogar noch dankbar war, einen laienhaften Zuhörer zu finden.

„Völlig klar, es braucht Gegenstände, es braucht Beweise für die Wissenschaft. Du willst also echt graben und suchen, du ganz allein?" fragte Nikos eher etwas ungläubig.

Didier wurde verlegen. Ihm schien jetzt die Aufgabe, wo er sie so deutlich formuliert hörte, selber recht ungeheuerlich.

„Das wäre mein Ziel. Aber bevor ich mit Graben beginnen kann, muss ich doch einen Ort finden, wo es überhaupt Sinn macht zu graben." Er sinnierte vor sich hin. „Wenn ich nun morgen eine Schaufel ansetzen sollte – keine Ahnung, wo! Ich fühle mich wie eine Ameise, die auf einer Weltkugel eine bestimmte Haselnuss suchen sollte."

Nikos hörte zu und schwieg immer noch. Nur nicht gleich allzu viel Begeisterung zeigen.

„Aber irgendwie hat mich das Feuer gepackt, ich möchte so gerne dazu beitragen, herauszufinden, was alles passiert ist vor Tausenden von Jahren."

Beide schwiegen.

„Wahrscheinlich habe ich mir da etwas Hirnwütiges vorgenommen."

Wieder eine Pause. Nikos hatte noch kein Wort gesagt. Er wollte die Steigerung noch auskosten.

„Oder vielleicht könntest du mir helfen? Könntest du mir vielleicht zeigen, wo möglicherweise etwas zu finden wäre?"

Jetzt war es heraus. Die Nerven von Nikos spannten sich. Wie eine Maus einen Käse von weitem riecht und sich dann sorgfältig heranpirscht, so musste er jetzt seine Karten sehr behutsam ausspielen. Nur sich nicht gleich allzu begeistert zeigen.

„Hm hm - das wäre wohl möglich, wenn es sich irgendwie einrichten lässt zwischen meinen strengen Taxidiensten."

„Ich würde dich natürlich bezahlen für deine Stunden."

Das war es, was Nikos hören wollte. Nicht einfach seine Kenntnisse grosszügig an Fremde austeilen wie Almosen an hungrige Bettler, nein, sie möglichst günstig verkaufen. Schliesslich, nach einigem gespielten Zögern, nach einem eindrücklichen Stirnrunzeln, willigte Nikos ein, Didier zu führen und ihm mögliche Orte zu zeigen, wo Siedlungen oder wenigstens Siedlungsspuren zu finden sein könnten. Wenn er Zeit hätte, würde er ihm auch beim Suchen helfen.

Den Stundenlohn sollten sie noch abmachen, sagte Didier abschliessend.

Jetzt galt es, nichts zu verderben. Das Prinzip, nach welchem Nikos wie ein echter Grieche lebte, war einfach: Mit dem doppelten Preis beginnen, damit die Hälfte dann noch annehmbar wäre. Oder warum nicht gleich mit dem Dreifachen? So sagte er kühn:

„Wie wären 15 Euro?"

Melpomene gab ihm unter dem Tisch einen kräftigen Tritt ins Schienbein und tippte hinter Didiers Rücken mit dem Finger an ihre Stirn.

„Einverstanden," sagte Didier. „Erst möchte ich aber die Insel noch etwas kennen lernen, dazu würde ich etwa drei Tage brauchen, denke ich. Wann könntest du beginnen? Wäre dir der nächste Freitag recht?"

Sie verabredeten sich auf den Freitagmorgen um 9 Uhr beim Hotel Atlantis.

Beglückt über den so raschen Fortschritt in seinen Plänen genoss Didier, wie es der Reiseführer empfahl, noch den Sonnenuntergang von seiner Terrasse aus, mit einem Glas Ouzo in der Hand und einem Tellerchen Oliven auf dem Mäuerchen. Lange sass und schaute er, wie es dunkler und dunkler wurde, und wie schliesslich der Mond, in dieser Nacht als schlanker Sichelmond, am Himmel über ihm erschien. Wie war das Leben doch schön! Er spürte ein neues Glücksgefühl, es wurde ihm immer wärmer. Kaum auf der Insel, hatte er schon eine ideale Bleibe gefunden, und was noch viel wichtiger war, dazu noch einen Menschen, der völlig verstand, was für eine verschrobene Aufgabe er sich hier aufgehalst hatte.

Erschöpft aber überglücklich lag Didier auf seinem eingemauerten griechischen Lager. War das nicht beinahe zu viel Glück auf einmal? Würde das Glück wohl Bestand haben und das ganze absonderliche Unterfangen erfolgreich enden?

Nikos wälzte sich noch eine Weile im Bett hin und her. Heute hatte der Glücksengel endlich wieder einmal mit den Flügeln geschlagen. War das ein Anfang zu weiteren Erfolgstagen? Lag da vielleicht noch etwas mehr drin?

„Nun, Theras, hast du Hilfe erhalten in Delphi?" fragte Prokles atemlos. Ausnahmsweise war Coalix nicht dabei, so konnte Prokles den überflüssigen Onkel mit einem Rest von Ehrfurcht empfangen und mit der Dankbarkeit, die er tief unten in seinem Herzen doch noch für seinen Wohltäter empfand.

Prokles verlor kein Wort darüber, dass Theras heimlich weggereist war, ohne der Empfehlung oder eher dem Befehl der Könige zu gehorchen und bis zum Frühling zuzuwarten. Er hiess sogar einen seiner Diener einen Sitz herbeischaffen für den Gast und befahl ihm, einen Krug Honigwein zu bringen, um die glückliche Rückkehr des Onkels gebührend zu feiern. Theras traute seinen Augen kaum, wie nett sich Prokles um ihn kümmerte, wenn der schleimige Coalix ihm nicht auf die Finger schaute.

Das Orakel, das die beiden Ephoren von Delphi zurückgebracht hatten, war von den spartanischen Priestern eindeutig interpretiert worden: Theras als drittes Rad am Wagen – im Land der zweirädrigen Wagen – sei zu viel, doch solle er auf ehrenhafte Art aus der Regierung entfernt werden. Theras setzte eine bekümmerte Miene auf, als er nun seinen eigenen Spruch präsentierte.

„Ja, lieber Neffe, ich rätsle schon all diese Tage am Sinn meines Spruches herum. Ich wäre sehr froh, wenn du mir helfen könntest."

Er nahm einen tüchtigen Schluck vom Honigwein, der bis vor kurzem auch ihm in beliebiger Menge zur Verfügung gestanden hatte. So konnte er seine Befriedigung über die gelungene Delphi-Reise hinter einem Becher verstecken.

„Hier der Spruch."

Langsam, zögernd rezitierte Theras seinen Fünfzeiler und machte ein möglichst fragliches Gesicht dazu:

Sichelmond dein Leiter,
dreimal dein Begleiter.
Der erste – weg vom Strand,
der zweite – fester Stand,
der dritte – deine Hand.

Prokles hatte sich schon länger Gedanken gemacht, wie er es unter einen Hut bringen könnte, seinem Onkel Ehre zu erweisen und ihn dennoch irgendwie los zu werden, wie der Spruch der Ephoren ihm empfahl. Jetzt begann er zu strahlen, alles schien sich in Wonne aufzulösen.

„Wunderbar! Siehst du nicht, Onkel, was das bedeutet? Wie sich die beiden Sprüche ergänzen? Für mich ist die Sache sonnenklar, wenn auch schmerzhaft. ‚Weg vom Strand' scheint mir eindeutig: Delphi empfiehlt dir, auszuziehen aus Sparta!"

„Meinst du wirklich, das sei die Bedeutung?" fragte Theras. „Wohin soll ich denn gehen? Muss ich meine geliebte Heimat verlassen?"

„Wie ich den Spruch verstehe, empfiehlt er dir, eine Reise zu unternehmen, und zwar über Meer, und dich auf einem andern Strand anzusiedeln, Stand zu fassen. Das ist nicht als eine Art Verbannung gemeint, nein ganz im Gegenteil, der Spruch verheisst meiner Meinung nach höchst Ehrenvolles: Du sollst eine neue Kolonie gründen – eine wunderschöne Aufgabe, die nur die allerbesten eines Volkes erfüllen können. Du wirst berühmt und kannst Sparta in einer Weise dienen, die nur Wenigen vergönnt ist."

Prokles konnte seine Begeisterung über die einfache Lösung kaum verbergen. Damit hatte er zwei Fliegen auf einen Schlag: Er konnte Theras ehren, indem er ihn vorbildlich ausrüstete, und gleichzeitig wurde er ihn auf elegante Weise los.

Mit einem tiefen Schluck aus dem Becher gelang es Theras, seine Freude weiter zu verbergen, immer noch den Unverständigen zu spielen und weiterhin eine sorgenvolle Miene zu zeigen. Er schwieg lange, um Prokles zu einem möglichst grosszügigen Angebot zu animieren.

Seit seiner Rückkehr aus Delphi hatte Theras nämlich den Plan schon klar im Kopf – sich gegen Osten zu wenden und auf einer unbewohnten Insel eine Kolonie zu gründen. Aber so leicht sollte Prokles nicht davonkommen.

„Ausziehen, irgendwohin, wo es die Schiffe hintreibt – ein schwieriges mühseliges Unterfangen," seufzte Theras. „Ich habe gehört, dass mindestens drei Schiffe nötig sind. Und woher soll ich drei Schiffe herzaubern?"

„Lieber Onkel, sei unbesorgt! Wenn das Orakel dich wirklich über das Meer schicken will, müssen wir unser Möglichstes tun, dir zu helfen. Wir werden dir geeignete Schiffe besorgen und sie so vorzüglich ausstaffieren, dass es dir an nichts mangeln wird. Wir werden sie mit allem Nötigen füllen und dir behilflich sein in allem, was es zu einer Koloniegründung bedarf. Du kannst darauf zählen, drei Dreissig-Ruderer zu befehligen."

Es brauchte einiges an Verstellung, nicht gleich in Begeisterungs-
stürme auszubrechen. Doch Theras zeigte seine Freude noch immer
nicht. Prokles sollte noch ein bisschen schmoren.

„Ein solch gewagtes Unternehmen braucht reiflich Überlegung.
Lass mir drei Tage Bedenkzeit!"

Am vierten Tag ging er zu Prokles und nahm das Angebot an. In
diesem Augenblick kam Coalix herein. Er war informiert worden
und wusste, wovon die Rede war.

„Ausziehen, eine Kolonie gründen – ein grossartiger Plan. Hast du
dir schon genauere Gedanken gemacht, wohin die Reise führen soll,
Theras? In deinem Alter liegt ja nicht mehr allzu viel an Wagnis
drin."

Wieder ein giftiger Pfeil. Coalix lächelte spöttisch.

„Natürlich plant Sparta schon lange, sich endlich einen Brücken-
kopf gegen Osten zu erschliessen, ein Bollwerk gegen Ägypten und
die arroganten Phönizier, eine Insel im Süden der Ägais. Doch das
überlassen wir besser einem jungen Seefahrer. Ich würde dir vorschlagen, dich unsern Brüdern in Taras anzuschliessen, das läge
durchaus noch in deinen Möglichkeiten, scheint mir."

Das war zu viel. Theras brauste auf.

„Wo denkst du hin, Coalix! Du kennst mich anscheinend schlecht.
Soll ich mich als Handlanger bei niedrigen Verwandten verdingen,
die schon alles prächtig bereitgestellt haben? Mich irgendwelchen
Leuten unterwerfen, die nicht allzu sicher sind, aus welcher Klasse
von Spartanern sie stammen?"

Dieser Gegenhieb sass. Coalix errötete und schwieg.

Taras, das spätere Tarent, war ein grossartiger Erfolg, eine Toch-
terstadt von Sparta, die die Mutter schon überflügelt hatte an Grösse
und Wohlstand. Die Gründer waren zwar von spartanischem Blut,
doch es waren vor allem Nachkommen, denen irgend ein Makel an-
haftete, die von den echten Spartiaten für nicht ganz ebenbürtig gehalten wurden. Es fehlte ihnen nicht an Tüchtigkeit, doch konnten
sie ihre Fähigkeiten besser anderswo als in Sparta selber ausspielen.

Theras hatte nicht bemerkt, dass er im erregten Gespräch mit der
Hand unter seinen Überwurf fuhr, um sich Luft zu verschaffen. Nun
lag der Mondstein aus Delphi offen auf seiner Brust. Coalix' Augen
fielen sogleich auf das Schmuckstück. Er schnappte nach Luft:

„Woher hast du das? Wundervoll."

Theras gab die Geschichte so knapp wie möglich preis. Er wusste
nur zu gut, wie kindisch alle Spartaner an Zeichen, Amulette und
Orakel glaubten. Sie gaben sich zwar reif und emanzipiert, doch

wenn es um etwas Übernatürliches ging, wurden sie unsicherer als ein Maulwurf im Sonnenlicht.

Nachdenklich ging Theras nach Hause. Den Mondstein würde er besonders gut hüten müssen.

Vier Wochen waren schon vergangen seit seiner Reise nach Delphi. Theras war wieder ganz der alte tüchtige Spartaner von früher. Er wusste nun klar, wie sich seine Zukunft gestalten würde: Auswandern, eine Kolonie gründen – das klang erregend, spannend, abenteuerträchtig. Er hatte ein festes Ziel, er fühlte sich zehn Jahre jünger.

Prokles hielt sein Versprechen, Theras in allem zu unterstützen, wirklich vorbildlich, oder eher übertrieben vorbildlich, fand Theras. Prokles war gut beraten, sich mit dieser grosszügigen Ausrüstung vor seinen Untertanen in ein günstigeres Licht zu setzen. Manche bedauerten es nämlich schon im Stillen oder auch halblaut, dass nun die beiden Jungen am Ruder waren; unter dem Onkel waren die Zeiten eindeutig besser gewesen.

Es zeigte sich wieder, dass die Spartaner keine Freunde der Meerfahrt waren und Seereisen auf ein Minimum beschränkten.

Prokles richtete für Theras drei Schiffe her, die alles übertrafen, was auch seetüchtigere Völker je gesehen hatten. Eines war ganz in Grün, das andere in Blau, und das Flaggschiff, das Schiff des Flottenadmirals Theras, war in Rot gehalten. Die Segel leuchteten von weitem in verschiedenen Mustern mit weissen oder gelben Fischen. Glitzernde Schmuckelemente fehlten nicht, und die Galionsfiguren überflügelten alles, was man bis dahin je an einem Schiff gesehen hatte. Die beiden Nebenschiffe erhielten silberglänzende Meerjungfrauen in überlebensgrosser Ausführung, und das Hauptschiff war mit einem riesigen Hirschkopf mit Geweih geschmückt, das wohl irgendeinen Bezug anzeigen sollte zum Namen Theras, ein Wort, das etwas mit Jagd zu tun hatte; vielleicht war es auch als Symbol für ein Leittier gemeint.

Theras war erst entsetzt, dann belustigt, als er die Renommierschiffe sah. Die mussten ja jeden Händler auf See neidisch machen, und vor allem jeden Piraten anziehen. Heimlich liess er die allzu bunten Schiffskörper übermalen mit einem unauffälligen Oker und ersetzte die farbigen Segel durch gebräuchliche hellgraue. Den riesigen Hirschkopf entsorgte er in einem kleinen Wäldchen in der Nähe des Hafens und ersetzte ihn durch eine bescheidenere Figur eines Delphins, ebenso die beiden Meerjungfern.

Beladen wurden die Schiffe ebenfalls in reichlichem Übermass. Was immer Theras andeutete, wurde ihm sogleich in Mengen geliefert: Nahrungsmittel, Saatgut, Werkzeug, Stoffe, Wasser, Wein ... All dies war schliesslich auf das Vollkommenste gelöst. Die Schiffe, reich ausgestattet und gesichert wie Festungen, standen bereit zur Abfahrt.

Nun kam das weit schwierigere Problem: Die Besatzung.

Tüchtige Ruderer und Handlanger aufzutreiben war ein Kinderspiel. Hier konnte er Rosinen picken aus all den vielen, die sich zu diesem Abenteuer meldeten. Für zahlreiche Heloten, spartanische Sklaven, bedeutete dies endlich eine Möglichkeit, der unerträglichen Sklaverei zu entfliehen. Theras stellte sie allerdings nur mit der Erlaubnis ihres Herrn ein.

Doch freie Spartaner als Mitkämpfer, Mitsiedler, Mitberater in allen erdenklichen Schwierigkeiten zu finden, erwies sich als beinah unlösbar.

Prokles empfahl ihm verschiedene Männer aus den Reihen der echten Spartiaten, doch das waren vor allem kränkliche, schwächere, hinfällige Männer, meist im höheren Alter, die in Sparta zu nichts Nützlichem mehr gebraucht werden konnten und für Theras eher eine Last wären. Das war nicht das, was er brauchte; Theras wollte nicht Pflegefälle, er wollte Kämpfer. Ohne solche war sein ganzes Unterfangen, wenn auch nicht ganz unmöglich, so doch höchst riskant. Sie sollten nicht nur körperlich in bester Verfassung sein, beinahe noch wichtiger waren gute Charaktereigenschaften: Theras wünschte sich Leute, die zuverlässig, furchtlos und vor allem loyal waren.

Für die früheren Koloniegründungen waren stets Ursachen wie Hungersnot, Übervölkerung, Kriege, innere Streitigkeiten die Auslöser gewesen, und es hatte mehr als genug Willige gegeben, auch unter den Tüchtigsten, die ihre Heimat liebend gern verliessen.

Diesmal lag der Fall anders. Sparta war in bester Verfassung, die tüchtigen Männer hatten sich alle schon einen erfolgreichen Platz im Gefüge des Staates gesichert. Wer wollte sich da in ein so unsicheres Abenteuer wie eine Auswanderung einlassen, und erst noch an einen unbekannten Ort?

Theras fuhr aus dem Schlaf auf, als es an seinem Tor klopfte. Wer wollte zu ihm so früh am Morgen?

Mikrulis stand an der Türe.

„Komm herein, was führt dich zu mir?"

Atemlos stiess Mikrulis hervor:

„Nimm mich mit, nimm mich auf deinen Schiffen. Du wirst es nicht bereuen, ich werde so viel arbeiten und kämpfen, wie wenn ich zwei wäre."

Nach dieser langen Rede war er bereits erschöpft und setzte sich auf den nächsten Hocker.

Mikrulis war klein, fünfunddreissig Jahre alt, sein Gesicht war voller Pickel, und dazu war er noch mit den Jahren dick geworden. Weder vom Körperbau noch von seinen sportlichen Leistungen her hätte er eigentlich zu den vollberechtigten Spartiaten gezählt werden dürfen, doch sein Vater war so einflussreich gewesen, dass die Vorgesetzten über einige kleinere Mängel hinweggesehen und ihn zur Ausbildung zum Krieger zugelassen hatten. Er war jedoch nie glücklich gewesen im Heerverband, da er in allem der letzte und schwächste war und daher ständig gehänselt wurde.

„Theras, würdest du mir eine Aufgabe übergeben, eine grosse, eine verantwortungsvolle, du würdest es nicht bereuen. Du würdest staunen, was ich alles leisten kann. Hier in Sparta traut man mir gar nichts zu und lässt mich nie an etwas Grosses heran."

„Das scheint mir ein guter Grund zur Auswanderung zu sein, aber hast du wirklich den Mut, etwas völlig Neues zu versuchen?"

„Theras – bitte, gib mir eine Gelegenheit, du wirst es bestimmt nicht bereuen," wiederholte er atemlos, „bitte, lass mich ausziehen aus Sparta!"

„Gut, Mikrulis, du kommst mit. Komm heute Nachmittag wieder, ich werde dir gleich eine Arbeit auftragen können."

Mikrulis fiel auf den Boden und umfasste die Knie des Theras. Er konnte nur noch stammeln:

„Danke, danke."

Theras hatte nicht gewusst, dass Mikrulis so sehr litt in seiner undankbaren Stellung unter den grossen kräftigen Spartiaten. Er tat ihm leid, und es war durchaus denkbar, dass Mikrulis sich zu einem nützlichen Glied entwickeln würde, sobald man ihm dazu Gelegenheit gab.

Am Nachmittag, als er wieder atemlos vor Theras stand, viel zu früh, nahm er bibbernd vor Eifer den ersten Auftrag entgegen:

Theras sandte ihn gleich mit einem Zug von zehn Eseln auf den Weg zu den Schiffen, die unten im Hafen von Gythion bereit lagen. Er sollte dort die Esel abladen lassen und zugleich dafür sorgen, dass die jungen Pflanzen mit genügend Erde an einem sicheren feuchten Platz für die Reise bereitgestellt würden.

Lärm und laute Stimmen im Hof. Der alte Diener hatte vergeblich versucht, den Besucher zu bewegen, wenigstens seinen Namen und sein Anliegen zu nennen.

„Lass mich durch, du ungehobelter Flegel. Ich will zu Theras, und zwar sogleich!"

Theras erkannte die Stimme. Es war Battys. Und schon stürmte der Eindringling am Diener vorbei und stand vor Theras.

„Jetzt habe ich genug, ich will auswandern mit dir auf einem Schiff, und so weit weg von Sparta wie möglich. Die Idioten haben schon wieder einen andern genommen für den Oberbefehl über die Gruppe, die auf der Strasse nach Argos eingesetzt wird. Habe ich mich nicht auch gemeldet? Und schon wieder übergangen!"

Battys war im Heer nie so richtig vorwärtsgekommen. Er wirkte durchaus sportlich, und man hätte ihm zutrauen können, dass er es zu einem soliden Posten in der Armee bringen würde. Dass das nie gelungen war, erstaunte aber niemanden, der ihn kannte, denn er war unentschlossen, aufbrausend, unbesonnen, hatte nicht viel Durchhaltewillen, und wenn er sich für etwas begeisterte, hielt das nie besonders lange an.

Nicht unbedingt der ideale Auswanderer.

„Ach, das Leben hier in Sparta ist mir verleidet; schon lange warte ich darauf, endlich die Stufenleiter hinaufbugsiert zu werden. Bin ich denn nicht aus bestem Haus? Aber nichts geschieht, ich warte und warte. Und nie bin ich an der Reihe."

„Weißt du auch warum? Meinst du nicht, die Schuld liege vielleicht ebenso bei dir? Strengst du dich auch tüchtig an?"

„Theras, wie kannst du so etwas sagen? Es ärgert mich, dass nichts läuft, da strengt man sich ja wohl nicht so sehr an, den Obern zu gefallen."

„Meinst du, das werde besser, wenn du dich in ein grosses Abenteuer stürzest?"

„Aber sicher, denn auf dieser Ausfahrt hat es ja nur einen Chef, der bist du, und die andern sind wohl alle gleichwertig. Warum sollte ich da nicht endlich zum Zuge kommen und einen anständigen Posten erhalten?"

Theras seufzte. Das waren nicht unbedingt die besten Voraussetzungen für eine echte Auswanderung, aber immerhin – der junge Mann selber hatte Hoffnungen, endlich voran zu kommen. Er war kräftig, flink und beweglich, auch intelligent. Vielleicht würde er diese neue Chance richtig nützen? Also warum es nicht mit ihm versuchen?

Otanas, der dritte, der sich meldete, zeigte sich durch und durch positiv. Er war das Ideal von einem starken grossgewachsenen Spartiaten, erfolgreich, sportlich, mutig, beliebt. Warum er sich Theras anschliessen wollte, war nicht klar. Vielleicht war ihm das Leben in Sparta auf die Länge zu eintönig und ihn lockte ganz einfach das Abenteuer, das ihm im Heimatstaat fehlte?

Allerdings war er ein besonderer Freund und Schützling von Coalix, das wusste Theras. Hatte sich ihre Beziehung wohl etwas abgekühlt? Oder steckte da ein Geheimnis, gar ein Verrat dahinter? Lieber nicht an so etwas denken!

Drei als volle Krieger ausgebildete Spartiaten - eine bedenklich magere Ausbeute. Theras war sich voll bewusst, dass er so nur mit Schwierigkeiten losziehen würde. Er konnte nur hoffen, dass sich unter den neunzig tüchtigen Ruderern Leute finden würden, die man mit der Zeit und der nötigen Anleitung auch als Kämpfer oder an anderen wichtigen Stellen einsetzen konnte.

Am späten Nachmittag kam nochmals ein Anwärter an die Türe und bat höflich um ein Gespräch. Theras staunte nicht wenig, als sich der kräftige wohlgebaute junge Mann als Sklave vorstellte, der bei Prokaras lebte.

„Theras, das Leben, das ich jetzt führen muss, ist unerträglich. Als mein Meister Prokaras noch jünger war, segelten wir unentwegt auf allen Meeren herum" – seine Augen begannen zu leuchten, als er das Wort Meer aussprach – „wir trieben Handel in den unglaublichsten Gegenden. Das war ein Leben! Ich war der Schiffsmeister auf seinem besten Schiff, verantwortlich für einfach alles, was dem Kapitän zu viel war. Doch jetzt, jetzt fühlt sich mein Meister zu alt, er hat das Meerleben ganz aufgegeben. Und ich? Ich soll einige Landratten beaufsichtigen, welche Rüben und Fenchel pflanzen und ausgraben? Pfui, ein unwürdiges Leben, nicht auszuhalten! Bitte nimm mich mit! Du wirst sehen, wie unersetzlich ich mich auf einem Schiff machen kann. Alles kannst du mir anvertrauen."

Das wäre ein idealer Reisegefährte. Theras bedauerte, dass er ihn nicht mitnehmen konnte, denn da er diesen Prokaras schon seit langem kannte, wäre es gegen alle Regeln gewesen, ihm seinen fähigsten Sklaven ohne seine Einwilligung wegzunehmen. Es tat ihm sehr leid, aber er musste Radamas zurückweisen.

Wortlos drehte sich Radamas um und verliess das Haus.

Die Nacht versprach wieder einmal heiss zu werden, so verbrachte Theras sie wieder im Freien. Da oben auf seiner Dachterrasse war es kühler. Sparta war ein heisses Pflaster; ins dumpfe Eurotastal hatte an diesem vergangenen Tag kein auch nur gehauchtes Windchen den Weg gefunden. Wenigstens bildete man sich ein, dass es auf dem Dach etwas kühler war als unten in den dicken Mauern. Vom Dach seines Hauses aus hatte er einen Blick über die Häuser von Sparta und die weit verstreuten Anwesen in ihren Gärten, und einen Blick hinüber zum Taygetos, der das Tal im Westen abschloss. Dazu hatte er hier oben den Himmel in seiner ganzen Weite über sich.

Kaum war er eingeschlafen, fühlte er, dass jemand ihn berührte. Er packte einen dünnen Arm und schoss auf.

„Ich lasse nicht los, bis du mir sagst, wer dich hergeschickt hat."

Mit eisernem Griff hielt Theras den Jungen am Oberarm fest. Ein mageres kleines Nichts in seiner Hand, das sich drehte und wand mit verblüffender Kraft. Der Kleine spie, stiess mit den Füssen an das Schienbein seines Peinigers, versuchte die Hand, die ihn hielt, zu beissen. Doch alles vergebens, Theras war ein Riese, trotz seiner Jahre noch so kräftig wie ein Junger, immer noch – beinahe – so kräftig wie damals, als er seiner Stadt Sparta als Soldat gedient hatte. Sein Griff war so hart und schmerzlich, dass der Kleine nach einer Weile den Widerstand aufgab und nur noch winselte.

„Wenn du mich endlich loslässt, sag ich es dir," wimmerte er.

„Umgekehrt – erst wenn du es mir gesagt hast, lass ich dich los."

„Verrat mich nicht, bitte nicht, er wird mich zu Tode prügeln, wenn er es erfährt."

„So rück endlich heraus damit!"

Theras drückte kräftiger, der Junge schrie auf.

„Coalix. Ich sollte den Mondstein bringen."

„Den Mondstein!" Theras konnte sich nicht verkneifen, laut zu lachen. „Wie wolltest du den auch finden in meinem grossen Haus?"

„Ich weiss, um den Hals trägst du ihn, du hast doch heute Morgen beim Rat damit gespielt, da haben ihn alle gesehen."

Verfluchte Angewohnheit, seinen Gefühlen Luft zu machen, indem er seinen Tribon aufriss, um sich die Brust zu kühlen.

Er liess den Griff etwas lockerer, hielt den Jungen aber immer noch eisern fest.

„Wie heisst du denn?"

„Alle nennen mich Bipo."

„Nun hör mal, Bipo, wir machen einen Handel. Ich erzähle niemandem, was du eben zu mir gesagt hast, und dafür kommst du jedes Mal zuerst zu mir, wenn du wieder einen solchen Auftrag von Coalix fassest, und meldest mir, was du wo wieder stehlen oder anstellen sollst."

Der Junge schaute ihm zum ersten Mal in die Augen und flüsterte: „Ist das dein Ernst?"

„Ja. Und jetzt verschwinde und geh schlafen."

Theras liess den dünnen Arm los, und bevor er sich wieder aufgerichtet hatte, war der Junge die Treppe hinunter geflitzt und verschwunden.

Theras wollte sich endlich zur Ruhe legen, doch er konnte nicht so rasch einschlafen, im Gegenteil, er war noch hellwach. Das war gut so, in dieser Nacht noch sollte sich eine unvorhergesehene Bereicherung zu seiner Besatzung ergeben.

Die Mondsichel deutete die Landschaft mit knappem Licht an. Diese Beleuchtung hatte es ihm besonders angetan. War da nicht ein freundliches Gesicht am Himmel oben, das ihn von der Seite her, wie im Verborgenen, anlächelte?

Das war genau die Mondsichel, die auf seinem Mondstein eingeritzt war. Wie dumm von ihm, sich zu vergessen und das Amulett in der Öffentlichkeit zu zeigen. Er war selber schuld, das musste ja Diebe anziehen wie ein Feigenbaum voller reifer Feigen.

Sinnierend lag er auf dem Bett.

Das sollte er alles verlassen, und zwar sehr bald.

Alles stimmte, diese Reise war von ihm gewünscht, von Delphi empfohlen, von den Neffen gefördert. Es sollte den Ruhm Spartas in fremden Landen vermehren, wie es so schön hiess. Eine Kolonie sollte er gründen. Aber vor allem – er sollte möglichst bald aus Sparta verschwinden.

Schon wieder dieser Coalix, der ihm den Mondstein stehlen wollte. Meinte der wohl, er könne auf diese Art Theras des letzten göttlichen Schutzes berauben? Den bläulich-weiss schimmernden Stein hatte er, wenn man die Übergabe etwas grosszügig interpretierte, persönlich vom Gott Apoll erhalten, und dass Coalix ihn stehlen wollte, bewies, dass das Amulett wohl äusserst wertvoll war.

So viel ging ihm durch den Kopf. Unruhig wälzte er sich auf seinem Lager, und bald fiel er in einen Halbschlaf.

Wieder dieser selbe Traum: erst eine wilde Fahrt über Wasser und über Land, dann eine steile Wand, die sich schattig, trutzig vor ihm erhob.

Eine solche Wand hatte er schon einmal erlebt, dort in Delphi; die Wand im Traum stand jedoch im Meer, anders als die Wand in

Delphi. Und doch weckte sie die genau gleichen Gefühle, nämlich geschützt zu sein, angekommen zu sein.

Was das wohl alles bedeutete?

Da vernahm er einen schwachen Ton. Ein Pfeil stiess an die hölzerne Wand in seinem Rücken, prallte ab und fiel auf den Boden neben seinem Lager.

Hatte der Pfeil ihm gegolten? War es schon so weit gekommen, dass er in der Nacht angegriffen wurde?

Doch bald sah er, dass keine Gefahr für ihn bestand. Der Mond war wieder aus den Wolken getreten, und in seinem blassen Licht konnte er das Geschoss etwas genauer anschauen. Der Pfeil war kraftlos von der Hinterwand abgefallen. Es war ein ganz einfacher Pfeil, wie ihn die Jüngsten zum ersten Üben in der Armee brauchten, ein ungefährliches Geschoss. Es hatte also nicht seinem Leben gegolten.

Da bemerkte er ein Stück Rinde, nicht grösser als eine Nuss, das am Schaft angeheftet war.

Sorgfältig löste er das Stück Rinde und hoffte, dass der Mond nicht so rasch wieder hinter Wolken verschwinden würde. Mit Mühe konnte er das Eingeritzte erkennen: Zwölf Striche, ein Viertelmond und ein Blitzzeichen.

Die Botschaft konnte einiges bedeuten. Waren die zwölf Striche zwölf Männer, die etwas vorhatten? Eher nicht. Eine Botschaft in der Nacht, zwölf Striche – da war wohl Mitternacht gemeint.

Und der Viertelmond? In einem Monat? Oder vielleicht gerade heute beim Viertelmond? Das war das wahrscheinlichste. Heute sollte etwas geschehen, und zwar sehr bald, und der Schreiber hatte keine andere Möglichkeit gesehen, die Botschaft zu übermitteln als mit einem harmlosen Pfeil, da es wahrscheinlich sehr eilte. Dazu passte ja auch der Blitz. Es eilte!

Was wurde da geheim gehalten? War er selber wohl in Gefahr? War es schon so weit gekommen, dass er Freunde in den untersten Rängen nötig hatte, um ihn zu warnen vor möglichem Ungemach, und das auf primitivste Art?

Jetzt war er hellwach. War wohl bald Mitternacht? Die Stellung des Mondes und der Sterne deuteten darauf hin. Er erhob sich und stellte sich in den Schatten des kleinen Schuppens auf seinem Dach.

Er musste nicht lange warten. Sein feines Ohr vernahm ein kaum hörbares Klirren von Schwertern und Schildern. Dort drüben, beim Sitz der beiden Könige, tat sich etwas. Waren das nicht Schritte von Soldaten?

Er lauschte in die Nacht hinaus. Es klang wie Stimmen, die leise, aber harte Befehle gaben. Klang es nicht wie Taktschritte? Waffenklirren?

Theras hielt es nicht länger aus, er musste wissen, was vorging mitten in der Nacht. Vorsichtig stieg er durch die Luke die steile Leiter hinunter. Er packte noch rasch sein Messer, das er im Spalt zwischen dem obersten Balken und der Decke versteckt hatte. Mit einem grossen Schritt stieg er über den schlafenden Wächter hinweg und trat durch das Tor hinaus auf die Strasse in die Dunkelheit.

Es war nicht schwierig, dem leisen Klirren und den Schritten zu folgen. Was sollte dieser geheime Auszug von Soldaten aus der Kaserne mitten in der Nacht bedeuten?

Wohl verdeckt von Büschen und Mauern folgte er dem Trupp. Es waren bestimmt gegen sechzig Bewaffnete, die sich leise aus der Stadt hinaus begaben und gegen Westen marschierten.

Bald ging es aufwärts. Nun waren sie schon mehr als eine Stunde unterwegs. Wohin in aller Welt wollten die Soldaten?

Die Minyer! schoss es ihm durch den Kopf. Da oben wohnten ja die Minyer, Einwanderer - oder eher Flüchtlinge? –irgendwo aus dem Norden, die sich vor noch nicht allzu langer Zeit auf dem Berg im Westen niedergelassen und die Spartaner gebeten hatten, sie dort siedeln zu lassen.

Die Spartaner hatten ihnen das gerne bewilligt, doch in letzter Zeit waren die Minyer unverschämt geworden. Sie wollten nicht wie Bauern und Heloten behandelt werden; sie waren ein stolzer freier Stamm mit einer alten Geschichte; ein kriegerisches Unglück hatte sie aus ihrer Heimat vertrieben. Sie fühlten sich den Spartanern ebenbürtig, und sie hatten nicht lange gewartet, es auch auszudrücken. Bei der letzten Volksversammlung waren alle erschienen, und da hatte der Führer der Minyer auf durchaus korrekte Art ein Mitspracherecht bei den Beratungen gefordert. Solche Dreistigkeit! Die Ephoren hatten zuerst betreten geschwiegen, sich Blicke zugeworfen, getuschelt, und dann hatte der Sprecher kurz erklärt, man wolle sich der Sache annehmen und eine Lösung finden.

Das war jetzt also die Lösung, von der die Ephoren gesprochen hatten.

Kurz vor dem Zeltlager hielten die Hopliten an, der Führer flüsterte Anweisungen, und schon waren je zwei Soldaten in ein Zelt eingedrungen und rissen einen schlafenden Minyer heraus. Im Eilschritt zerrten sie ihre Beute den Abhang hinunter, gebunden. Die

Männer hatten keine Möglichkeit gehabt, Widerstand zu leisten und sich anständig zu verteidigen.

Das Jammern der Frauen in den Zelten war noch eine Weile zu hören, wurde aber immer schwächer, je mehr man sich wieder Sparta näherte. Benommen taumelte Theras hinter dem Zug her.

Was war da geschehen? War das die Art und Weise, wie die neuen Herrscher mit den Anliegen der Bewohner umgingen?

Im Gefängnis angekommen wurden die Gefesselten grob durch den Eingang gestossen, dann wurden die Türen zugeriegelt, und der ganze Spuk war vorbei.

Am nächsten Morgen erschienen die Frauen der eingekerkerten Minyer auf dem Hauptplatz von Sparta, jammerten laut und klagten die Herrschaft an. Ihre Männer seien völlig wehrlos im Schlaf überfallen worden, und niemand wisse warum.

Bald fand sich die Königswache auf dem Platz ein, dann auch viele Spartaner und zuletzt sogar die Könige selber. Laut wurde verkündet, dass die Minyer zu recht eingesperrt worden seien, da sie einen Überfall geplant hätten und die Herrschaft an sich reissen wollten. Zum Glück habe man Wind bekommen von dem verbrecherischen Anschlag und in letzter Minute ein Gemetzel unter den Einwohnern vermeiden können. Die Aufständischen seien nun in Gewahrsam genommen, die Gefahr gebannt. Sie seien zum Tode verurteilt.

Theras war der Einzige, der sich zu Wort meldete und Genaueres wissen wollte, etwa wie man von einem geplanten Anschlag gehört habe, ob man handgreifliche Beweise habe, und ob es ein neutrales Gerichtsverfahren für die Gefangenen gebe. Und wieder meinte er, Coalix habe missbilligend den Kopf geschüttelt.

„Handlungen, die dem Schutze des Staates dienen, können nicht kommentiert werden," war die Antwort, die er erhielt. „Die Sachlage ist klar, die Männer haben den Tod verdient."

Wieder war Theras zum Schweigen gebracht worden, wieder war seine Meinung nichts wert.

Er hatte die Minyer als sehr hilfreiche Leute kennen gelernt und gerne den einen oder andern zu Arbeiten auf seinen Gütern herangezogen, wenn es sich um etwas kniffligere Aufträge handelte, denen Sklaven nicht gewachsen waren. Und immer war er sehr zufrieden gewesen mit der Zuverlässigkeit und der Intelligenz der Minyer. Er konnte sich nicht vorstellen, dass sie so etwas Schändliches wie einen nächtlichen Anschlag geplant hätten. Sie hatten es gewagt, bei einer Volksversammlung völlig korrekt ein Gesuch zu stellen, nämlich um ein gewisses Mitspracherecht zu bitten, da sie sich den Spartanern durchaus ebenbürtig empfanden. Das war ihre einzige Sünde. Und dafür sollten sie nun sterben?

In Gedanken versunken ging Theras zurück in sein Haus. Das Schicksal der Minyer liess ihm keine Ruhe. Er war nicht der Mann, der solches Unrecht einfach hinnahm.

Gegen Abend zog es ihn wieder zum Gefängnis, wo die Minyer in dunklen Löchern schmachteten. Auf den nächsten Morgen war die Hinrichtung festgesetzt. Da traf er auf die ganze Gruppe der Frauen der fünfundzwanzig Gefangenen. Sie lagen oder knieten auf dem Boden und baten den Gefängniswächter, sie doch zu ihren Männern zu lassen, damit sie sie vor dem Tod noch ein einziges Mal sehen und mit ihnen sprechen könnten.

Der Gefängniswärter war hart. Er sei nicht befugt, so etwas zu gestatten, er sei ausschliesslich dafür verantwortlich, dass die Gefangenen schön in ihren Löchern blieben.

Und wieder baten und jammerten die Frauen, dass es einem das Herz brechen konnte.

Theras trat herzu und erkannte sogleich die Situation.

Entschlossen befahl er dem Wächter, die Frauen einzulassen. Der Wächter zuckte zusammen vor dem grossen Mann; er erkannte Theras und wusste, dass er einmal allein den Staat Sparta geleitet hatte. Er gehorchte instinktiv. Wenn Theras sagte, es sei kein Ungehorsam, dann musste es stimmen.

Schon war die Türe geöffnet, und die dankbaren Frauen schlüpften eine nach der andern hinein.

„Bevor der Mond aufgeht, müsst ihr wieder draussen sein," schrie er ihnen noch nach. Dann wurde die Türe wieder verschlossen.

Theras wartete in der Nähe. Er wollte noch beobachten, ob sich alles mit rechten Dingen abspiele und die Frauen entlassen würden.

Es war stockdunkel, als der Wärter die Türe öffnete und etwas in das Verliess hinunter brüllte. Es ging nicht lange, da erschienen die Frauen, eine nach der andern, und gingen rasch mit gesenktem Kopf am Wächter vorbei die Strasse zu ihrer Siedlung hinauf.

Theras folgte ihnen. Warum er das tat, wusste er nicht genau, aber irgendwie hatte er das Gefühl, noch gebraucht zu werden. Er hielt jedoch immer einen rechten Abstand ein.

Als sie ein gutes Stück im Wald drin waren, hielt die vorderste Frau an und wandte sich an ihre Kameradinnen.

„Bis hierher, halt! Alles bereit in den Büschen."

Theras erschrak. Das war eine tiefe Männerstimme. Und schon verschwanden die Frauen in den Büschen. Bald traten stramm bewaffnete Männer hervor.

Theras war verblüfft. Wo waren denn die Frauen jetzt? Und woher kamen all die Männer?

Doch da begriff er, was vorgegangen war.

Er trat hervor.

„Achtung, wir sind bewaffnet, niemand nähere sich uns!" rief der Grösste, der Anführer der Gruppe.

Theras hielt die Arme hoch um zu zeigen, dass er unbewaffnet war, und rief:

„Ich bin Theras, euer Freund. Ich bin allein hier, ihr habt nichts zu befürchten."

Misstrauisch kam ihm der erste entgegen und erkannte ihn endlich.

„Grossartig habt ihr das gemacht. Doch jetzt?" fragte Theras, „wie soll es weitergehen?"

„Fliehen aus Lakedaimon, weg von hier, das ist unser einziges Ziel."

„Wohin wollt ihr denn gehen?" fragte Theras besorgt, denn er wusste wohl, dass die Minyer aus den nördlichen Gegenden vertrieben worden waren und dass im Süden das Meer war, das Ende von Griechenland.

„Was wir brauchen, wären Schiffe. Wir wollen weg vom Festland, fliehen in eine unbewohnte Gegend, wo wir eine neue Zukunft bauen können."

Theras stiess einen Freudenschrei aus.

„Ihr braucht Schiffe und habt keine, und ich habe Schiffe und habe keine tapferen Leute, um sie zu bemannen. Auch ich möchte so rasch wie möglich weg aus diesem Land, fort in eine neue Zukunft. Wollt ihr mit mir auswandern?"

Die Minyer konnten erst gar nicht verstehen, was ihnen da so rasch nach ihrer Flucht angeboten wurde. Es war zu gut, um wahr zu sein.

Auch Theras war ganz benommen von seinem Glück. Er sollte auf einen Schlag fünfundzwanzig tüchtige kampferprobte und erst noch begeisterte Soldaten erhalten. Das war eine Lösung, die er nie für möglich gehalten hätte.

„Man wird euch suchen, sobald man die Frauen entdeckt. Also geht nicht auf der Hauptstrasse nach Gythion. Geht nicht zum Hafen, geht in den Hügeln so weit südlich, bis ihr die alleräusserste Spitze des Landes seht. Dort ist in Richtung Morgen eine kleine tiefe Bucht, versteckt euch dort, wartet. Wir werden euch dort so bald wie möglich abholen."

Das liessen sich die Männer nicht zweimal sagen. Nachdem sie sich in ihren Hütten am Taygetos so vollkommen wie möglich ausgerüstet hatten, mit Kleidern und Waffen, mit Gold und Esswaren, machten sie sich auf den Weg. Auf Schleichpfaden pirschten sie sich davon, noch im Dunkeln, und als es Tag wurde, waren sie schon ein gutes Stück weg von Sparta und den dortigen Schergen.

Die drei Schiffe standen bereit, die Ruderer, bestens instruiert, waren schon eine Zeitlang an Bord, die Ladungen waren sorgfältig verstaut. Alles war startbereit.

Doch Theras hatte die Abfahrt immer wieder hinausgeschoben in der vagen Hoffnung, doch noch tüchtige kriegsgeschulte Begleiter zu finden. Nun hatte der Zwischenfall mit den Minyern die ideale Lösung gebracht, und Theras war im Grunde froh, dass ihm die Entscheidung zur Abfahrt so recht eigentlich aufgezwungen war.

Es kam ihm sowieso gelegen, heimlich davonzusegeln, denn Prokles hatte zu all seinen übertriebenen Hilfeleistungen noch ein Abschiedsfest geplant, ein übergrosses Tamtam am Hafen von Gythion, mit Musik und Tänzern und Priestern, die Opfer bringen sollten, und weitere völlig überflüssige Veranstaltungen, die Theras mehr als lästig gewesen wären. Er wollte keinen Pomp. Wenn er jetzt heimlich auszog, blieb ihm erst noch erspart, Prokles zu erklären, warum er die Schiffe von all dem überflüssigen Dekorationen befreit hatte.

Theras kehrte noch im Dunkeln in sein Haus zurück und weckte seine drei Diener. Er war unschlüssig, ob er sie einweihen sollte, dass die echte Abfahrt nun bevorstehe. Er entschied sich dagegen; überall hatte es Ohren und Schwatzmäuler, selbst den Ergebensten und Zuverlässigsten konnte man ja nicht unbedingt trauen.

Seinen Dienern und sämtlichen Mitfahrern liess er melden, sich bei Tagesanbruch wieder einmal an den Hafen hinunter zu begeben, um ein Ernstfalltraining durchzuführen. Um das möglichst realistisch zu gestalten, sollten sie diesmal auch ihre gesamten Habseligkeiten gut verpackt mitbringen.

Auch die drei Spartaner, Mikrulis, Battys und Otanas, wurden von eiligen Sklaven zu einem Probelauf samt Gepäck aufgefordert.

Theras gab sich recht gleichgültig und liess sich durch nichts anmerken, dass nun der endgültige Aufbruchtag gekommen war. Er packte seine nötigsten Habseligkeiten und seine besten Kleider in einen Sack und steckte sein Messer zuunterst in seine Tasche. Er schritt nochmals durch das Haus, das er wohl nie wieder sehen sollte. Wehmütig, doch resolut strich sein Blick zum letzten Mal über alles, was ihm bis hierher sein Heim gewesen war, dann zog er entschlossen los und wandte sich nicht mehr um. Von keinem Menschen nahm er Abschied. Nur seinen Wachhund nahm er mit.

Die Minyer folgten dem Weg durch die Hügel, wie Theras empfohlen hatte, und benützten nicht die breite Heerstrasse im Talgrund. Man würde ja bald die Frauen im Gefängnis entdecken und dann den Männern nacheilen. Sie hätten zwar etwas bequemer gleich südlich von Gythion in Teuthrone einsteigen können. Doch es war bestimmt sicherer, die Schiffe nahe beim Kap Tainaron, zu treffen. In Porto Kagio, der Bucht der Schwalben, fand sich sogar ein kleiner Sandstrand, was in der felsigen Mani eine Seltenheit war. Von dort aus waren die Flüchtigen leicht in die Schiffe zu verladen.

Bei Tagesanbruch waren die Minyer schon ein rechtes Stück weit über Gythion hinaus gelangt. Sie sahen von ferne die drei Schiffe bereitliegen. Vor Freude über die bevorstehende Rettung sangen sie laut Lieder aus der Heimat.

In der Schwalbenbucht gab es einige Hütten, die Fischern als Unterstände dienten. Die Minyer trafen auf zwei ältere und einen ganz jungen Fischer. Zu Tode erschrocken über den Einfall von über zwanzig starken bewaffneten Männern warfen sie sich auf den Boden, um zu zeigen, dass sie keine Gegenwehr leisten würden.

Kleas als der Führer der Minyergruppe trat vor und beruhigte sie:

„Ihr habt nichts zu befürchten, wir sind in friedlicher Absicht hier. Habt ihr einige Boote, mit denen ihr uns zu einem grossen Schiff hinaus fahren könntet?" fragte er und versuchte, seine Erregung zu verbergen. „Wir haben uns hier mit unsern grossen Schiffen verabredet, da es uns bequemer schien, hier einzusteigen, als bis zum Hafen zurück zu marschieren."

Die Fischer fragten nicht nach weiteren Gründen. Für das gute Gold, das ihnen Kleas hinstreckte, machten sie gerne ihre kleinen Kähne bereit. Und da die Minyer von ihrem langen raschen Lauf ziemlich erschöpft waren, nahmen sie dankbar die gebratenen Fische an, die ihnen die Fischer anboten.

Da bemerkte einer, dass der junge Trattos nicht dabei war.

Hatte er die Bucht verfehlt? Kaum möglich, es gab da nur einen schmalen Pfad, und der führte direkt zur kleinen Siedlung. Hatte er sich auf dem Weg verletzt und war liegen geblieben? Sollte jemand zurück und ihn suchen?

Oder hatte er etwas Ungutes im Sinn?

Beim letzten Halt, nicht allzu weit zurück, war er noch dabei gewesen. Nun erinnerte sich Mios, dass er ihn während der letzten Etappe ein gutes Stück nördlich gesehen hatte, als sie um die Klippen herumkletterten. Da war er der hinterste der Gruppe gewesen.

Rasch brachen zwei Männer auf, um ihn zu suchen. Sie kamen unverrichteter Dinge zurück. Was war wohl geschehen? War er umgekehrt? Führte er etwas im Schilde?

Im Laufe des Nachmittags stiegen sie abwechslungsweise auf die Anhöhe und hielten Ausschau nach den Schiffen. Sie wurden immer unruhiger. Ihr Verschwinden war wohl bemerkt worden, und was Trattos vorhatte, war ihnen nicht geheuer. Er war immer der Undurchschaubare in der Gruppe gewesen.

Die Zeit des Wartens wurde immer länger. Angespannt spähten sie auf das Meer hinaus, doch kein Schiff näherte sich von Norden.

Da hörten sie ein lautes Klirren und Schreien oberhalb der Bucht. Erschreckt sahen sie, wie Staub aufgewirbelt wurde und in der Wolke sich eine Anzahl von Kriegern der Bucht näherte.

Man hatte sie verraten, sie wurden verfolgt. Das war Trattos gewesen!

Ohne sich länger zu besinnen packten sie ihre Waffen und Kleider und rannten ans Ufer. Die drei kleinen Boote konnten nur knapp alle Minyer fassen.

In diesem Augenblick kamen die drei grossen Schiffe des Theras in Sicht. Eines steuerte direkt auf die Bucht zu, die andern beiden hielten etwas weiter draussen an.

Es galt keine Minute zu verlieren. Auf die drei Minyer, die sich etwas weiter wegbegeben hatten, konnte man nicht warten. Die kleinen Fischerboote ruderten los wie wild.

Endlich hatten auch die Nachzügler das Ufer erreicht. Sie warfen sich todesmutig ins Wasser und versuchten, so rasch wie möglich hinauszuschwimmen zum grossen rettenden Schiff.

Schon waren die spartanischen Soldaten am oberen Rande der Bucht angelangt und rutschten den steinigen Abhang hinunter. Mios, der als letzter das Land verliess, schaute noch einmal zurück, ob wirklich keiner mehr zurückgeblieben war, dann warf auch er sich ins Wasser. Er schwamm aus Leibeskräften, obwohl seine Waffe ihn im Schwimmen behinderte. Schon schoss ein Pfeil gleich neben ihm ins Wasser. Er wandte sich um und sah, dass die ersten Soldaten das Ufer erreicht hatten und eine ganze Salve von Pfeilen losschossen.

„Duckt euch, sie schiessen, taucht unter!" rief er seinen Kameraden zu, die um ihr Leben schwammen und immer wieder ihre Köpfe ins Wasser hielten. Die Fliehenden auf den kleinen Booten schützten sich mit ihren Schildern, und Pfeil um Pfeil prallte ab und fiel kraftlos ins Wasser.

Ein Schrei – einer der Schwimmer war an der Schulter getroffen worden und hatte grosse Mühe weiter zu schwimmen. Mios näherte sich ihm und hielt ihn fest. Mit letzter Kraft schleppte er ihn weiter hinaus, weg von den tödlichen Pfeilen, und zog ihn bis zum ersten Schiff.

Pittos war der hinterste. Er war kein besonders guter Schwimmer. Mit verzweifelten Armschlägen kämpfte er gegen die Wellen und versuchte immer wieder, sich mit seinem schweren Schild zu schützen.

Da traf ihn ein Pfeil am Kopf – ein Blutfleck auf dem Wasser, ein lebloser Körper, von den Wellen zurück ans Ufer geschwemmt.

Hilflos sahen Theras und seine Gefährten vom Schiff aus zu, wie sich die Minyer im Wasser abmühten. Es war unmöglich, ihnen beizustehen und am Kampf teilzunehmen. Alles was sie tun konnten war, die herannahenden Boote zu empfangen und den Minyern zu helfen an Bord zu klettern.

So hatten sie sich ihre Abfahrt nicht vorgestellt. Doch nun gab es kein Zurück mehr, die drei grossen Schiffe zogen voll im Winde davon.

Die Soldaten, die die Minyer verfolgt hatten, konnten ihnen nur entnervt Verwünschungen nachschreien und verschossen noch einige Alibi-Pfeile. Zwar hatten sie ihre Aufgabe nicht erfüllt, sie hatten die Minyer nicht aufgehalten, doch so unglücklich waren sie darüber auch wieder nicht. Das Problem, wie man mit den Minyern fertig würde, hatte sich so von selber elegant gelöst.

Bald waren die drei Schiffe voll auf Kurs und segelten südwärts; ein frischer Wind half ihnen rasch wegzukommen. Theras hatte mit allen vereinbart, dass, was immer unterwegs geschehe, man sich an der Nordspitze von Kythera wieder zusammenfinden wolle. Das gefährliche den Stürmen ausgesetzte Felskap Malea solle jedes Schiff möglichst weit südlich umfahren.

Als Theras seinen Fuss auf die fremde Insel setzte, überkam ihn ein wonniges Gefühl, endlich der eigene Herr zu sein. Allzu lange – es waren zwar nur einige Monate – hatte er unter der unwürdigen

Stellung in Sparta gelitten. Das war mehr als genug. Es war nicht seine Sache, überflüssig, ja lästig zu sein.

Am liebsten wäre er in die Luft gesprungen und hätte einen Jauchzer ausgestossen, doch im letzten Moment erinnerte er sich, dass er ja – wieder, wie früher – eine Respektsperson sein sollte, ein Vorbild. Also sich nicht gleich am ersten Tag lächerlich machen.

So genoss er still das Hochgefühl, wieder zu befehlen anstatt zu gehorchen. Hier nun begann sein neues Leben – eine wonnige Ahnung, es geschafft zu haben, durchströmte ihn.

Die Bucht war angenehm und bot frisches Wasser. Die wenigen Fischer, die dort hausten, wunderten sich über die Fremdlinge, die sich als recht grosszügig erwiesen und ihnen ihren ganzen Fang gleich zu einem Phantasiepreis abkauften. Prokles hatte sein schlechtes Gewissen nämlich noch etwas zu erleichtern versucht, indem er das Unternehmen mit unmässig viel Gold ausstattete. Theras hatte sich nicht geziert, das Angebotene anzunehmen.

Als sie ihr Schiff auf Kythera festgebunden hatten, staunte Theras nicht schlecht, als aus einem dunklen Loch zuhinterst auf dem Deck eine Gestalt auftauchte, die sich dort zwei Tage als blinder Passagier versteckt hatte: Radamas.

„Theras, du glaubst doch nicht, dass ich mir eine solch herrliche Gelegenheit nehmen lasse, mit Schiffen auszuziehen in neue Gefilde. Mein Herr Prokaras wird mit Hilfe der andern hundert Sklaven auch ohne mich seine Rüben und Fenchel ernten," erklärte er Theras, der sich ein kleines bisschen verantwortlich fühlte. „Dort auf dem biederen Gutshof haben sie mich in drei Tagen vergessen."

Er reckte sich, um noch grösser und stärker zu scheinen.

„Ich selber, ich bin geboren, auf dem Meer zu leben, bitte, befiehl mir, ich stehe zur Verfügung!"

Theras schwieg und vermied es, allzu viel Begeisterung zu zeigen. Doch er war überglücklich, einen solch tüchtigen Seemann im Gefolge zu haben – ein echtes Geschenk.

Da ertönte ein Jammern, wie wenn ein Mensch in Not wäre. Es kam irgendwie aus dem Boden des Decks. Sie gingen dem Ton nach, und da entdeckte Radamas in der Luke, in welcher er die Reise von Gythion nach Kythera verbracht hatte, noch ein weiteres Verliess mit einer kleinen Türe.

Und aus diesem kleinen Verliess befreiten sie einen weiteren blinden Passagier – den kleinen Bipo. Er hatte die Gelegenheit gepackt, von seinem Meister Coalix wegzukommen, für den er stets die unwürdigsten erniedrigenden Handlangertaten hatte vollbringen müs-

71

sen. Und das bloss weil er so klein und wendig war, und weil seine Mutter eine Sklavin in der Küche des Palastes war.

Auch er war willkommen in der grossen Gruppe der Koloniegründer.

Am zweiten Tag erschien ein Schiff am Horizont, das ihnen bekannt vorkam. Es war das elegante lila bemalte Schiff, das den beiden Königen persönlich zur Verfügung stand, das aber höchst selten im Einsatz war. Was führten die wohl im Schild? Wollten sie die entwichenen Minyer nun doch noch zurückbeordern? Das würde man ihnen gründlich verderben. Schon standen die Minyer voll bewaffnet am Ufer bereit, um sich zu verteidigen.

Radamas hatte sich sogleich unsichtbar gemacht, auch Bipo war verschwunden.

Doch aus dem Königsschiff stiegen nicht Schergen, sondern sämtliche Frauen der Minyer, die im Gefängnis ausgeharrt hatten. Die Spartaner hatten es endgültig satt gehabt, sich mit diesen unfügsamen Einwanderern noch lange herumzuplagen. Wenn die Männer schon weg waren, sollten sie ihnen doch gleich auch die Frauen vom Halse schaffen.

Jetzt sassen also die mehr als hundert Auswanderungswilligen in einer Bucht auf Kythera und genossen den Strand und die feinen Fische. Auswandern war ein herrlicher Auftrag, es roch nach Freiheit, nach Musse, nach Wohlergehen – wenigstens bis hierhin.

Doch wie sollte es weitergehen?

Theras war ziemlich ratlos. Er hatte keine Ahnung, wie man eine Koloniegründung bewerkstelligte. Irgendwelche Ratgeber oder Handbücher gab es in dieser archaischen Zeit noch nicht. Doch er tröstete sich damit, dass wohl auch kein anderer Koloniegründer vor ihm auch nur einen Dunst von einer Ahnung gehabt hatte, was da alles zu bewältigen war. Einen Gewährsmann um Rat zu fragen war kaum möglich, da die Koloniegründer, so sie denn erfolgreich waren, alle auf ihren flotten Pfründen festsassen, irgendwo weit weg, und sich des Lebens erfreuten.

Also improvisieren, originell sein, Dinge ausprobieren, und auch einige Fehlleistungen gelassen hinnehmen. Hauptsache: die Autorität nicht verlieren. Nie vergessen lassen, wer der Chef war. Endlich hatte Theras wieder gefunden, was ihm am meisten lag: Verantwortung übernehmen, anordnen, etwas gestalten.

Natürlich hatte Theras sich schon die ganze Zeit über ernsthaft Gedanken gemacht und sich immer wieder Szenarien durch den Kopf gehen lassen, wie das so vor sich gehen könnte, aber nun sah alles wieder anders aus, da sich ja noch die Minyer zu ihnen gesellt hatten. Die waren einerseits ein Geschenk der Götter, da sie mutige erprobte Krieger waren, andererseits aber eine etwas unberechenbare Zutat, wenn man bedachte, wie sie sich in Sparta eingeführt hatten, nachdem sie aus ihrer Heimat im Norden vertrieben worden waren.

Irgendwie musste die Masse strukturiert werden, bevor man sich auf das Wagnis eines neuen Lebens einliess.

Theras entschied sich für das wohl einzig Richtige: abwarten.

Nach fünf Tagen des Nichtstuns und Wartens wurden die Auswanderer langsam ungeduldig.

„Wann geht es endlich los ins echte Abenteuer? Worauf wartet Theras noch? Haben wir alles zurückgelassen, um auf Kythera Ferien zu machen? Will er gar wieder umkehren?"

Am fünften Abend war es schliesslich so weit; alle wurden ums Lagerfeuer gebeten

„Die Zeit ist reif, sich zu entscheiden," fing Theras salbungsvoll an und räusperte sich. Wieder hatte ihn sein Hang zu Feierlichkeit und Edelmut eingeholt. Er wollte den kommenden Anordnungen etwas Gewicht und Würde geben. Das konnte nie schaden.

„Drei Schiffe mit je dreissig Ruderern – eine vollkommene Zahl. Und zusammen mit den Leitern und den Dienern und unsern Freunden den Minyern samt ihren Frauen sind wir weit mehr als eine Hundertschaft, eine Zahl, die Erfolg verspricht."

Das war jetzt wahrhaftig nichts Neues. Ungeduldig rutschten die Zuhörer hin und her. Wann würde er endlich loslegen?

„Wir haben Grosses vor, wir werden Grosses leisten. Wir werden Mangel und Elend erleben, doch wir werden auch Freude und Erfolg kosten."

Die Zuhörer räusperten sich, wanden sich, stiessen sich an. Jetzt reichte es! Komm zur Sache!

„Bevor wir uns über die Route einig werden, wollen wir zuerst die Mannschaften der Schiffe zusammenstellen."

Endlich. Jetzt wurde es spannend.

„Die Amykleia soll von Otanas befehligt werden. Er hat Erfahrung, er kennt sich aus, ihm ist gut zu gehorchen."

Otanas erhob sich und verneigte sich, doch sagte er kein Wort, sein Gesicht war undurchdringlich.

Theras war nicht sicher, wie loyal Otanas wirklich war. Aus Otanas klug zu werden war unmöglich, sein Gesicht war meist reglos, eine eiserne Maske. In den Gesprächen hatte er nie das Wort ergriffen. Hatte er sich das im spartanischen Dienst angewöhnt? Es war für Theras immer noch völlig schleierhaft, aus welchem Beweggrund er sich entschlossen hatte mitzufahren. Steckte vielleicht doch eine Verschwörung von Coalix angezettelt dahinter? War er gar beauftragt, irgendwie das Unternehmen zum Scheitern zu bringen? Er verscheuchte den Gedanken rasch.

„Als Helfer und Beistand soll ihm Mios dienen, ein bewährter Minyer." Mios war praktisch der Erste der Minyer, der neben dem echten Ersten, Kleas, alles Konkrete regelte.

Mios würde Otanas, falls nötig, in Schranken halten.

„Das zweite Schiff, die Taygeta, soll Battys befehligen."

Battys erhob sich, wandte sich nach allen Seiten, so dass man ihn bestens sehen konnte, und verneigte sich.

„Theras, ich werde mich würdig erweisen, ein eigenes Schiff zu befehligen. Ich danke dir für das Vertrauen."

War das ehrlich gemeint? War er endlich aus seiner Trägheit erwacht? Würde er sich zusammenreissen zum Wohl der Gemeinschaft, sich selber etwas weniger wichtig nehmen? Theras glaubte, dass es diesmal redlich gemeint war, dass Battys wirklich stolz war, endlich einmal Verantwortung übernehmen zu dürfen.

„Um dir eine treue zuverlässige Hilfe mitzugeben, wirst du Kleas an deiner Seite haben."

Battys zuckte zusammen. Er sollte einen Beistand bekommen? Und ausgerechnet Kleas? Diese Geringschätzung würde er Theras nicht so rasch vergessen.

Kleas war der verehrte Älteste der Minyer, kleingewachsen und schmächtig, doch mit einem riesigen Kopf, eher linkisch in seinen Bewegungen. Sein wildes Haar war von einem eigenartig rötlichen Farbton. Er hatte als ältester viel Erfahrung und gesunden Menschenverstand, doch körperlich wirkte er eher schwächlich. Die Minyer verehrten ihren Meister aus einem andern Grund: er war ein Träumer, er war ein Sänger, er verfasste Gedichte und Hymnen auf ihre Götter. Das zeichnete ihn aus und brachte ihm die glühende Bewunderung und Loyalität seiner Stammesgenossen. Daneben war er durchaus auch befähigt zu leiten, wenn es ihm gerade passte. Die Minyer gehorchten ihm aufs Wort.

Theras war sich bewusst, dass das ein seltsames Gespann war. Ob es sich auch bewähren würde?

Das Leitschiff, die Lakedaimona, befehligte Theras selber, und als Helfer wählte er Mikrulis, den er gern im Auge behalten wollte und der noch sehr wenig Erfahrung hatte. Er nahm auch Radamas als besten Seemann auf sein Schiff, das die Expedition anführen sollte.

Nun kam die nächste Frage, die bei weitem wichtigere: Wohin sollte die Fahrt gehen? Theras hatte den Entschluss schon lange gefasst, wohin es gehen sollte, doch einen Anschein von Mitspracherecht wollte er gerne geben.

Battys, der Bequeme, ergriff sogleich das Wort:

„Als Führer eines der Schiffe schlage ich folgendes vor: Es ist die Rede davon, sich gegen Osten zu wenden, sich unbekannte Gefilde zu sichern, dort von Grund auf etwas aufzubauen – ein sehr vager, riskanter Plan. Daher bitte ich alle," – mit Bedacht sprach er „alle" an, um sie teilhaben zu lassen am Entschluss – „sich zu überlegen, ob wir nicht lieber gegen Westen fahren sollten. Auch so würde die Sache abenteuerlich genug, und unser Mut und unsere Durchhaltekraft wären bestens gefordert."

In den Westen wollte er, wo sich schon andere Spartaner so bequem und genussvoll niedergelassen hatten? Wo eine perfekte Infrastruktur bereitstünde, wie man einige Jahrtausende später sagen würde?

„Man würde uns bestimmt dort in der Nähe vom blühenden Taras eine Ecke zuweisen, wo wir neue Ländereien nutzbar machen könnten, wo wir abenteuerlich leben könnten, doch immer mit der Sicherheit, dass ganz in der Nähe eigene Leute und Freunde uns helfen würden, sollten wir in Not leiden."

Er unterliess es nicht, eine Anspielung auf das Alter von Theras zu machen, der besser nicht mehr allzu jugendlich planen sollte.

Theras überhörte diese Anspielung mit eiserner Miene.

„Ihr habt die Ausführungen eines unserer Mitglieder" – er hütete sich „Führer" zu sagen – „gehört. Nun bitte ich auch andere, ihre Meinung kundzutun."

Otanas tat es mit knappen Worten, aber sehr deutlich:

„Meine Meinung deckt sich nicht mit der von Battys, ganz im Gegenteil. Nachdem wir nun schon so perfekt ausgerüstet sind, gute Führer und eine ideale Zahl von Leuten haben, wäre es schade, uns ohne jedes Wagnis und Abenteuer in schon besiedeltes Gebiet zu begeben. Daher schlage ich vor, dass wir uns neuen ferneren Gegenden zuwenden, also den Osten erkunden, oder gar den Süden."

Einige Zuhörer klatschten, andere zischten: „Ruhe, lass ihn ausreden."

„Wir schulden es Sparta, das uns so grosszügig ausgerüstet hat, dass wir ihm neue Gegenden für seinen Handel erschliessen. Unsere Leute zuhause würden viel mehr Nutzen daraus ziehen."

Radamas, der bis hierher stumm gewesen war, da er ja immer noch als Sklave galt, konnte sich nicht mehr zurückhalten. Er schoss aus den hintern Zuhörerreihen hoch und rief über alle Köpfe hinweg:

„Recht hat er! Neues wollen wir erobern, Pioniertaten erbringen, von denen die Nachkommen noch jahrhundertlang erzählen werden."

Rasch duckte er sich, erschreckt über den eigenen Mut, wieder hinter seine Gefährten.

Mikrulis, der zu schüchtern war, das Wort zu ergreifen, wurde speziell aufgefordert von Theras, seine Meinung kundzutun. Er begann zu zittern und sich zu winden, bis er endlich herausbrachte, dass es ihm völlig egal sei, wohin die Reise ginge, wenn er nur treu seinem Meister Theras und seiner Heimat Sparta dienen könne.

Dann wurden auch die Minyer gefragt.

Kreas war gerade in einer poetischen Trance und hatte überhaupt nicht zugehört. Er gab verwirrt zu verstehen, dass ihm alles recht sei, solange seine Minyer beisammen blieben und eine würdige Aufgabe erfüllen könnten.

Mios, der Realist, ergriff das Wort für die Minyer:

„Ein schon besiedeltes Gebiet noch mitzubesiedeln – Unsinn, ohne uns! Als direkte Abkömmlinge der Argonauten sind wir für Neues, für Abenteuer, für Mut. Auf zu neuen Ufern! Nur so können wir Ruhm und Unsterblichkeit gewinnen!"

Nach diesen wie ihm schien hehren Worten verneigte er sich in alle Richtungen und dankte für die Unterstützung. Die Minyer applaudierten.

Nun erwarteten alle, dass Theras seinen Entscheid kundtun würde. Doch er hatte erst noch anderes vor: Er wollte zeigen, dass man nicht mehr im streng geführten hierarchischen Sparta war, sondern das Leben etwas lockerer nehmen konnte, dass jedoch jeder einzelne Verantwortung trug. Er hatte gut zugehört dort in Delphi, als die Athener über ihre Stadt plauderten. Nun war er stolz, eine echte demokratische Abstimmung anzusagen. Keiner wusste, was das sein sollte, aber Theras erklärte, dass man so etwas in Athen praktiziere, einer höchst fortschrittlichen Stadt jenseits des Kanals von Korinth.

Die Mehrheit sollte durch akustischen Entscheid festgestellt werden.

Er erklärte deutlich, dass jeder einzelne, auch ein Sklave, teilnehmen dürfe.

Zwei ruhige Ruderer wurden bestimmt, sich neben Theras zu stellen, doch der Versammlung den Rücken zu kehren.

Dann stellte Theras laut und deutlich die Frage:

„Wer ist dafür, gegen Osten in unbekannte Gegenden zu fahren?"

Ein Riesengeheul ging los, Applaus, Gejohle, Bravorufe „Osten – neu - Theras …" und ähnliches, ohrenbetäubend.

Nachdem wieder etwas Ruhe eingekehrt war, erhob Theras seine Hand und stellte die zweite Frage:

„Wer ist dafür, gegen Westen zu segeln zu unseren Landsleuten in Taras?"

Einige wenige Stimmen waren zu hören: „Westen – Taras – Sicherheit …" und dazu viel Gepfeife und Pfui-Rufe. Battys duckte sich, biss die Lippen zusammen. Was in seinem Innern vorging, war nicht klar zu erkennen. Bestimmt keine freundlichen Gedanken.

Der Entscheid war eindeutig.

So ordnete Theras an, wie er es sowieso schon immer im Kopf gehabt hatte, sich am nächsten Morgen bereitzuhalten und gegen Osten zu segeln.

Um den Schicksalsgöttern zu ermöglichen, ihre Wirkungskraft voll zu entfalten, entschied Theras, vorerst kein Steuerruder einzusetzen, sondern die Winde bestimmen zu lassen, wohin die Fahrt gehen sollte.

Ein Blick an den Himmel zeigte ihm, dass eine Mondsichel am frühen Abendhimmel dem Unterfangen mit Wohlwollen zublinzelte.

Didier erwachte früh. Er fröstelte ein bisschen unter der dünnen Decke. Wo war er denn? Jetzt erinnerte er sich - er war auf der schönsten griechischen Insel.

Benommen torkelte er auf die Terrasse hinaus. Die Luft war kühl und frisch. Aus dem Teil der Caldera, die noch im Schatten lag, stiegen feuchte Schwaden auf und strebten dem Sonnenlicht zu. Das gegenüberliegende Ufer, die Insel Therassia, war schon in vollem Licht, und immer mehr von der tiefdunklen unbewegten Calderaoberfläche wurde hell und erleuchtet durch die Sonne, die sich noch unsichtbar in seinem Rücken emporarbeitete.

Ein faszinierendes Schauspiel. Hatte er nicht irgendwo gelesen, dass das Wasser, welches die Reben und andern Pflanzen zum Wachsen brachte, nicht so sehr aus dem Regen kam, sondern aus den feuchten Schwaden, die bei Sonnenaufgang aus der Caldera aufstiegen, sich über die Insel ausbreiteten und so für Feuchtigkeit überall sorgten? Das fühlte er jetzt am eigenen Körper.

Kaffeeduft riss ihn aus seinem Sinnen. Melpomene stellte sein Frühstück auf das kleine Tischchen am Terrassenmäuerchen, und er war wieder in der realen Welt angelangt. Frühstück auf der Terrasse serviert, wie im Fünfsternhotel, das war ein Luxus und gleichzeitig eine Notwendigkeit, denn der Wohnraum der Gastgeber war winzig und bot kaum Platz für vier Esser.

Heute wollte Didier gleich mit der ernsthaften Arbeit beginnen.

Irgendwo hatte er aufgeschnappt, dass es von Nutzen sei, wenn ein Archäologe sein Gebiet zuerst gründlich in der Gegenwart kennenlerne, bevor er sich ein Bild der Vergangenheit machen könne. Also losziehen wie ein Tourist und sich das Gelände anschauen. Bequeme Turnschuhe waren angesagt, ein leichtes Rucksäckchen mit Kamera, Notizblock und Kugelschreiber.

Um an die Kante der Caldera nach Fira zu gelangen, musste er zuerst wieder hochsteigen. Doch er war ja bestens trainiert, eine solche Steigung von hundertachtundzwanzig unregelmässigen Tritten brachte ihn überhaupt nicht ausser Atem.

Oben sah er sich um. Er wollte mit System vorgehen und zuerst den Hauptort und den fast senkrecht darunterliegenden Hafen erkunden.

Er stieg den säuberlich gemauerten Serpentinenweg hinunter zum Ortsteil Skala, kein unpassender Name, denn immerhin waren 587

Treppenstufen zu bewältigen, diesmal sehr flache. In seinem Führer las er, dass es erst mit dem kühnen Bau dieser Treppe möglich geworden war, eine Art Hafen oder wenigstens eine Anlegestelle für kleinere Schiffe im Innern der Caldera zu schaffen.

Der Abstieg war ein durchzogener Genuss, denn er musste ständig den Mauleseln und ihren tollkühnen Treibern ausweichen, welche die Reitenden möglichst kitzlig nahe am Abgrund entlang führten. Und es war nicht minder schwierig, dem allgegenwärtigen Maultierkot auszuweichen und nicht auszurutschen.

Am Hafen unten ging es hektisch zu. Von einem Kafenion aus schaute er zu, wie sich die Touristenboote füllten. Einige fuhren zu den Vulkaninseln Kameni im Innern der Caldera, und weiter nach Therassia, andere nach Oia, wieder andere zu verschiedenen Stränden, was sich nicht ohne Rufen und Schreien, Lachen und Fluchen in allen möglichen Weltsprachen abspielte. Didier nahm sich fest vor, sämtliche angebotenen Ausflüge abzuklopfen, um die Insel von allen Seiten kennen zu lernen. Das gehörte sich für einen anständigen Forscher. Falls ihm noch etwas Zeit blieb.

Den Aufstieg zu Fuss zurück nach Fira ersparte er sich, ebenso verzichtete er auf den ihm aufgedrängten Maultierritt. Wozu gab es denn eine kühne Seilbahn?

Von der oberen Station aus war es nur ein kurzer Weg zum Archäologischen Museum, das er als gewissenhafter Student gleich auch noch anschauen wollte. Er war der einzige Besucher und konnte in Ruhe in den stillen kühlen Räumen die Fundstücke aus Alt Thera begutachten. Die Stadt auf dem Mesavouno hatte jedoch vor allem Funde aus der hellenistischen und römischen Zeit geliefert. Phönizisches suchte er vergeblich.

Ein Bus in die nördliche Ecke, nach Oia, fand sich rasch. Er staunte, wie die Strasse plötzlich schmal wurde und sich zwischen einem steilen Hügel und einem ebenso steilen Abhang durchzwängte.

Kurz vor Oia stieg er aus, um den Rest der Strecke zu Fuss zurückzulegen.

Er war noch nicht weit gegangen, da traf es ihn wie mit einer Keule: „FINIKIA" stand da auf einer Strassentafel.

Finikia? Phönizien! War das nicht genau das, wonach er suchte!? Hier auf dieser Insel, an diesem schönen Morgen.

Finikia! Der Wegweiser zeigte nach rechts und führte zu einigen Bauernhäusern und einer hübschen Kirche. Wie weit weg er hier vom emsigen Fira war! Die Häuser waren noch teils wie Höhlen gebaut, oft farbig angemalt, in den Gärten und Höfen wuchs üppiges Grün. Er schlich sich hinter jedes Haus, zwischen allen Schuppen hindurch, stieg über fünf Zäune, doch etwas besonders Antikes konnte er nicht finden, wie sehr er auch suchte. Aber das war wohl verständlich, wenn das Dorf die ganze Zeit hindurch besiedelt war von lebendigen Nachkommen der Phönizier. Solche mussten ihr Umfeld doch wohl immer wieder ihren Bedürfnissen anpassen; die hatten keine Zeit, Überreste ihrer illustren Vorfahren besonders zu behüten und zu pflegen. Auf jeden Fall würde er Nikos fragen.

Gegen Abend fuhr er nach Kamari für ein ausgiebiges Bad.

Was für ein herrlicher Strand! Schwarzer Sand! Und die Felswand, die senkrecht aus dem Wasser stieg! Hier fühlte er sich richtig wohl und geborgen. Kein Wunder, dass sich hier der grösste Badeort mit den meisten Hotels entwickelt hatte, da musste es jedem Gast gleich auf Anhieb gefallen. Zum Glück waren die Hotels alle nicht besonders hoch, so konnten sie der Grossartigkeit der Landschaft nicht allzu viel anhaben.

Am nächsten Morgen nahm sich Didier den Profitis Elias vor, den höchsten Punkt der Insel. Melpomene riet ihm, da es ein nicht allzu heisser Tag war, zu Fuss von Pyrgos hinaufzusteigen. Es lohnte sich, die Blicke wechselten mit jeder Kurve der Strasse und wurden grossartiger mit jedem Meter, den er an Höhe gewann.

Didier bemühte sich, in seinen leichten Bergschuhen einen Schrittrhythmus zu finden, der seinen Puls in einer optimalen oberen Frequenz hielt. Nie aus der Übung kommen, sportlich bleiben, fit und leistungsfähig – das liess sich angenehm verbinden mit seinem hehren Forschungsauftrag.

Oben angekommen war er etwas enttäuscht, dass das Kloster, welches von seiner Terrasse aus den allerschönsten Blick versprach, geschlossen war. Am Tor fand sich auch keine Angabe, wann es geöffnet war. Der Gipfel selber war überbaut mit einer Radaranlage. Verständlich, dass sich das Militär hier breitmachte.

Doch immerhin sah Didier von hier aus die ganze Insel, die Sichelform, die runde Caldera. Die Insel war ja klein und überschaubar, aber für einen Forscher ohne jede Kenntnis riesengross. Wo sollte er da überhaupt beginnen mit Suchen? Wo in aller Welt könnten die klugen Phönizier ihr Lager aufgeschlagen haben? Ob wohl Nikos da Bescheid wusste und ihn an eine geeignete Stelle führen würde? Hoffentlich!

Er war doch ein riesiger Glückspilz, dass er ausgerechnet auf Nikos gestossen war!

Nikos und Didier trafen sich wie vereinbart am frühen Morgen des dritten Tages.

Nikos staunte nicht wenig, als er Didier erblickte. Er trug solide Berglerkleidung, Wanderhosen, rote Strümpfe und schwere Nagelschuhe, und an seiner Seite hingen ein Pickel und ein Seil, wie wenn er einen Viertausender besteigen wollte. Auf seinem Kopf trug er einen Helm mit einer Bergmannslampe.

Nikos hatte auch eine Hacke mitgebracht, eine kleinere, leichte, trug seine üblichen Jeans, Turnschuhe und ein rassiges Käppchen.

„Und wohin geht die Fahrt nun?" Didier war äusserst gespannt zu erfahren, was sein Führer ihm vorschlagen würde.

Nikos versetzte sich gleich in die Rolle des Mentors. Jetzt kam seine grosse Stunde. Er fühlte sich dem Forscher, der ihn angestellt hatte, haushoch überlegen. Was ja auch stimmte.

„Eben habe ich wieder mit dem Chef des archäologischen Museums gesprochen, über Herodot und das Thema Phönizier. Ich wollte meine Meinung noch von einem Fachmann bestätigen lassen. Wir sind beide der gleichen Ansicht, dass jeder Siedler mit einem einigermassen heilen Verstand die Südküste gewählt haben würde. Auch das Akrotiri der ersten minoischen Siedler mit dem Hafen schaute natürlich gegen Süden, gegen Kreta, gegen die vorbeiziehenden Handelsschiffe. Man wäre ja blöd, an einem andern Ort zu wohnen."

Er kicherte leise vor sich hin.

Im Taxi fuhren sie gegen Akrotiri, und von dort aus noch ein Stück weiter westlich in Richtung des Leuchtturmes. Kurz vor der Westspitze bog Nikos nach links in einen kaum erkennbaren Weg ein.

„Nicht erschrecken, es wird holperig," warnte er, als er einbog. „Eigentlich dürfte ich mit diesem Wagen nicht in solch ruppigen Bachbetten fahren. Ich muss wahnsinnig aufpassen, dass wir nicht aufsitzen."

Tatsächlich hielt er sehr bald an und meinte:

„Es geht nicht mehr, ich mache ihn noch ganz kaputt. Wir müssen zu Fuss weiter gehen; dieses Bachbett ist Gift für meinen Toyota."

Sie stiegen aus und marschierten abwärts, der Südküste entgegen. Der Grund wurde steiniger und steiler, es wurde immer mühsamer vorwärts zu kommen. Ein Weg war kaum zu erkennen. Überall verbarg dorniges und hartes Gestrüpp den Blick auf den Boden. Sie mussten ihre Füsse besonders sorgfältig aufsetzen, um nicht in eine Vertiefung oder gar in eine Höhle zu treten.

Didier wurde mit jedem Schritt unsicherer. Er hatte ein mulmiges Gefühl, dass sie auf dem völlig falschen Weg seien.

„Kannst du dir vorstellen, dass hier jemand siedeln wollte? Meinst du wirklich, dass wir hier etwas finden können?" fragte er endlich zweifelnd. So etwas Ruppiges wie diese Landschaft hatte er selten gesehen. Nur Leute, die sich kasteien wollten, würden hier logieren, etwa ganz versessene Einsiedlermönche.

Doch Nikos war anderer Meinung.

„Ein idealer Ort. Wenn man sich in diesen Steinen gut auskennt, kann man sich vor jedem Eindringling verstecken oder die Flucht ergreifen, oder zurückschlagen aus einer guten Position. Ein geschützteres Domizil gibt es kaum zu finden."

Didier wurde an die Lage von Qumran am Toten Meer bei Jerusalem erinnert. Auch dort war die Gegend voller versteckter Vertiefungen und Höhlen, allerdings nicht so überwuchert wie hier, sondern eher wüstenähnlich. Doch wer konnte wissen, wie es dort und auch hier früher ausgesehen hatte? Jedenfalls war es den damaligen Bewohnern von Qumran gelungen, ihre wertvollsten Schriftrollen vor den Feinden so sicher zu verbergen, dass sie Jahrhunderte unentdeckt blieben.

Didier musste zugeben, dass der Ort vielversprechend war, wenn man die Sache von der Sicherheitsseite her betrachtete. Er war geschützter als eine normal zugängliche Bucht.

Hier sollte er nun nach phönizischen Überresten suchen? Er schluckte zweimal leer, doch dann riss er sich zusammen. Nichts wie los, mutig suchen, begeistert graben.

Er trat in eine Vertiefung und hob einige stachelige Zweige hoch. Da fand sich tatsächlich eine kleine Höhle darunter. Er bückte sich und schaute hinein. Nichts zu sehen.

Er tat einen weiteren Schritt und bückte sich wieder. In dieser Vertiefung hatten sich einige Käfer im Schatten angesiedelt, sonst war nichts Besonderes zu entdecken.

Weiter zum nächsten Höcker. Der enthielt gar keine Einbuchtung, also war da nichts verborgen.

Unverdrossen riss er Gestrüpp aus oder schob Zweige zur Seite, hob Steine auf, zog trockene Grasbüschel aus dem Boden, zerrte an dürren Ästen, und überall öffneten sich kleinere oder grössere Vertiefungen oder gar Höhlen. In einige der Höhlen konnte Didier den Kopf hineinstecken und mit seiner Lampe hineinleuchten.

Beim fünfundzwanzigsten Loch zog er unter den verdorrten Büschen eine Colabüchse hervor, eine uralte. Da war schon jemand einmal vorbeigekommen – hoffentlich nicht ein Phönizier-Forscher!

Nach einer Stunde reckte und streckte er sich, sein bestens trainierter Rücken zwackte ihn ganz gehörig vom ununterbrochenen Bücken. Erschöpft setzte er sich auf einen Stein und wischte sich den Schweiss von der Stirne.

Nikos hatte sich schon vor längerer Zeit niedergelassen, rauchte zufrieden eine Zigarette und las die Sportzeitung. Er wirkte noch frisch und war nicht erschöpft.

Didier schaute sich um. Von der riesigen Fläche hatte er ein winziges Randstück von etwa zwei Metern Breite und zehn Metern Länge untersucht. Und hatte er tatsächlich in jede einzelne Vertiefung gegriffen oder geleuchtet? Hatte er aus Versehen genau die Stelle ausgelassen, wo sich etwas Entscheidendes verbarg?

Es schien eine uferlose Aufgabe zu werden. Didier seufzte und wischte sich mit einem Papiertaschentuch den Schweiss sorgfältig von Stirne, Wangen und Hals. Darauf stärkte er sich mit einem Schluck Orangensaft und lutschte einen Traubenzucker.

Nach fünf Minuten Ausruhen befahl er sich: Weiter, an die Arbeit! Es wäre ja lächerlich, schon nach der ersten Stunde zu verzweifeln. Er liess sich zur Ermutigung Geschichten von Forschern durch den Kopf gehen, die verbissen gesucht und geforscht hatten, bis sie an ihrem Ziel waren, auch wenn es Jahre dauerte. Keinem echten Forscher war eine Entdeckung in den Schoss gefallen, bestimmt nicht am ersten Tag eines neuen Projektes. Hatte er nicht gelesen, wie Champollion sozusagen Tag und Nacht geschuftet hatte, und das Jahrzehnte lang, um die Hieroglyphen zu entziffern? Allerdings hatte er sich seine Gesundheit dabei ruiniert; diesen Fehler wollte Didier nicht wiederholen, daher der Traubenzucker und die wohldosierten Pausen. Auch Marie Curie hatte es nicht leicht gehabt – an Vorbildern, an die er sich halten konnte, mangelte es ihm nicht. An Sisiphus, der sich pausenlos abrackerte, doch nie an sein Ziel kam, wollte er lieber nicht denken.

„Haben da schon viele andere Forscher gesucht?"

„Eben nicht. Die Archäologen wissen ja genau, wo die Spartaner sich niederliessen – auf dem Mesavouno. Dort waren sie von drei Seiten her herrlich geschützt. Und dort oben graben unsere griechischen Forscher. Dort finden sie die löbliche Vergangenheit von Santorin, die ihnen behagt, die sie ans Licht ziehen und die eigentlich schon bis ins Kleinste erforscht ist."

„Könntest du mir das auch einmal zeigen?"

„Noch so gerne. Das ist einer der Ausflüge, die ich manchmal mit Fremden übernehme. Die Sache ist so spektakulär und grossartig, dass die Touristen jeweils begeistert sind und ein schönes Trinkgeld geben für diese Überraschung. Es ist allerdings etwas anstrengend, eine gute halbe Stunde Aufstieg, und das macht es aus, dass sehr wenige es auf sich nehmen wollen. Die meisten bleiben auf dem Sattel, der Sellada, schauen ein bisschen in alle Richtungen und essen ein Eis. Mein Cousin hat dort oben einen lukrativen Eisstand. Im Sommer macht er manchmal noch bessere Geschäfte als die Eis-verkäufer unten am Strand."

Didier erhob sich wieder, um weiter zu suchen. Wieder stocherte er in den Büschen und kleineren und grösseren Höhlen herum, dies-mal etwas lustloser. Immer wieder entdeckte er ein Loch und fuhr sorgfältig hinein mit seinem Stock oder leuchtete es aus mit seiner Lampe, doch nichts auch nur annähernd Antikes zeigte sich.

Nach drei Stunden, in welchen auch Nikos von Zeit zu Zeit etwas gestochert hatte, allerdings mehr, um sich einen guten Sitzplatz zu bereiten für die nächste Zigarette, war Didier erschöpft und mutlos. Ob man auf diese Art wohl je etwas finden könnte?

Aber was blieb ihm sonst übrig? Es gab keinen andern Weg als diese mühsame minutiöse Sucherei.

Immerhin hatte er etwas gelernt: Das Vorgehen an diesem ersten Tag war allzu unsystematisch, allzu unwissenschaftlich. Das be-durfte der Verbesserung.

„Nikos, findest du nicht auch, wir sollten etwas System in die Sa-che bringen? Hast du eine Idee?"

„Keine Ahnung, wie man fachmännischer vorgehen sollte, aber vielleicht kommt mir etwas in den Sinn," antwortete er, doch der Zweifel in seiner Stimme war unüberhörbar.

Didier würde sich für die nächsten Tage etwas Ernsthaftes einfal-len lassen müssen, wollte er je zu einem Erfolg kommen.

Er bezahlte Nikos gleich für die geleisteten Helferstunden und hielt es auch weiterhin so jeden Abend.

8 In der Ägais 9. Jh. v.Chr.

Drei Tage und drei Nächte liessen sich die Schiffe der Spartaner treiben von den Wellen und Winden, immer recht nahe beeinander. Meist umhüllte sie ein dichter Nebel, undurchdringliche Nacht.

Es war ein seltsames Gefühl für alle, völlig ausgeliefert zu sein und nicht zu wissen, ob gute Götter oder launenhafte Dämonen die Oberhand hatten. Es brauchte Mut, fest darauf zu vertrauen und zu hoffen, dass das Ziel ein gutes, ein lohnendes, zum mindesten ein brauchbares sein würde.

Theras hatte sich sorgfältig vorbereitet, hatte Berichte und Zeichnungen von Reisenden und Kapitänen genau studiert: das ganze Meer östlich des Peloponnes war voller Inseln, kleinerer und grösserer, falls man nicht zu sehr gegen Süden geriet. Das war, so hoffte er, nicht geschehen. Sonst würden sie auf Kreta landen – nur das nicht, das war schon in festen Händen. Da waren Spartaner alles andere als gern gesehen, denn auf Kreta hatten sich die Mykener festgekrallt, und Mykene und Sparta waren seit Urzeiten wie Katz und Maus, obwohl oder vielleicht weil sie Nachbarn waren.

Es ging darum, eine kleinere oder grössere Insel zu finden, nördlich von Kreta. Ideal wäre, wenn sie noch unbesiedelt wäre. Doch das war gar nicht so einfach, nachdem die Seefahrer aus dem Osten, die Phönizier, sich seit einiger Zeit überall breit machten. Theras träumte von einem kleinen Schmuckstück, dem Auge wohlgefällig, fruchtbar, mit sprudelnden Quellen und Grünem, leicht zu verteidigen, nicht allzu weit, aber auch nicht allzu nahe bei andern Inseln. Das war wohl etwas viel verlangt; war der Traum wohl erfüllbar?

Wenn der Schlaf Theras lang genug in seinen Fängen hielt, wurde der Traum immer wunderbarer – er stand in einem fruchtbaren Garten vor einer üppigen Villa, schaute weit über das Land, Kinder tobten herum, am Hafen wurde eifrig gehandelt, und auf den Feldern wurden Körbe voll leckerer Früchte und Gemüse geerntet. Theras überragte alle an Wuchs und an Klasse und genoss ein Leben in Vornehmheit und Luxus.

Viel häufiger jedoch ertappte er sich dabei, dass er an sich zweifelte. Mutete er sich nicht zu viel zu? Konnte er mehr als hundert Leute so einfach ins Glück führen, oder würde das ganze Unternehmen in einem kläglichen Fehlschlag enden? Würden sie alle elendiglich irgendwo zugrunde gehen, irgendwo ertrinken oder erschlagen werden oder verhungern, und würden sie vielleicht den Göttern danken, wenn sie als letzte Rettung wieder zurück nach Gythion segeln und wieder untertänig um Aufnahme in Sparta bitten müssten? Dieses beschämendste aller Szenarien hatte ihn nun schon dreimal im Traum heimgesucht.

Wenn er zurück dachte an die letzten Tage, musste er sich eingestehen, dass der Start ins grosse neue Leben alles andere als ruhmreich erfolgt war. Zuerst die Abfahrt aus Gythion, die er als Probelauf hatte tarnen müssen. Damit hatte er es den Auswanderern verunmöglicht, sich anständig von der Heimat und ihren Lieben zu verabschieden.

Dann die Rettung der Minyer aus der Taubenbucht, auch ein eher klägliches Manöver – hatte jemand ihren Plan verraten?

Und jetzt dieser Nebel seit drei Tagen und Nächten. Er wollte und wollte sich nicht lichten. Theras starrte angespannt in die Nacht hinaus, doch nichts konnte er erkennen, nur ganz knapp die Lichter der beiden Schiffe, die ihm folgten.

Doch plötzlich erstarrte er, er spürte, wie sich seine Eingeweide verkrampften. Er hatte das bestimmte Gefühl, dass sie sich in der Nähe von Land befanden.

Er riss sich zusammen. Was war in ihn gefahren? Im dichten Nebel konnte er doch kaum sehen, ob sich das Schiff überhaupt bewegte oder stillstand. Kein Stern zeigte sich am Himmel, kein Licht einer Siedlung war zu sehen, der Nebel war viel zu dicht.

Plötzlich bäumte sich neben ihm eine schroffe Klippe auf, so hoch, dass sie sich oben im Nebel verlor. Das war knapp, beinahe wären sie aufgeprallt.

Und schon hatte der Nebel die Wand wieder verschluckt. War das ein Traumbild gewesen? Nein, er hatte eine Mauer gesehen, eine reale Gefahr für das Schiff.

„Langsam, langsam!" rief Theras den Ruderern zu.

Der Befehl war überflüssig, Radamas, der Steuermann, war noch ängstlicher als Theras. Er hatte die prekäre Lage schon vor ihm erkannt.

Warten. Warten und sich gedulden, bis der Tag anbrach.

Und das geschah unerwartet. Plötzlich war der Nebel wie weggeblasen. Der Himmel war so blau über ihnen, wie wenn es nie dunkel gewesen wäre.

Theras schüttelte sich und sperrte die Augen weit auf.

Hier vor ihm stand die steile Wand des Traumes, der steile Fels von Delphi!

Er brachte keinen Laut hervor. Die Wand war zehn- zwanzig-hundertmal höher als der Mast. Sie dehnte sich in beiden Richtungen aus, formte ein Rund und umschloss einen grossen vollkommen glatten See. Farbige Streifen durchzogen die Felsen, wie von Künstlerhand hingemalt, rot in allen Schattierungen, grau, schwarz, weiss, Farbbänder horizontal und in Wellenbewegungen und Kurven.

Kein Grün, keine Pflanzen, nichts Lebendiges weit und breit, nur Stein und eine kreisrunde unbewegte Wasserfläche.

Das war ein Anblick nicht von dieser Welt, das war irgendwo im Jenseits. Sie schwebten in einem riesengrossen Gefäss, in zeitloser Stille, sorgsam behütet und fest gehalten ringsum. Da hatten ihnen die Schicksalsgöttinnen wahrhaftig eine Überraschung beschert.

Theras rührte sich nicht. In seinem Inneren spürte er ein Gewicht fallen. Sein Körper war erstarrt, fest wie ein Fels.

Er wusste, er war angekommen.

Ebenso stumm wie Theras schauten seine Gefährten um sich. Kein Schrei war zu hören, kein Wort.

Radamas, der ungestüme, löste sich als erster aus der Erstarrung.

„Hurra! ein Wunderland, nur für uns!" Er versuchte, wieder auf die Welt zurückzukommen, doch in seiner Stimme schwang ein unsicheres Beben mit.

Rasch fasste er sich wieder. Er war schon viel auf dem Meer herumgekommen, er kannte sich aus. Er erinnerte sich, schon früher einmal von einer seltsamen unbewohnten Insel im Osten gehört zu haben, der niemand traute, die so ganz anders aussah als all die Inseln weiter nördlich, da sie einmal von einer Naturkatastrophe heimgesucht worden war, vor urlangen Zeiten. Sie sei ausserhalb jedes Normalen geartet und lag doch ganz nahe bei den gewöhnlichen Inseln der Gruppe. War das hier wohl diese Geisterinsel?

Er raffte sich auf und versuchte es ein zweites Mal, diesmal etwas kräftiger:

„Freunde, hurra, schaut her! Wir sind im Paradies!" doppelte er nach, als keiner der andern den Mund öffnete.

Paradies?

Theras brachte kein Wort hervor, doch war er erleichtert, dass wenigstens einer Begeisterung zeigte. Das tat gut, denn wirklich keiner der andern Auswanderer hatte auch nur einen Laut von sich gegeben, weder einen Freudenschrei noch einen Schrei des Entsetzens; versteinert standen alle da und schauten die Wände hinauf – Stein, der auf Stein starrte.

Ihm selber löste sich die Versteinerung von Minute zu Minute. Er wurde innerlich ganz weich, in seinem Gehirn rasten Gedanken hin und her, Bilder von Delphi, Wände und Abgründe und Dämpfe … und schliesslich war er erfüllt von einem unsäglich seligen Gefühl, dass sie am richtigen Ort waren. Hier wollte er bleiben, hier war er aufgehoben, hier war er zuhause.

Langsam glitten die Schiffe der Wand entlang, etwas gegen die Mitte zu, dann wieder gegen die Steilwand. Wie im Traum schwebten sie über das Wasser.

Doch nach und nach holte die Wirklichkeit sie ein. Da war ein Haken, und zwar ein riesengrosser: nirgends war an eine Landung zu denken, nirgends bot sich eine Bucht oder ein Strand, um Fuss zu fassen und um die Schiffe in Sicherheit zu ziehen. Und selbst wenn man eine kleine Sandbucht gefunden hätte, um anzulegen, wie sollte man die Wand hinaufkommen? Unmöglich. Hoffnungslos.

Theras liess sich nicht entmutigen, er fühlte sich im Paradies. Die Insel hatte ja auch eine Aussenseite. Wie die wohl aussah?

Nun hatte er sich wieder voll im Griff und gab den Befehl, durch die kleinere Öffnung gegen Norden hinauszufahren, um die Insel von aussen zu erkunden.

Durch eine schmale Durchfahrt verliessen sie das spiegelglatte Rund und lenkten ihre Schiffe um die Nordspitze. Da eröffnete sich ihnen eine ganz andere Ansicht: Die Aussenseite fiel eher flach gegen das Meer ab, und es waren reichlich Ankerplätze, Strände und kleinere Buchten vorhanden. Alles sah aus wie auf einer normalen Insel.

Oder doch nicht ganz? Wenn man etwas näher am Ufer entlangfuhr, zeigten sich immer wieder Bilder von seltsamer Farbigkeit. Zwischen Stellen, die genau wie andernorts aussahen, gab es bizarre, ausgehöhlte Klippen und Säulen, die in den abenteuerlichsten Farben schillerten. Von allem war etwas vorhanden, neben Steinen und Sand auch Blumen, Binsen, Kraut, Büsche; da war bestimmt auch einiges darunter, das geniessbar war.

Ob da schon Siedler wohnten? Nichts war zu erspähen, das nach Bewohnern aussah, nirgends war so etwas wie ein Haus oder wenigstens ein Unterschlupf oder ein Feuer oder ein Garten oder eine Tierherde zu erkennen.

Eine Gruppe stieg aus, um sich umzusehen und einige Steine und Pflanzen zu begutachten. Da fanden sie, dass das Gestein an manchen Orten besonders leicht war, ja dass die Steine sogar auf dem Wasser schwimmen konnten. Eine verkehrte Welt?

Theras wusste Bescheid. „Das sind Bimssteine, solche Steine erstarren, nachdem ein Vulkan ausgebrochen ist. Es sieht aus, wie wenn wir uns auf einem Vulkan befänden."

Vulkan? riefen einige entsetzt. Bedeutete das nicht Feuer, Schwefel, Untergang?

Doch man beruhigte sie, dass der Vulkan bestimmt schon lange nicht mehr gespuckt hatte, sonst hätten nicht solche Sträucher und Bäume wachsen können.

„Das ist vielleicht der Grund, dass wir gar keine Siedler sehen. Die Leute haben eine heilige Scheu vor Vulkanen, auch vor erloschenen oder schlafenden."

Langsam fuhren die drei Schiffe dem Ufer entlang,

Und plötzlich wurde ihnen wieder Halt geboten, wieder von einer Wand, einem steilen festen Felsen. Da stand ein Bergrücken vor ihnen, der kräftig ins Meer hinausstach, ein grossartiger Anblick. Zweimal eine Steilwand grad vor der Nase – danke, Apoll, für das doppelte klare Zeichen!

Am Nordfuss dieser Wand öffnete sich eine Bucht, in der sich bequem ankern liess. Der Sandstrand war flach genug, um die Schiffe festzumachen.

Theras war glückselig, er fühlte, wie in seinem Innern Ruhe einkehrte, wie sich wirre Fäden ordneten.

„Lasst uns hier rasten. Ich bin sicher, dass wir hier gefunden haben, was wir suchen – ein Land, das uns zu essen und zu trinken bietet und das noch keinem Menschen gehört."

Als er sich aufs Bett warf, merkte Didier so recht, wie ihn verschiedene Teile seines Körpers zwickten und zwackten. Er war es gewohnt, immer in bester körperlicher Hochform zu sein und seinen Körper durch und durch zu kennen, aber irgendwie schienen doch noch Muskeln und Sehnen zu existieren, die er noch nie besonders gespürt hatte. Das war für ihn eine neue Erkenntnis, und so auf dem Bett ausgestreckt versuchte er, kleinste Müskelchen anzuspannen, wieder zu entspannen, zu spüren, wo die Kraft sass, wo es schwache schmerzhafte Stellen gab – ein zusätzliches Programm zu seinem morgendlichen Training.

Wie er in Gedanken den Tag durchging, wurde ihm klar, dass es so nicht weitergehen konnte. In der Sucherei fehlte das System, eine Arbeitsweise, die sicherstellte, dass der ganze Grund abgesucht würde. An ihrem ersten Forschungstag hatten sie beliebig und höchst unwissenschaftlich herumgestochert; das führte bestimmt nicht zu einem Resultat ausser durch reinen Zufall. Man müsste fachmännischer vorgehen, um keinen möglichen Fundort zu übersehen.

Sein Kopf wurde schwer, und im Traum ging es weiter: Fünfzig Mann standen in einer Reihe und schritten vorwärts, alle gleich schnell oder eher gleich langsam, und jeder hatte ein Band von zwei Metern Breite im Auge zu behalten und zu untersuchen. So konnten sie gemeinsam im Gleichschritt ein Feld von hundert Metern Breite abklopfen.

Warum nicht hundert anstellen, um eine Breite von zweihundert Metern abzudecken?

Im Traum sass er oben auf einem Hügel und dirigierte ein ganzes Heer, tausend gehorsame Männer, die dicht über das Gebiet verteilt waren, in kleinen parallelen Schritten vorwärts marschierten und keinen Quadratzentimeter ausliessen. Kein Löchlein entging ihren Blicken und Griffen.

Am nächsten Morgen sah er die Lage etwas realistischer. Sie waren genau zwei Leute, um die Arbeit zu erledigen. Nun war Initiative und Scharfsinn angezeigt.

Als Erstes ging er in einen Laden, in dessen Schaufenster ein vielversprechendes Durcheinander ausgestellt war.

Er wählte sechs Knäuel farbiger Schnüre und eine solide Schere. In der Gartenecke fand er Stecklein, um Pflanzen aufrecht zu halten. Er kaufte den ganzen Vorrat von zwölf Bündeln zu je zehn Stecken von der grössten Sorte. So konnte er wenigstens das Gebiet abstecken, den Grund einteilen in Felder und weiter unterteilen in noch kleinere Kammern. Auch zwei grosse Töpfe Farbe, hellblau und orange, samt Pinseln kamen in die riesige Einkaufstüte.

Nikos war beeindruckt von dem System, das Didier da so rasch und unkompliziert ausstudiert hatte. Hut ab! Er hatte Didier eher unter die einfacheren Geister eingereiht – ein kleiner Spinner mit viel Geld und einer fixen Idee. Aber diese Entschlossenheit und die sofortige fachmännische Ausführung – da war kein Stümper am Werk, da musste Nikos seine Meinung ändern.

Allerdings wusste Didier allzu wenig, eigentlich gar nichts von der Insel, kannte ihre raue Oberfläche nicht und hatte keine Ahnung von ihren Pflanzen, ihrer Erde, ihren Steinen, Gräben, Höhlen. So war während des Suchens Nikos doch wieder der Überlegene. Er hatte ein gutes Auge; ein Blick auf den Strand hinaus sagte ihm immer gleich, ob eine Höhle von ferne zu sehen gewesen wäre oder ob sie wirklich versteckt, also eine vielversprechende Fundstelle war.

„Siehst du, wenn ich mich hinter diesen Stein stelle, sieht mich kein Mensch vom Meer her. Hier könnte ich meine Wohnstatt aufbauen. Doch wenn ich hier links oben stehe, sehe ich weit aufs Meer hinaus, aber ein Ankömmling sieht mich natürlich auch."

Geschickt sprang er von Fels zu Fels, um einen Pfad ausfindig zu machen, den die Siedler benützt haben könnten, um unsichtbar zu bleiben. Nach und nach begann auch er, Freude zu haben an dem seltsamen Unternehmen.

Didier war beeindruckt von so viel Spürsinn und gesundem Menschenverstand. So verzieh er es Nikos gerne, dass er lieber auf einem Stein hockte und eine Zigarette rauchte, anstatt sich ununterbrochen an der eigentlichen eher mühsamen Sucherei zu beteiligen, sich bücken, Kräuter und Dornen ausreissen, Steine wegräumen, schaufeln, graben …

Gegen Mittag gab Didier die Sucherei auf und markierte den untersuchten Teil genau mit Stecken und Schnüren und farbigen Zeichen, damit er am nächsten Tag am exakt richtigen Ort weiterfahren konnte.

Für den Nachmittag war ein Ausflug auf den Mesavouno vorgesehen, unter der Führung von Nikos.

Didier war begeistert. Der Aufstieg verschlug ihm den Atem – nicht im wörtlichen Sinn, denn der steile Weg war für ihn ein Kindergartenausflug, nein, im übertragenen Sinn: die Aussicht wurde mit jedem Schritt grossartiger, unglaublicher. Oben angekommen war er so überwältigt, dass er beinahe bereute, sich die unseligen, so vagen Phönizier vorgenommen zu haben. Was die Spartaner und die nachfolgenden Römer hier oben auf der Hochfläche gebaut hatten, war eine klar und eindeutig bestimmte Stadt. Sie hatten sich alles geleistet, Wege und Mauern und Treppen, Tempel und Wohnhäuser, Sportbereiche und eine Agora, sogar ein Bordell, einfach alles, was es in einer Stadt brauchte. Und all dies war in bewundernswert überschaubarer Klarheit angelegt. Das meiste, oder eigentlich alles, was man ausgraben konnte, war perfekt ausgegraben, die Ruinen waren in bestem Zustand und klar identifiziert und erklärt. Man konnte sich ein vollkommenes Bild von der Stadt hier oben machen. Da hatte Hiller von Gärtringen ganze Arbeit geleistet. Es blieb nicht mehr viel zu tun für künftige Archäologen.

Am Samstag stand Nikos mit drei Jünglingen am Treffpunkt. Er stellte sie vor: Sein Sohn Angelos, beinahe erwachsen, und dessen Schulfreunde Manolios und Andreas. Sie würden helfen mit Suchen. Didier war beeindruckt. Mit fünf Leuten, oder wenigstens mit vier, denn Nikos fungierte eher als Aufseher denn als echter Graber und Schaufler, würde die Suche viel schneller gehen.

Und tatsächlich, die Jünglinge stellten sich sehr geschickt an und gruben und kletterten und schnüffelten in den Löchern herum, dass es eine Freude war.

Sie fanden unglaublich viele interessante Dinge: eine Petflasche, ein angefangenes Paket Papiertaschentücher, eine kaputte Sonnenbrille, eine Tube ranziger Sonnencreme, eine Fahrradklingel, eine uralte Zeitungsseite, einen Knäuel Schnur, einen kahlen Tierschädel, einen Badeschuh, eine vertrocknete Schlangenhaut … aber nichts, auch gar nichts Phönizisches. Doch ihr Eifer war unerschütterlich, denn Nikos hatte ihnen einen Stundenlohn von einem Euro zugesichert, und Didier hatte ihnen einen Preis versprochen für jeden phönizischen Fundgegenstand.

Sie versprachen begeistert, am nächsten Wochenende wieder zu helfen.

Kaum eine Woche war vergangen, da erwischte Nikos wieder einen Taxikunden, der nicht nach Rucksacktourist aussah und dem es wieder völlig egal war, ob das Taxi einige Beulen hatte oder nicht. Er wollte ins Hotel Atlantis in Fira gefahren werden, wo er ein Balkonzimmer mit Calderablick reserviert hatte.

Das altehrwürdige Haupthotel in Fira war immer noch die bestbekannte Adresse für Millionäre oder Schieber von überall her in der

Welt. Dieser Kunde war eher unter die Schieber einzureihen. Er trug eine Lederjacke, sein Kopf schaute wie ein Maulwurf aus einem Pelzkragen heraus. Seine Kleidung passte zwar nicht unbedingt ins Klima von Santorin, aber sie passte zu ihm.

Der Kunde war ein Russe; Nikos kannte sie dafür, dass sie anständige bis unanständige Trinkgelder gaben. Geld schien denen oft überhaupt nichts zu bedeuten, Geld war da wie Luft und Sonne und schien sich immer wieder zu erneuern. Was der wohl in Santorin vorhatte? Er sah nicht so aus, als ob er stundenlang die Caldera samt Sonnenuntergang bewundern wollte, trotz des Balkons.

Und plötzlich hatte Nikos ein unerklärliches Gefühl, dass dieser Russe, der zufällig – oder vielleicht schicksalsgelenkt – in seinem Taxi sass, ein Fund sein könnte. Oder gar ein Göttergeschenk?

Er wagte es – man durfte nichts unversucht lassen. Betont freundlich erklärte er die Landschaft und fragte den Russen nach seinen Interessen. Ob er am Museum interessiert sei? Oder an einer Privatführung durch Alt Thera? Er sei selber recht bewandert in Archäologie, erklärte Nikos.

Der Russe, der bis hierhin nur etwas mürrisch von Zeit zu Zeit ein Brummen von sich gegeben hatte, wurde plötzlich wach, als er das Wort Archäologie hörte.

„Helfen sie auch bei Ausgrabungen? Ich bin immer bereit, schöne noch intakte Stücke aus irgendeiner antiken Schicht zu kaufen. Ich würde für ein gutes Stück einen anständigen Preis bezahlen. In meiner Heimat gibt es immer Liebhaber, die echte Stücke besitzen möchten und auch willig sind, es sich etwas kosten zu lassen."

Jetzt wurde Nikos hellhörig. Antiquitäten kaufen – Antiquitäten verkaufen? Ein einträgliches, wenn auch nicht unbedingt blütenreines Geschäft, ja im Grunde höchst riskant. Da hatte man schon allerhand gehört.

„Aber wissen der Herr auch, wie schwierig es ist, solche Dinge ausser Land zu bringen?"

Da lachte der Russe und wurde ganz menschlich:

„Das lassen Sie meine Sorge sein, ich habe da meine festen Beziehungen und meine Wege. Bis jetzt bin ich noch gar nie in Schwierigkeiten geraten."

Nikos staunte.

„Ich interessiere mich für alles Antike, griechisch oder römisch."

Das war das Übliche, überall auf der ganzen Welt war das Interesse gross an der echten Antike, oder das, was der Durchschnitt für

Antike hielt, nämlich Griechisches, Römisches und oft auch Ägyptisches. Doch dann fügte der Russe bei:

„Ganz besonders interessiert wäre ich diesmal an etwas Phönizischem."

Nikos durchzuckte ein elektrischer Schlag. Beinahe wäre er aus der Kurve geraten. Schon wieder die Phönizier! Was war los? Warum plötzlich diese Phönizierbegeisterung? Er schluckte seine Erregung hinunter.

„Phönizisch? Das dürfte schwierig sein. Die offizielle Archäologie bestreitet ja die Besiedlung durch Phönizier auf Santorin, obwohl Herodot Klartext spricht."

Nun war es am Russen zu staunen.

„Sie kennen sich aus? Also hier ist meine Karte. Sie finden mich im Atlantis, oder auf dieser Mobil-Nummer, falls sie etwas Phönizisches für mich haben. Oder auch sonst etwas Antikes, versteht sich."

Er fügte auch noch hinzu:

„Scherben und Münzen und so kleinere Dinge interessieren mich etwas weniger, am liebsten wäre mir etwas Grösseres, etwas Typisches, sie verstehen, was ich meine. Dafür bezahle ich einen guten Preis."

Nikos schwieg, um den Russen noch weiter zum Sprechen zu animieren.

„Sie wissen, am häufigsten werden Fragmente gefunden, etwa ein Arm, ein Torso, ein halber Kopf. Auch solche Dinge sind recht gefragt, aber natürlich nicht so viel wert. Ganze Statuen oder Büsten, die höchstens minime Schäden aufweisen, sind jedoch rasch ihre 10' – 20'000 Euro wert."

Nikos konnte sich noch rechtzeitig zusammenreissen, um nicht aufzuschreien. Winkte da die Octavia von ferne? Er fing sich rasch auf und wartete einige Sekunden.

„Unmöglich ist nichts, doch es dürfte recht schwierig sein, auf dieser Insel noch viel zu finden. Sie wissen, sie steht im Zentrum der Forschung. Ich werde mit ihnen in Verbindung bleiben."

Er steckte die Karte des Kunden sehr sorgfältig in seine Brusttasche.

In der Nacht plagten Nikos böse Träume. Er sah sich mit einer riesigen Statue im Arm über das Flugfeld eilen, auf ein startbereites Flugzeug zu. In der noch offenen Türe stand der Russe mit einigen Tausendeuroscheinen in der Hand und winkte ihm verzweifelt, sich zu beeilen. Nikos versuchte vergeblich, die Statue zuzudecken mit seiner Jacke. Er hörte Schritte hinter sich, die ihn verfolgten und immer näher kamen, er rannte noch rascher, fiel um, und die Statue zerbarst in tausend Stücke, der Russe schmiss die Türe des Flugzeuges zu, es flog davon. Nikos erwachte schweissgebadet.

Schmuggel von echten antiken Gegenständen aus dem Land wurde gnadenlos geahndet und bestraft, das wusste er. Da galt kein Pardon. Aber wenn man es ganz kühl betrachtete, war es wirklich einerlei, ob eine antike Statue in Russland landete oder hier blieb. Im Gegenteil – blieb sie in Griechenland, war es höchst wahrscheinlich ihr Schicksal, im Keller des Athener Nationalmuseums zu landen, wo sie bei zehntausend ähnlichen Funden im Dunkel vergessen ging und trostlos verstaubte. In Russland oder in China oder wo auch immer hätte das Stück ein begeistertes, ergebenes Publikum, wäre das Zentrum der Aufmerksamkeit, wäre ein unschätzbares Kleinod, das gehütet und gepflegt und geliebt würde – wahrhaftig ein würdigeres Schicksal für irgendeinen Schatz aus dem Altertum. Wenn man ehrlich sein wollte, tat man der Antike eher einen Gefallen.

Und dann leuchtete es in seinen Augen im Dunkeln: Mit Didier zusammen würde er vielleicht etwas finden und für die Zeit des Suchens bezahlt werden, und wenn er einen kleinen Teil des Fundes, oder vielleicht auch einen grösseren Teil, für sich selber behalten würde, um ihn dann weiter zu verkaufen – nicht auszudenken, was der Russe für eine Freude hätte!

Am nächsten Morgen war Nikos aufgestellt und munter wie noch nie, ja er war wie von einem Grabungsfieber erfasst. Anstatt das Auto auf der Hauptstrasse zu parkieren, versuchte er diesmal äusserst sorgfältig, weiter auf dem Bachbett hinunter in die Gegend mit den Höhlen zu gelangen, wie wenn er spürte, dass heute etwas zu verladen und zu transportieren wäre. Er hüpfte freudig aus dem Auto, pfiff einen Schlager auf dem Weg zu den Höhlen und fing fleissiger an zu suchen als Didier selber.

Allerdings trieb ihn mehr das Bild des Russen an als das des Archäologischen Departementes von Beirut.

Er gab sogar seine beste Taxizeit am Flughafen auf, um am Abend noch etwas länger suchen zu können und so endlich etwas Anständiges zu finden.

So ging es viel rascher, es war unterhaltsamer, es war lustiger, denn Nikos konnte vorzüglich nachvollziehen, wo durch Piraten eingeschüchterte Phönizier etwas verstecken würden. Er war voller Spässe und erfand Geschichten über die Siedler, ihre Beziehungen, ihre Arbeit, ihre Streitereien und Rivalitäten und konnte nicht aufhören zu plaudern. Didier staunte nur, wie gut sich Nikos einfühlen konnte in diese Menschen, die vielleicht einmal hier gehaust hatten. Ein idealer Archäologe!

Und so kam auch bald der erste Erfolg. Es war Nikos, der aufschrie:

„Heureka! Komm rasch! Hier haben wir etwas Prächtiges."

Didier eilte hinzu, leuchtete mit seiner starken Stirnlampe in die Höhle und sah es auch: ein Haufen von teils zerbrochenem Geschirr aus Ton. Unberührt lag es da, wohl seit einigen Jahrhunderten, oder vielleicht doch seit dreitausend Jahren? Waren sie an einem ersten Ziel angelangt?

Grad wollte Nikos in die Höhle greifen, um den Fund herauszuholen, da rief Didier so schrill Stopp! dass Nikos sogleich erschreckt innehielt.

„Lass mich zuerst ein Bild nehmen," rief er, und zog aus einer seiner vielen Taschen eine Kamera. „Eine Aufnahme von der Fundstelle und eine vom Fund, oder besser je fünf. So etwas geschieht nicht alle Tage! Das muss zuerst ganz sauber dokumentiert werden."

Er nahm Bilder der nahen und weiten Felsrücken, der Hügel und Bäume und Ausblicke, und so konnte er den Fundort genau dokumentieren. Den genauen Punkt konnte er auch mit GPS festhalten. Jetzt war Didier in seinem Element, jetzt war er endlich der überlegene Leiter.

Erst nachdem alles beurkundet war, erlaubte er Nikos hineinzugreifen und sorgfältig einige Scherben herauszuziehen. Sie wischten die Stücke vorsichtig ab und legten sie auf ein Tuch, das Didier hervorgezaubert hatte aus einer seiner vielen Taschen. Auch eine Lupe erschien, und ein Notizblock und ein Bleistift.

Waren das echte antike Scherben, oder waren es Überreste eines Picknicks aus dem 20. oder gar 21. Jahrhundert? Sorgfältig nahmen sie Stück für Stück in die Hand und prüften alles genau. Sie waren aus schwerem Ton, recht unhandlich, aber sehr sorgfältig gearbeitet und gediegen in der Form. Wanderer des 20. oder 21. Jahrhunderts trugen kein solches Geschirr auf sich für ein Picknick, das war klar. Da war Plastic angesagt.

Didier war in seinem Element. Er hielt fachmännisch Scherben aneinander und suchte Stücke, die zusammenpassten. So fand er fünf Stücke, die beinahe eine kleinere Amphore ergaben, weitere liessen sich zu einem Teller formen, und noch andere ergänzten sich zu einer hübschen Schale von etwa 12 cm Durchmesser. Voll Staunen sah Didier auch, dass auf dem Bauch der zusammengehaltenen

Gefässe Spuren von Zeichnungen zu erkennen waren. Eine spiralförmige Dekoration war eingeritzt, die ihm bekannt vorkam. Solche Zeichnungen, da war er sich sicher, waren ihm schon auf phönizischen Vasen begegnet

„Glaubst Du, dass das jetzt phönizisch ist?" flüsterte Nikos. Auch er war gepackt von der Grösse des Augenblicks. „Erkennst du die Zeichnungen oder die Form?"

Didier überlegte lange.

„Ja, ich bin persönlich überzeugt, aber das muss noch genau geklärt werden. Solche Dinge final zu bestimmen braucht Zeit und genaue Arbeit, Materialprüfung, Formvergleich und vieles mehr. Aber die Lage, die Art wie das Geschirr versteckt war, das spricht doch sehr für phönizisch, glaubst du nicht?" fragte nun Didier seinerseits hoffnungsvoll.

„Die griechischen Wissenschaftler werden wieder sagen, es sei Importware, ein Grieche habe das Geschirr auf einer Auslandreise eingekauft und hierher getragen, was allerdings eher unwahrscheinlich ist. Doch wäre es gut, man würde noch etwas Eindeutigeres finden."

„Genauso ist es, du hast es erfasst. Suchen wir doch weiter, wer weiss, was wir noch finden."

Und tatsächlich, nicht weit von der ersten Fundstelle mit dem Geschirr fand Didier einen Kamm aus Horn, und erst noch etwas, das wie Essbesteck aussah.

Der wirklich eindeutige Beweis, das einmalige Stück fehlte noch.

Es würde sich bestimmt finden lassen.

Wie vereinbart, stand Didier am nächsten Nachmittag oben beim Hotel Atlantis und wartete auf Nikos. Es war recht heiss, doch auf dem Pfad entlang der Caldera war ein ständiges feines Windchen zu spüren, und Didier hatte wieder vorgesorgt mit einer eleganten Sonnenbrille und einem Käppchen. Er war etwas zu früh, so hatte er Zeit, sich umzuschauen.

Didier liebte diesen Punkt des Weges entlang der Caldera. Da war alles beieinander: die herrliche Runde des Binnenmeeres mit den beiden Kameni-Inseln, die Kathedrale, die nach einem Erdbeben, wie ihm schien, unbekümmert und frisch wieder aufgebaut worden war, und etwas weiter unten das solide Museum für die Schätze von Akrotiri. Er hatte dieses moderne Museum auch rasch besucht und war beeindruckt von den Dingen, die 1600 Jahre vor Christus schon in Gebrauch waren, Betten, Tische, Gefässe. Allerdings waren noch lange nicht alle Funde dort ausgestellt; was in den ersten Ausgrabungsjahren schon nach Athen gekommen war, wurde nur durch zäheste Verhandlungen aus dem Riesenmoloch Archäologisches Nationalmuseum wieder befreit. Immerhin waren die blauen Affen, sein Lieblingsbild unter den Wandmalereien, wieder nachhause gekommen und jetzt im erdbebensicheren Museum zu betrachten.

Das war tatsächlich ein Besuchermagnet, Gruppe um Gruppe drängte sich hinein.

Eben verliess eine seltsame Gestalt das Hotel Atlantis und stieg mit einer kleinen Tasche in das Hotel-Taxi. Wie konnte man auch im Sommer eine dicke Lederjacke mit Pelz tragen!

Eine kurze Sekunde schien es Didier, dass er diese Gestalt schon einmal gesehen hatte. Wo war das schon wieder gewesen?

Doch bevor er sich besinnen konnte, hielt schon Nikos vor ihm mit seinem Toyota, wie immer pünktlich, und es ging wieder los an die Südküste.

10 Santorin 9. Jh. v.Chr.

Spartaner waren wahrhaftig kein Seevolk; unvermeidliche Schiff-
fahrten brachten sie möglichst rasch hinter sich. Einfach so ziellos
drei Nächte auf dem Meer herumgetrieben zu werden, das war
schlimmer als eine Nacht ohne Öllampe. Das lag noch allen in den
Knochen.

Die Aufforderung zu einer Landung nahmen sie erleichtert an.

Die Jüngsten hüpften übermütig an Land, doch gleich beim ersten
Schritt auf dem neuen Grund bekam ihre Hochstimmung einen
Dämpfer: Der Sand war schwarz! Und schwarz hiess auch heiss. Die
Fusssohlen brannten. Unglaublich – schwarzer Sand? Bei ihnen zu-
hause war er durchwegs weiss oder gelblich oder höchstens hellgrau.
Hatten sie in den drei Nächten im dichten Nebel vielleicht ihre
Farbsehkraft verloren?

Rasch rissen sich die Kühneren zusammen und schalten sich feige,
dass sie so misstrauisch auf dem neuen Lande auftraten. War es denn
nicht zu erwarten, dass die Welt an andern Orten etwas anders aussah? Man war doch ein schönes Stück weg von der alten Heimat.
Immerhin waren die Pflanzen auch grün, wie zuhause, einige kamen
ihnen sogar bekannt vor.

Entscheidend war ja wohl, ob die Tiere dieses Grünzeug auch
gerne fressen würden. Also ausprobieren! Sie führten die sechs Ziegen und die zehn Schafe auf einen grünen Platz und schauten gespannt zu, was geschehen würde. Die Tiere stürzten sich gierig auf
das frische Grün und verzehrten es mit Heisshunger. Ganz unwähle-
risch frassen sie alles, was in der Nähe war. Es schien ihnen zu be-
hagen. War das nur, weil sie in den letzten Tagen nur Heu und Stroh
gesehen hatten oder war es die Qualität des Grünzeugs? Die aller-
erste Prüfung war jedenfalls bestanden mit klarem Resultat.

Kräuter und Gräser, die den Tieren mundeten, waren bestimmt
auch schmackhaft für Menschen. Otanas riss ein Blatt von einem
kleinen Busch, den eben eine Ziege mit Begeisterung entdeckt hatte.
Er kaute das Blatt – wirklich sehr angenehm im Mund, wie die besten Kräuter zuhause, die sie für ihren Salat brauchten.

Da drüben war so etwas wie ein Getreidehalm, der sich überall
ausbreitete. Otanas nahm auch davon einige Körner, steckte sie in
den Mund und zermalmte sie. Nicht schlecht – das würde sich bestimmt eignen für Brot, Suppen, Breie.

Und leuchteten dort nicht rote Beeren an jenen Sträuchern? Sie schmeckten vorzüglich, beschied Otanas nach einer Probe.

Die Mutigeren stiegen bald auf eine kleine Anhöhe hinauf, um einen besseren Blick zu erhalten. Höher oben waren die Steine weiss, schneeweiss. Dazwischen hatte es dunkle Stellen.

Tatsächlich, die schwarzen Löcher im weissen Gestein entpuppten sich als Eingänge zu Höhlen.

Gewiss gab es auch in der Heimat Höhlen, aber die zuhause waren schwarz, meist feucht, unangenehm, mit glitschigem Grünem überzogen. Die Höhlen hier oben waren innen hell, trocken, weiss, und das Gestein war weich und liess sich leicht bearbeiten und formen. Der Eingang konnte mühelos etwas breiter gestaltet, der Boden etwas ausgeebnet werden. Es war eine reine Freude, sich da etwas Brauchbares zusammenzuhämmern. Auch waren die Höhlen angenehm kühl; da würde man gern die Nächte zubringen.

Otanas folgte den eifrigen Forschern, die sich auf Entdeckungsreise begaben. Wirklich, die Höhlen boten angenehme, ja direkt luxuriöse Unterkunft. Er staunte über die Vielzahl und den Formenreichtum. Waren das wirklich alles Zufälle der Natur, oder waren vielleicht doch Menschen am Werk gewesen? Er schaute die Eingänge, die Böden, die Wände etwas genauer an. Schwer zu sagen, ob Menschenhände oder die launige Natur all das erschaffen hatte.

Doch halt – hier an der Wand fand sich eine Zeichnung eingeritzt, die einen Hirsch darstellte oder ein ähnliches Tier. Hier hatte ganz eindeutig ein Mensch gewirkt.

Otanas hielt es für weiser, diese Entdeckung für sich zu behalten, wenigstens vorläufig.

Als es langsam dunkelte, schlichen die Männer aus allen Richtungen wieder zum Lagerplatz zurück. Der Hunger hatte sie angetrieben, Essbares zu suchen. Was sie zusammentrugen, war nicht überwältigend, aber durchaus brauchbar. Einer brachte Kichererbsen, ein anderer gar einige Feigen, wieder andere trugen grünes Gemüse herbei, das sich, wie sie hofften, zum Kochen eignete. Es gab also Nahrung auf der Insel, sie würden wenigstens nicht hungern müssen; doch ein Schlemmerland war das nie und nimmer.

Feurige Begeisterung war nach diesem erstem Schnuppertag nicht ausgebrochen, oder noch nicht. In gedämpften Worten und mit häufigem Achselzucken und Kopfschütteln tauschten sie ihre Erfahrungen über den ersten Inselspaziergang aus. Phantastisch, interessant, traumhaft konnte man hören, doch ebenso oft auch ungewohnt, geheimnisvoll, bedrohlich, furchterregend.

Theras war es gleich ergangen wie seinen Leuten. An diesem ersten Abend auf fremdem Land schlenderte er hin und her, von einer Gruppe zur andern, von einem Lagerfeuer zum nächsten. Er schnappte da und dort Gesprächsfetzen auf, und er musste zugeben, dass die Urteile, sowohl die negativen wie die positiven, alle irgendwie berechtigt waren. Das zauberhafte innere Rund, die Caldera, war ja wirklich eindrücklich, aber eigentlich bloss ein Erlebnis für das Auge. Sie war nutzlos für Siedlung und Schifffahrt. Es gab bestimmt bessere Gegenden um das Mittelmeer als ausgerechnet diese versteinerte Insel voller Asche und Schutt. Eigentlich verständlich, wenn sich da noch niemand niedergelassen hatte.

Theras schwieg vorläufig und liess sich nicht anmerken, dass auch ihm einige Zweifel gekommen waren, einige kleinere Vorbehalte. Seine Begeisterung wirkte etwas aufgesetzt, als er am ersten Abend seine Schar zusammenrief:

„Was für ein Paradies haben wir hier gefunden! Mir scheint es vom ersten Blick her ein ideales Land voller Wunder und Schönheiten. Hier wollen wir uns aufhalten und schauen, ob uns das Leben hier gefällt. Lasst uns die Zeit nicht gereuen, alles genau zu prüfen, bevor wir uns entscheiden."

Seine Stimme war etwas belegt, es fehlte ihr der grosse begeisternde Schwung.

„Wir können uns genügend Zeit lassen. Wir wollen alle die Insel erleben und erkunden. Jeder ist frei, sich umzusehen und sich selber eine Meinung zu bilden. Lasst uns alles ausprobieren, bevor wir uns entscheiden, ob wir uns hier eine neue Heimat aufbauen wollen."

Das klang wieder recht pathetisch, doch es sollte sich nicht als eine gute Idee erweisen. Die meisten waren nämlich einer solchen Aufgabe nicht gewachsen. Sie waren es ein Leben lang gewohnt gewesen, Befehle zu erhalten und auszuführen. Selber organisieren, selber urteilen, selber entscheiden war den meisten fremd, gar lästig. So nutzten einige wenige Selbstsichere die Zeit für Entdeckungen, genossen die neue Freiheit und stürzten sich in Abenteuer. Der grosse Haufen jedoch vertrieb sich die Zeit eher gelangweilt am Strand mit Spielen, Faulenzen, etwas Sport und mit Warten. Sie waren direkt dankbar, wenn ihnen ihre Führer Aufgaben zuwiesen.

Jeder musste selber entscheiden, wo er sich zur Ruhe legen wollte. Die Allerkühnsten wählten sich bequeme Höhlen im Fels aus, die etwas weniger mutigen richteten sich am Strand ein, und die ganz ängstlichen schliefen lieber auf den Schiffen. Die Luft war lau, die Wellen waren schwach, die Schiffe fest verankert.

Die Minyer scharten sich gleich stramm um Kleas. Er war in einer nüchternen Phase und gab überlegen seine Anweisungen. Sie sollten einen geeigneten Platz nicht allzu weit von den Schiffen abgrenzen als ihre vorläufige Wohnstätte. Sie machten sich gehorsam an die Arbeit und erstellten noch am ersten Abend einen Mauerring aus Steinen, und konzentrisch dazu einen grösseren Ring. So hatten sie ein klares Zentrum als Kultort, und wenigstens symbolisch eine Stadt darum herum. Im inneren Kreis errichteten sie einen Altar aus Steinen und Ästen. Der wurde am dritten Abend in einer Feier eingeweiht, bei welcher Kleas seine neueste Hymne vortrug, eine Hymne auf die neue Heimat in der Fremde, die neue Heimat im Meer, die neue Heimat weit weg von Feinden, draussen in der Freiheit.

Battys rief seine dreissig Ruderer zusammen und stellte sie in Reih und Glied. Sein Beistand Kleas war mit den Minyern beschäftigt, so war Battys jetzt der alleinige Herrscher, der diesen Begriff seinen Leuten gleich ein für alle Mal klar machte: Sie sollten nicht den ganzen Tag frei herumschwirren auf der Insel und sich einen gemütlichen Platz suchen, nein, die Besatzung der Taygeta war nicht zum Faulenzen ausgezogen. Sie wurde gleich in Gruppen eingeteilt und es wurden ihnen exakte Aufträge zugewiesen.

Die einen mussten Brennholz sammeln, andere erhielten den Auftrag, zwei der grösseren Höhlen am Abhang auszubauen, zurechtzumeisseln, die Decke der Höhle zu bearbeiten, möglichst hoch und möglichst glatt, damit Battys nirgends mit seinem Kopf anstiess. Aus der Taygeta mussten Tücher, Kissen, Decken und Lampen herbeigeschafft werden, um die neue Wohnstätte möglichst palastartig zu gestalten.

Er beobachtete die Arbeiter ganz genau, und nach drei Tagen hatte er die zwei wendigsten zu seinen Privatdienern bestimmt, die von nun an stets in seiner Nähe sein sollten, um ihm all seine Wünsche zu erfüllen. „Ein Glas Wein, vom herben – jetzt eine Schale Beeren – die Türöffnung mit einem Tuch bedecken, ich möchte etwas ruhen – eine Lampe her, es wird langsam dunkel ..." So ging es den ganzen Tag.

Sein vordringliches Anliegen waren jedoch Frauen. Diese beurteilte er nicht so sehr nach ihrer Tüchtigkeit in der Küche, sondern nach ihrem Charme, ihrem möglichst perfekten jugendlichen Körper, ihrer glatten Haut und ihrer Art, sich auch in diesen weniger günstigen Umständen beinahe elegant zu kleiden und zu kämmen.

Am dritten Tag hatte er die acht der Taygeta zugewiesenen Frauen exakt evaluiert, und er erkor Philomena, die jüngste der Sklavinnen, zu seiner ständigen Begleiterin und zukünftigen Gattin. Auch sie durfte sich von nun an bedienen lassen, ihren Gelüsten frönen und musste nicht mehr arbeiten. Sie wurde als Herrin angesprochen, da Battys ja der Herr war.

Otanas formierte seine Männer in kleinere Gruppen und gab ihnen klare Aufträge zur Erforschung der Insel. Die eine Gruppe sollte sich nach geeignetem Bauholz für Unterstände umsehen und die Hölzer gleich auf den Lagerplatz schaffen, eine andere Gruppe sollte nach möglichst viel Essbarem Umschau halten, eine dritte Gruppe sollte sich darauf konzentrieren, Kleintiere zu finden und zu jagen. Sie würden sich jeweils am Abend treffen, um die neuesten Erkenntnisse und Funde mit den andern zu teilen und möglichst grossen Gewinn aus den einzelnen Entdeckungen zu ziehen. Die Frauen wurden angehalten, aus den verschiedenen essbaren Dingen, dem Grünzeug und dem Erjagten originelle und leckere Gerichte zuzubereiten.

Die Gruppe aus der Lakedaimona, dem Hauptschiff des Theras, war ganz auf sich selbst angewiesen, da ihr Führer Theras meist verschwunden war und auf einsame lange Entdeckungsmärsche ging. Ein Tonnengewicht lastete auf ihm. Trotz allem Anschein von Mitspracherecht würde er doch allein entscheiden müssen, ob diese Insel der richtige Ort sei. Tagelang wurde er nicht gesehen. Mikrulis, der ihn unterstützen sollte, war bald auf rätselhafte Art ebenfalls unsichtbar.

Bevor Theras die Insel erkunden ging, sorgte er noch dafür, dass das Lager in der Bucht bewacht war. Er wollte sicher sein und stellte gleich zu Beginn für die Nächte Wachen auf. Am Strand sollten zwei Sklaven die Küstenlinie im Auge behalten. Gegen den Abhang hinauf, wo die Ziegen und Schafe in ihrem vorläufigen Gehege weideten, stellte er weitere zwei hin. Je ruhiger eine Gegend war, desto geheimer und stärker könnte der Feind sein, so es denn einen solchen auf der Insel gab.

Am ersten Morgen fehlte eine Ziege. Das Gehege war jedoch intakt.

Seinem Gefühl nach war Theras unerklärlich fasziniert, seiner Vernunft nach etwas weniger. Die Insel schien ihn mit Stricken an sich zu fesseln, schien auf ihn gewartet zu haben. Die Insel hatte etwas Außergewöhnliches, Rätselhaftes, wohl etwas, das man erst allmählich erfassen würde. Er konnte es noch nicht benennen.

Losziehen, einfach losziehen und alles erkunden, das war wohl das Beste, was er jetzt tun konnte.

Als er so ganz allein loszog, einfach aufs Geratewohl, fühlte er sich federleicht, wie wenn er über dem Boden schwebte. Ein unsägliches Gefühl von Glück erfüllte ihn. Er lebte in einer neuen Welt – schon im Jenseits? Nein, überhaupt nicht, hier und jetzt gab es Spannendes zu erkunden und kennen zu lernen.

So schritt er los den steilen Hang hinauf. Dort oben, zwischen dem steilen Fels im Süden der Bucht und der höchsten Erhebung etwas mehr im Westen war ein Sattel auszumachen, den wollte er als erstes untersuchen, darauf würde er dann den höchsten Punkt der Insel aufsuchen. Von dort aus hätte er wohl einen Überblick über die ganze Insel.

Er war noch nicht sehr weit aufgestiegen, da plätscherte es leise neben ihm. Eine Quelle, Wasser, Leben, rundum frische grüne Pflanzen! Ein Zeichen, das ein Gott ihm gesandt hatte, ein Zeichen, dass das Land ihn willkommen hiess? Er füllte seinen Krug und leerte ihn in einem Zug. Herrlich – kraftspendend – belebend. Er füllte den Krug zum zweiten Mal und verstaute ihn sorgfältig in seiner Wandertasche. Nun wieder weiter.

Plötzlich schreckte ihn ein Laut auf, der wie ein menschliches Husten klang. War das ein leidendes Tier oder doch ein Mensch? Jetzt aber aufgepasst! Sorgfältig schaute er sich um, hielt nach jedem Tritt etwas an. Er war nicht vergebens jahrelang Spartiate und Krieger gewesen in Lakedaimon. Wie oft hatte er doch erlebt, dass die Gefahr am grössten war, wenn man sich am sichersten fühlte. Wenn sich schon Bewohner auf der Insel fänden, hätten sie alle Vorteile: Sie kannten die Gegend bestens, konnten Fallen stellen, Gruben graben, Netze spannen, aus Verstecken Geschosse verschiessen, Steine loslösen, wilde Hunde loslassen – gegen alles und jedes musste ein Eindringling sich eigentlich vorsehen.

Aber das war das Unmögliche verlangen.

Halt, dort drüben bewegte sich etwas in einem Busch. Rasch kletterte er an die Stelle, doch da war nichts.

Er schalt sich, allzu ängstlich zu sein, und schritt mutig weiter den steilen Hang aufwärts.

Bald erreichte er den Sattel. Das war nun wahrhaftig ein besonderer Punkt: in vier Richtungen ging es von hier: hinter ihm lag der Strand, auf welchem sie lagerten, und vor ihm ging es ebenfalls wieder steil hinunter zu einem weiteren sehr ähnlichen Strand. Gegen Osten, gegen links, konnte man leicht auf den Felsrücken gelangen, der ihre Bucht beschützte und der auf drei Seiten steil ins Meer abfiel, und rechts hinauf, gegen Westen, erhob sich ein noch etwas höherer Bergrücken.

Das war ein perfekter Ort, es sah aus, als ob sich der Schöpfer da eine besonders hübsche symmetrische Landschaft ausgedacht hätte.

Er errichtete dem Apoll einen kleinen notdürftigen Altar, zündete einige dürre Zweiglein an und dankte so dem Gott für die gute Führung bisher. Er nahm seinen Krug hervor und nahm noch einen kräftigen Schluck, dann stellte er ihn neben sich, bevor er sich zur Ruhe legte.

Mitten in der Nacht erwachte er. Ganz in der Nähe schien ihm, er höre etwas wie Schnarchen eines Schlafenden. Er schoss auf, und dabei warf er aus Versehen den Wasserkrug um. Er zerbrach, das Wasser rann auf den Boden.

Er musste das Tageslicht abwarten, bevor er sich vergewissern konnte, dass alles nur eingebildet war. Wieder schlief er ein, und wieder erwachte er unruhig und wälzte sich hin und her. Irgendetwas fehlte noch, etwas stimmte nicht ganz. Was war es denn? Der Ort war doch vollkommen.

Da spürte er den Mondstein auf seiner Brust und wusste es sogleich: das Orakel. Es mussten ja noch zwei weitere Versprechen erfüllt werden: noch zweimal sollte ihn eine Mondsichel führen. Voller Erwartung öffnete er die Augen.

Fehlanzeige – an diesem Abend stand ein Vollmond am Himmel.

Sobald ihn die ersten Sonnenstrahlen wärmten, erhob er sich. Vor der grossen Hitze wollte er noch den Berg gegen Westen erkunden, welcher der höchste der Insel zu sein schien.

Schade, dass er in der Nacht seinen Krug zerbrochen hatte, ein Schluck Wasser wäre jetzt herrlich gewesen. Er setzte sich auf. Da stand ein Krug unversehrt neben ihm, bis zum Rand gefüllt mit Wasser. Also hatte er doch alles nur geträumt? Seltsam.

Beinahe wäre er über einen Körper gestolpert, der in einem Busch drei Schritte von seiner Lagerstätte schlief. Mit einem Schrei erwachte der Schläfer – es war Bipo.

„Ich wollte dich nicht allein ausziehen lassen, ich wollte bei dir sein, wenn du in Gefahr gerätst," stotterte er verschüchtert.

„Hast du den neuen Krug mit Wasser gebracht?"

„Ja, ich wollte nicht, dass du durstig bist."

„Danke, das ist sehr lieb von dir, aber ich würde es vorziehen, wenn ich nicht beschattet würde. Lauf, im Lager unten gibt es bestimmt etwas zu tun für dich." Der Kleine schaute ihn mit grossen Augen fragend an – muss ich wirklich gehen?

Theras erhob seine Hand, und schon raste der Kleine den Abhang hinunter.

Nun machte sich Theras auf, den höchsten Gipfel der Insel zu besteigen.

Wenn sich nur das Rätsel mit der Mondsichel, nein mit zwei Mondsicheln bald lösen würde.

Er musste nicht lange warten. Als er auf dem Gipfel stand, wurde es klar: Unter ihm lag die Caldera, das ruhige Wasserrund, in das sie zuerst eingedrungen waren mit ihren Schiffen, und um dieses Rund herum erfasste er mit einem Blick die ganze Insel, ein Land, das genau die Form einer Mondsichel hatte.

Sichelmond der zweite – „fester Stand"! Ein Volltreffer. Jetzt wusste er es, hier würde seine neue Heimat sein. Erleichtert setzte er sich auf einen Stein und genoss das Bild.

Was es mit dem dritten Sichelmond auf sich hatte, würde sich hoffentlich auch bald ergeben, das eilte nicht so. Vielleicht reichte die Form der Insel für zwei Weissagungen: „fester Stand", das war klar; und „deine Hand", die dritte Weissagung liesse sich vielleicht so interpretieren, dass er die sichelförmige Insel von Hand beackere, bearbeite, sie sich untertan mache? Eine Frauenhand konnte ja wohl weniger gemeint sein. Irgendeine der Sklavenfrauen würden ihm genügen müssen.

Theras setzte sich bequem ins Gras und schaute und schaute. Ganz langsam liess er seinen Blick über die ganze Länge der Mondsichel schweifen. Er nahm sich Zeit, kein Fleckchen liess er aus. Hätte er doch ein Zauberding in den Händen, mit welchem man auch Entferntes wie in der Nähe sehen könnte!

Denn in seinem Freudentaumel über das prächtige Land mischte sich doch immer die Frage: Lebte schon jemand hier? Gab es Wohnstätten, Siedlungen, Lagerplätze, Feuer, Hafenanlagen? Waren die Spartaner die alleinigen Herren auf einer unbewohnten Insel oder waren sie unerwünschte Eindringlinge?

So lange er auch schaute und jedes Stück Insel genau musterte, nirgends fand sich etwas, das nach Siedlern aussah, keine Häuser, keine bearbeitete Grünfläche, keine Tiere, kein Feuer, kein Schiffchen dem Ufer entlang.

Es fiel ihm schwer, sich von diesem herrlichen Punkt zu trennen. Doch jetzt, wo er ganz sicher war, dass sie am richtigen Ort gelandet waren, musste er die Insel weiter erforschen. Er trug eine Verantwortung, auch wenn er jetzt schon einen gewaltigen Schritt vorangekommen war mit dem Orakel und der Sichelform.

Als nächstes wollte er den etwas grüneren Felsklotz im Osten erkunden, den Fels, der über ihrer Ankerbucht aufragte. Er stieg zurück auf den Sattel und von dort aus den weniger steilen Wiesenhang hinauf.

Was ihn hier oben erwartete, entzückte ihn vollends. Eine Hochfläche, recht breit, die auf drei Seiten steil ins Meer abfiel. Man sass sozusagen mitten im Meer. Theras gab dem Bergrücken gleich schmunzelnd einen Namen: Mesavouno, Berg mitten drin. Der Blick ging weit hinaus über das Meer; auf einige Inseln in der Nähe, und dort im Süden, zum Glück recht fern, konnte man gar Kreta erspähen, oder wenigstens erahnen. Jedenfalls zeichnete sich mit etwas Phantasie im Dunst ein gebirgiges Etwas ab.

Hier oben, ausgesetzt dem Himmel und den Göttern, auf sattem grünem Gras, mit weitem Blick in die ganze Welt hinaus, legte er sich nieder und schlief bald ein. Apollon schickte ihm wieder einmal einen wunderbaren Traum: Er stand auf eben dem Buckel und schaute hinunter nördlich und südlich, wo sich in den beiden Buchten in wohlbefestigten Häfen fleissige Hände rührten, Schiffe zu beladen und zu entladen. Draussen auf dem Meer waren weitere Schiffe zu erspähen, ein lebendiges Handeln und Reisen, und er selber, als Herr der Insel, thronte auf diesem Buckel und ordnete und regierte alle Bewegungen der Schiffe. Und um ihn herum waren nicht grüne Wiesen und Steine, sondern da war eine herrliche Stadt, mit Treppen und Strassen, mit Tempeln, einer Agora mit Wandelhallen, mit Thermen und Sportstätten, mit prächtigeren und bescheideneren Wohnhäusern, und sogar ein Bordell fehlte nicht.

Die Sonne war schon weit über Mittag hinaus; es war Zeit, sich wieder mit seinen Leuten zu treffen. Die Lagerbucht lag schon in kühlem Schatten.

Als er zu den Schiffen zurückkam, meldete Mios, dass in der letzten Nacht ein Segel verschwunden war. Die Nacht davor war ein Steintopf aus der Küche fortgebracht worden. Die Schiffe, die Küche, das Gehege waren jedoch völlig intakt. Die wachhabenden Sklaven hatten nichts bemerkt.

Man hatte sich schon etwas an die Insel gewöhnt, doch immer wieder geschahen solch unerklärliche Dinge. Jeden Morgen fehlte irgendetwas.

Was ging da vor?

Wo war die Ziege? Wo war der Kochtopf? Wo war das Segel?

Am nächsten Morgen fehlte ein Krug Wein aus dem Vorrat. Niemand hatte etwas gesehen, oder niemand wollte etwas gesehen oder gehört haben.

War ein Dieb unter seinen Leuten? Doch was würde einer der Spartaner mit einer gestohlenen Ziege anfangen? Oder gab es doch noch andere Menschen auf der Insel?

Theras war wütend über die Nachlässigkeit der Wachen. Er entschloss sich, selber einmal eine Nacht durchzuwachen. Er würde alles genau beobachten, die Schiffe, den Strand, das locker aufgebaute Lager. Er würde das Rätsel bestimmt lösen. Auf die faulen bequemen Diener war kein Verlass.

Als es dunkel wurde, machte er es sich bequem auf einem wohlgeformten Stein. Er behielt die Schiffe scharf im Auge, schaute immer wieder gegen die Gehege der Tiere und gegen die auf dem Ufer errichtete Lagerküche, die besonders reich ausgestattet war. Er gab sich alle Mühe, gegen den Schlaf anzukämpfen.

Plötzlich wurde er hellwach. Dort drüben auf dem Wasser hatte sich etwas verändert. In der Amykleia leuchtete ganz schwach ein Licht auf. Rasch schoss er auf, watete durch das Wasser ohne zu merken, wie kalt ihm wurde. Er stieg an der Seiltreppe auf das Deck, um den Dieb endlich auf frischer Tat zu erwischen.

Es war ein Sklave, der eben eine Feige aus dem Vorrat klaute. Wortreich versuchte er sich herauszureden.

Unterdessen verschwand ein Hackbeil aus der Lagerküche am Ufer.

Theras war tief gekränkt in seinem Stolz. Wie konnte ihm das nur passieren? Er musste nochmals wachen.

In der zweiten Nacht wählte er einen strategisch noch günstigeren Platz, noch aufrechter und aufmerksamer sass er am Ufer, kämpfte erfolgreich gegen den Schlaf und wartete. Nur eine ganz kurze Zeit nickte er ein.

Unterdessen verschwand aus der Lakedaimona das weiche Fell, das er als sein Lager benützte, wenn er im Schiff nächtigte. Ausgerechnet sein Lieblingsstück, sein Kuscheltrost!

Keiner vom Lager meldete, er habe je von ferne Siedler gesehen oder gar welche persönlich angetroffen, auch von Fussspuren, Wohnstätten, Äckern, Feuerstellen war keine Rede.

Wenn es denn Siedler gab, mussten sie sich sehr gut versteckt halten.

Wieder drängte es ihn, allein die Insel zu erkunden, die seine Heimat werden sollte. Als erstes wollte er nochmals den Mesavouno besteigen, wo ihm Apoll den wundersamen Traum der vollkommen gebauten Stadt geschickt hatte.

Wieder schaute er begeistert in die Weite hinaus. Was für ein Ort zu siedeln!

Da plötzlich stutzte er und blieb stockstill stehen, wie wenn er ein Gespenst gesehen hätte. Nur wenige Schritte vor ihm sah er aus einer notdürftig mit Zweigen verschlossenen Höhle Rauch aufsteigen.

Also doch Siedler, doch Bewohner, die diesen herrlichen Punkt schon gefunden und sich angeeignet hatten!

Wie sollte er vorgehen? Wegrennen? Langsam sich wegschleichen und Hilfe holen? Nein, er musste handeln, und zwar sogleich, er musste wissen, was los war und das Abenteuer zu Ende führen. Es sah ja auch nicht so aus, als ob eine ganze Horde hier hauste, sondern eher ein Einsiedler, vielleicht auch zwei.

Entschlossen machte er drei Schritte vorwärts und rief etwas wie Hallo. Es sollte munter und herausfordernd klingen, doch seine Stimme war eher rau und unentschlossen.

Ein Knurren kam aus der Höhle, so wie wenn jemand aus tiefem Schlaf gerissen worden wäre.

Theras fuhr zusammen, Schweiss trat ihm auf die Stirne, er atmete dreimal tief durch. Jetzt war er nur noch zehn Schritte von der Klause entfernt, eine vertretbare Distanz für ein Gespräch und gleichzeitig für eine mögliche Flucht, und nochmals rief er einen Gruss.

Er hörte Geräusche und Knarren und Grunzen. Es dauerte eine Weile bis eine struppige mürrische Gestalt auf allen Vieren aus der Höhle herauskroch, mit zerzaustem Haar, und sich langsam aufrichtete.

Es war Radamas.

„Warum weckst du mich? Hier oben schläft es sich so gut. Dort unten am Strand ist doch kein Leben, die dort unten gehen einem alle auf die Nerven."

„Da hast du einen wunderschönen Platz gefunden, auch ich möchte am liebsten hier oben bleiben," stotterte Theras.

Radamas trat einen Schritt vor.

„Ob ihr hier bleibt oder weiter zieht, ist mir egal, wir jedenfalls bleiben hier bis an unser Ende."

Theras fiel ihm um den Hals vor Freude, er hatte ihm aus dem Herzen gesprochen. Doch dann riss er sich zusammen, immerhin stand ein Sklave vor ihm, der ihm Gehorsam schuldete.

„Genau das habe ich auch gedacht. Hier und nirgends sonst möchte ich bleiben. Was gäbe es herrlicheres?"

Dann fügte er bei:

„Was meinst du mit WIR bleiben hier?"

Da kroch verschlafen Bipo aus der Höhle und blinzelte in der Sonne.

Theras staunte nicht wenig, wie geschickt Radamas und Bipo sich schon ein gemütliches Zuhause eingerichtet hatten aus Steinen, Zweigen und Tüchern.

Der Krug Wein, aus welchem Radamas jedem einen Becher eingoss, kam Theras bekannt vor.

11 Santorin 2014

Nikos' neu erwachter Sucheifer wurde bald belohnt. Es schien, als wären sie auf ein phönizisches Zentrum gestossen, denn beinahe täglich fand sich in dieser Gegend irgendetwas, was sie entzückte, Scherben, Münzen, Werkzeuge, kleine Gewichte, Schmuckstücke. Didier war zufrieden; all diese Dinge zusammen würden ja bestimmt den Professor und überhaupt die Wissenschaft überzeugen.

Der grosse, der einmalige, der typische Fund kam in der vierten Woche.

An diesem Tag war Ariadni aufgefordert worden, an einem grösseren Fest im Hotel Atlantis beim Service mitzuhelfen. Fünfzig Gäste waren auf der Terrasse zu bedienen, da konnte sie den kleinen Michalis nicht bei sich brauchen. Wenn sie den üblichen Zimmerdienst im Hotel versah, war er stets dabei und half sogar gerne mit, etwa geleerte Papierkörbe wieder unter die Pulte zu stellen, den Staublappen zu suchen, den die Mama in einem der Zimmer verloren hatte, das tägliche Gutenachtbonbon in die Mitte jedes Kissens zu legen, den elektrischen Staubsauger auf Mamas Befehl an- und auszuschalten und vieles andere mehr, was den Morgen mit Mama durchaus erträglich, ja gar interessant machte. Doch im Service war er nicht nur überflüssig, sondern hinderlich.

Also war Nikos zuständig, ihn den Nachmittag hindurch zu betreuen.

Es war ein recht schwüler Tag; etwas weiter im Norden, in den Bergen, würde man sagen, dass sich ein Gewitter zusammenbraute. Gewitter im Sinne des Nordens gab es zwar auf Santorin nicht, doch die schwere Luft und der Druck liessen ein ähnliches Gefühl aufkommen. Immer wieder wischte sich Didier den Schweiss von der Stirne und nahm einen grossen Schluck aus seiner Flasche. Schon dreimal war er daran gewesen, die Arbeit für diesen Tag aufzugeben und noch ein Bad am Strand unten zu geniessen. Er ertappte sich, dass er sogar den ketzerischen Gedanken nährte, ganz aufzugeben.

Doch nein, er musste kämpfen gegen den Bequemlichkeitsteufel, oder gegen die Vernunft: Diesen Nachmittag, als sie wieder mit ihren Taschen und Rucksäcken bewaffnet aus dem Auto stiegen und den Abhang hinunter kletterten, waren ihm nämlich Zweifel gekommen, ob die ganze Idee mit der Sucherei nicht irr sei. Er, ein unbedeutender Student an einer kleinen Universität im Nahen Osten, wollte einen Jahrhunderte alten Streitpunkt unter Wissenschaftlern in wenigen Wochen und erst noch im Alleingang lösen? Grössere Projekte wurden doch sonst in Gruppen von mindestens zehn Leuten diskutiert, organisiert, angepackt und mit System, Disziplin und einem Budget durchgeführt. Und meistens dauerten sie Monate, gar Jahre, nicht Wochen. Was bildete er sich ein? Was für eine Hybris hatte ihn gepackt? Wäre es nicht gescheiter, die ganze mühsame Sucherei an den Nagel zu hängen, einzupacken und zu seinen Eltern nach Paris zu fliegen?

Doch nein, sagte er sich, das ist nur das drückende Wetter, das ihm die Arbeit verleidete. Weiter suchen, ein schöner Anfang war ja gemacht. Am nächsten Morgen würde alles wieder rosiger aussehen.

Der kleine Michalis verstand nicht so genau, was die beiden Männer da machten. Immer wieder zogen sie Gestrüpp auseinander, leuchteten mit ihren Lampen in Löcher, griffen mit den Händen hinein, pflanzten dann farbige Stecken oder malten orangefarbene Kreuze auf gewisse erhöhte Stellen. Dann zogen sie weiter zum nächsten Buckel.

Michalis fand das nicht besonders lustig, die Männer selber anscheinend auch nicht. Warum blieben sie denn so halsstarrig dran? Erwachsene waren doch seltsame Leute.

Er, Michalis, unterhielt sich bestens. Er entdeckte selber nette Löcher, die gross genug waren, den Kopf hineinzustecken. Meistens war es zu dunkel um zu sehen, ob da eine Hasenfamilie logierte. Käfer jedoch gab es genug, in jeder Farbe und Grösse. Die meisten waren so gewandt, dass sie gleich verschwanden, wenn er ihnen zu nahe kam. Immerhin konnte er von Zeit zu Zeit den einen oder andern fangen, um ihn auf seinem Handrücken herumkrabbeln zu lassen.

Und da war sogar eine kleine Eidechse, eigentlich eine grosse. Bestimmt die Mutter von vielen kleinen Eidechsen. Ganz still sass sie vor ihm und rührte sich nicht. Wie prächtig ihr Rücken gemalt war! Ob ihre Jungen wohl ebenso hübsch aussahen?

Er wollte sie berühren und in die Hand nehmen, doch da war sie schon in einem Loch verschwunden, in einem länglichen Spalt. Vielleicht in ihrer Wohnung? Warteten die kleinen Eidechsenkinder wohl hier drin auf die Mutter?

Knapp konnte Michalis seinen Kopf durch den Spalt zwängen. Jetzt war der Kopf samt den Ohren drin. Er stellte seine Schultern etwas quer, atmete aus und zwängte sich noch etwas weiter hinein. Das ging um einiges leichter, auch Bauch und Beine folgten unschwer. Nur einen einzigen kleinen Kratzer an der rechten Schulter hatte es gekostet.

Was für ein hübsches Logis die Eidechsen da bewohnten! Da war schön viel Platz zum Spielen und Schlafen, fast so viel wie in seinem Zimmerchen zuhause. Und in dieser Wohnung war es auch nicht so dunkel wie in den andern, in die er hineingekrochen war. Irgendwie kam etwas Licht durch geheime Ritzen. Genauso dämmerig war es hier, wie wenn seine Mutter die Vorhänge zuzog gegen die Mittagshitze. Wirklich sehr angenehm.

Der Boden war erstaunlich flach, und da hinten gab es sogar etwas wie einen Sitz, ein kleines Bänkchen. Das wollte er ausprobieren. Hier war es etwas kühler als draussen, hier war es richtig gemütlich. Seine Augen gewöhnten sich langsam an das Dämmerlicht. Ach ja, er wollte ja die Eidechsenfamilie besuchen. Wo die wohl ihr Nest aufgeschlagen hatten? Sorgfältig schaute er sich um.

Da drüben war etwas wie ein offenes Kästchen, eine Vertiefung in der Wand. Und sah er richtig? Da schaute ihn eine Frau an, wohl frisiert, mit hübschem Gesicht und halbgeschlossenen Augen. Sie lächelte immer auf gleiche Art und sagte auch gar nichts, die war wohl nicht lebendig. Er schaute etwas genauer hin. Es war eigentlich nur ein Kopf und noch ein bisschen etwas unten dazu, kein ganzer Mensch. Die Frau schien aus Stein. Ob sie wohl dennoch zu den Eidechsen schaute? Er fand kein Nest, überhaupt keine Eidechsen mehr. Die hatten wohl ein weiteres geheimes Loch, etwas, das er noch nicht gefunden hatte.

Da hörte er die Stimme seines Vaters. Man suchte ihn.

Er ging zurück zum Spalt, doch irgendwie wusste er nicht mehr, wie er da hineingekommen war. Das Loch schien nun wirklich allzu schmal. Er versuchte es in verschiedenen Stellungen, seinen grossen Kopf irgendwo hindurchzuzwängen, aber es wollte und wollte nicht gelingen.

„Papa, Papa, komm hilf mir!" rief er, so laut er konnte.

Es ging nicht lange, da hatten die suchenden Männer ihn lokalisiert, wie seine Hand aus einer Spalte winkte, und konnten ihn aus seiner engen Lage befreien.

„Was hast du denn da drinnen gesucht?" wollte Nikos wissen.

„Die jungen Eidechsen. Ich habe die grosse Eidechsenmama hineinschlüpfen sehen und bin ihr nachgeklettert."

„Hast du sie gefunden, die Kleinen?"

„Nein, die habe ich nicht gefunden, aber es war schön kühl in der Höhle, da bin ich noch etwas drin geblieben."

Am Abend, als es Schlafenszeit war, gab Ariadni dem Kleinen einen Gutenachtkuss und wollte hinausgehen.

„Glaubst du dass die jungen Eidechsen jetzt auch im Bett sind? Die Frau hat mich so komisch angeschaut. Vielleicht fürchten sich die ganz kleinen Eidechslein vor ihr."

„Von welcher Frau sprichst du?"

„Die in der Höhle, die war so steif und hat nichts gesagt. Sie war ja auch nicht ganz, nur so oben."

Frau in Höhle, steif, nichts sagen, nicht ganz? Was war das Seltsames?

Das könnte ihren Nikos interessieren.

Am nächsten Morgen legte Nikos vorsorglich noch einen starken Hammer ins Auto. Einen Pickel trug Didier ja seit dem ersten Tag bei sich. Nikos hatte ihn zwar belächelt, aber vielleicht kam er heute zum Einsatz?

Nikos fand die Höhle, aus welcher sie Michalis befreit hatten, auf Anhieb. Sie lag in einem der abgesteckten Quadrate, also an einem Ort, den sie schon abgehakt hatten als „durchsucht".

Er erkannte den schmalen Spalt sogleich wieder, durch welchen sie den Kleinen gezerrt hatten. Da war eine grössere Höhle dahinter, welche durch ein kleines Erdbeben oder einen Felsrutsch versperrt worden war, irgendwann innerhalb der letzten zweitausend Jahre. Diese Höhle war ihnen entgangen, sie hatten sie nicht beachtet.

Mit Hilfe seines Hammers gelang es Nikos endlich, den Eingang etwas zu vergrössern. Er kroch auf allen Vieren hinein. Auch er war erstaunt, dass die Höhle nicht stockdunkel war.

Kaum hatte er sich aufgerichtet, schrie er laut auf.

Nikos hätte sich gleich darauf die Zunge abbeissen können. Was für ein Idiot war er, einfach seinen Reflex laufen zu lassen und zu schreien! Er hätte still aus der Höhle steigen und zu einem späteren Zeitpunkt allein zurückkehren können, um die Beute für den Russen zu holen. Didier hätte nichts gemerkt, die Welt wäre in Ordnung gewesen.

Doch jetzt war es zu spät, schon stand Didier neben ihm und schrie ebenfalls.

Er hatte das Wunder auch gesehen: Eine kleine Frauenstatue, ein geheimnisvolles Lächeln, rätselhafte Augen, die Haare straff gekämmt und mit einer winzigen Mondsichel geschmückt – eine Göttin! Die ganze Figur sozusagen intakt.

Didier hatte alle Steifheit vergessen. Er packte Nikos an den Schultern und wirbelte ihn wild im Kreis herum.

„Eine Phönizische! "

Wenn das wirklich eine phönizische Göttin war – und das sah Didier auf den ersten Blick, das war sie wirklich – dann war die Sache ein für alle Mal klar: hier hatten Phönizier gehaust. Eine Götterstatue war der unumstössliche Beweis, dass Leute, die an diese Art Göttin glaubten, wirklich hier gelebt hatten. Eine Göttin kaufte man nicht einem Händler ab, ausser man brauchte sie für den eigenen Kult.

Noch immer konnte Didier sich kaum fassen.

„Eine Astarte! – die Partnerin des Baal – du weisst doch, die Götzendiener – Elias, im Alten Testament –" Er konnte keinen ganzen Satz herausbringen vor Begeisterung.

So setzte er sich erst einmal auf die kleine Bank aus Stein und atmete tief durch.

Jetzt war alles anders. Jetzt hatte er einen klaren, eindeutigen Beweis, sozusagen eine göttliche Bestätigung.

Nun musste er voll übernehmen. Er wurde ganz Fachmann.

„Nichts berühren!" stotterte er heiser vor Erregung, „zuerst alles vollständig und fachgerecht dokumentieren."

Und schon klickte er mit seiner Kamera, mit und ohne Blitz, von nahe und etwas weiter, von links und rechts, von oben und unten. Er zog auch gleich einen Massstab hervor und vermass die Höhle, die Figur, die Standfläche, und alles notierte er genau und sorgfältig in seinem kleinen Notizbüchlein.

Es dauerte mindestens vierzig Minuten, bis er alle ihm erforderlich scheinenden Präliminarien ausgeführt hatte, und möglichst alles doppelt und dreifach, damit es auch ganz sicher war.

Nikos wurde langsam ungeduldig, doch er schluckte seine Ungeduld wohlweislich hinunter und liess den Fachmann walten.

„Jetzt wollen wir sie ans Licht heben," befahl er. Ganz sorgfältig hob Didier die Figur von ihrem Podest. Er bat Nikos, als erster vor die Höhle zu treten und ihn, wenn er mit der Figur herauskäme, abzulichten.

„Bevor ich ganz herauskomme, mach doch bitte ein Bild von mir mit der Göttin, damit man den Eingang zur Höhle sieht, und die Umgebung und auch das Grössenverhältnis."

Nikos nahm die Kamera und schoss fünfzehn Bilder aus verschiedenen Winkeln und in verschiedenen Stellungen - Didier mit der Göttin im Arm aus der Höhle tretend, Göttin vor seiner Brust, Didier draussen vor dem Höhleneingang mit Göttin, Göttin auf den Boden gestellt auf einem Tuch, Didier daneben kniend … Alle Möglichkeiten wurden durchexerziert.

115

Sie war aus schwarzem Stein gehauen, bestens erhalten, recht schwer, etwa 35 cm hoch. Es war eine hübsche Göttin mit ernstem aber gütigem Gesicht, mit halbgeschlossenen Augen. Auf ihrem Scheitel war eine Mondsichel angebracht, oder könnten es auch zwei Hörner sein? dachte Nikos.

„Sie gilt als Himmelsgöttin, als Mondgöttin und als Mutter allen Lebens. In Kanaan ist sie die Gefährtin des Baal."

Didier konnte kaum atmen vor Begeisterung.

„Siehst du, jetzt kommen wir Wissenschaftler ein schönes Stück weiter im Verständnis des Sanchuniathon, du weisst doch - der phönizische Schriftsteller, der eine unserer besten Quellen ist zum Verständnis der phönizischen Religion. Leider sind die Schriften des Sanchuniathon verloren, da sie nur auf verderblichem Pergament aufgezeichnet waren, aber zum Glück hat Philo von Byblos eine griechische Zusammenfassung hergestellt, die uns von Eusebius von Caesarea weiter überliefert wurde … "

Nikos hörte schon länger nicht mehr zu. Die Religionsgeschichte der Astarte interessierte ihn im Augenblick keinen Deut. Er hatte jetzt ein viel grösseres Problem. Das schien wirklich der grosse, der einmalige Fund zu sein. Das schien genau das Stück, das der Russe im Sinne hatte, als er sagte, er suche etwas Typisches, etwas Repräsentatives.

Nikos hatte nur noch den einen Gedanken: Wie sollte er es richten, dass er die Statue dem Russen verkaufen konnte?

So ein Idiot, einfach zu schreien!

Sollte er Didier alles beichten? Um sein Verständnis bitten, sein Erbarmen herausfordern, da er in Sachen Geld in einer solchen Elendslage war? Ihn bitten, ihm die Statue zu überlassen, damit er sie weiterverkaufen könne?

Doch ums Himmels willen, nur das nicht! Für einen Archäologen war der Handel mit antiken Objekten eines der grössten Verbrechen gegen die Wissenschaft. Didier hätte null Verständnis dafür und würde Nikos verachten, ihn in Grund und Boden verdammen, dass er überhaupt an solche Dinge dachte, ihn vielleicht sogar anzeigen vor lauter Antikenbegeisterung. Nur das nicht!

Dass Didier die Statue selber aus dem Land schmuggeln müsste, schien ihm überhaupt nicht illegal oder gar verwerflich. Phönizier hatten sie besessen und angebetet im Ausland, also gehörte sie zurück in ihre angestammte Heimat, nach Phönizien sprich Libanon. Das wäre ein weiterer Schritt zur Ordnung in der Welt.

Irgendeine Lösung musste Nikos finden. Die Gedanken in seinem Hirn arbeiteten wie Ameisen in ihrem Haufen, emsig hin und her, doch ohne Ziel.

„Kannst du mir die Fotos auch geben? Ich möchte sie so gern meiner Frau zeigen," fragte Nikos schüchtern. Irgendetwas Handgreifliches wollte er doch besitzen von seinem genialen Fund.

„Aber natürlich, ich bin in Fira oben zufällig auf eine Art Copy Center gestossen, die machen dir alles, was mit Druck und Computer zu tun hat. Dort kann ich gleich aus der Kamera heraus die Bilder ausdrucken für dich, das mache ich gern."

Und er schlug sich an die Stirn.

"Ich brauche ja auch eine Serie für mich selber. Daran hätte ich eigentlich gleich von Anfang an denken müssen. Ich hätte doch jeden Abend von den Bildern Kopien ausdrucken sollen. Wenn ich nun die Kamera verloren hätte oder wenn sie mir gestohlen würde? Ich hätte ja gar keine Unterlagen!"

Sie entschlossen sich, die wunderschöne Figur wieder in der Höhle zu verbergen, um sie dann am Abend oder besser in der dunklen Nacht abzuholen.

Doch wie sie sie zu zweit hochhoben, merkten sie, dass sie doch zu delikat war, als dass sie einer allein ohne weiteres den ganzen Abhang hinauf bis zum Auto tragen könnte. Es wäre viel zu riskant, sie auf dem steilen steinigen Feldweg in den Händen zu tragen, denn man brauchte für den Weg an mehreren Stellen Hände und Füsse. Wäre der Träger gestolpert, hätte man sie fallen lassen, das ganze Werk wäre zerbrochen.

Es gab nur einen Weg: sie mussten sie mit einem Boot abholen. Der steinige Strand war ja recht nahe, es war durchaus möglich, sorgfältig die paar Schritte bis ans Wasser zu machen. Jemand müsste mit dem Auto irgendwo ans Ufer fahren und alle in Empfang nehmen, die Göttin und die Ausgräber.

Didier war beunruhigt, die Figur noch eine Nacht an ihrem Standort in der Höhle zu lassen.

„Ist das nicht zu gefährlich? Soll ich eine Matratze und einen Schlafsack suchen und die Nacht über in der Höhle schlafen?"

Nikos lachte laut auf.

„Nachdem sie jetzt fast dreitausend Jahre nicht gefunden worden ist, wird sie wohl noch eine Nacht lang allein zubringen können."

Innerlich kochte er immer noch vor Wut über sich selber. Wie dumm er doch gehandelt hatte! Wenn er sich nicht verraten hätte, hätte er die Göttin holen und dem Russen ohne Wissen Didiers verkaufen können. Mit Didier hätte er selbstverständlich fleissig weiter geforscht, und vielleicht hätten sie ja nochmals etwas in seinem Sinn gefunden … hätte, hätte, hätte …!

So ein Idiot – einfach zu schreien!

Sie vereinbarten, am nächsten Tag den Besitzer eines Ruderbootes zu fragen, ob er ihnen sein Schiff für die folgende Nacht leihen könnte, um den Transport zu bewerkstelligen. Nikos würde seine Frau bitten, sie beide an ihren üblichen Aussteigeort zu bringen und dann mit dem Auto nach Balos zu fahren. In Athinios wäre es zwar einiges leichter, mit einem Auto nahe ans Ufer zu fahren, um Dinge ein- und auszuladen, doch dort landeten Tag und Nacht die Fähren und grössere Schiffe, und dort stand ein Kafenion neben dem andern, wo Gaffer ihre freie Zeit verbrachten. An die Touristenstrände war sowieso nicht zu denken, dort herrschte reges Leben die ganze Nacht hindurch. Nein, man wollte ungestört sein für den hehren Akt, und so kam nur Balos in Frage. Selten verirrten sich Besucher dorthin. Die Zufahrt von oben, vom Dorf Akrotiri hinunter an den Strand, den einzigen innerhalb der Caldera, war etwas tollkühn, doch durchaus machbar. Nikos' Frau Ariadni würde sie dort erwarten.

In der Nacht konnten beide den Schlaf nicht finden.

Didier wälzte sich auf dem heissen Bett und träumte von einem schlimmen Gewitter, das einen Steinschlag hervorbrachte; der ganze Hang kam ins Rutschen und wurde ins Meer geschwemmt.

Schweissgebadet wachte er auf, ging auf die Terrasse hinaus und trank ein Glas frisches Wasser. Wie wunderschön die Mondsichel doch senkrecht über der Caldera stand. Eine solche Mondsichel schmückte ja auch das Haupt seiner Göttin. War das ein Zufall, oder war das ein Zeichen von Astarte selber?

Als er wieder einschlief, wurde er gleich nochmals von einem Schreckenstraum geplagt. Er sah sich mit seinem Fund aussteigen aus dem kleinen Ruderboot in Balos, dort standen geschniegelte Männer mit geölten Haaren und Lederjacken, nahmen ihm den Fund gleich grinsend aus den Händen und fuhren in einem schlanken Mercedes davon.

Nikos' Gedanken in der Nacht waren anderer Art. Er war noch lange hellwach.

Die ganze Ordnung stimmte irgendwie nicht. Da war dieser blut-junge, unerfahrene, völlig auf Hilfe angewiesene Student aus Beirut, und er, Nikos, als beschlagener Führer und Kenner seiner Insel, auch als Kenner der Geschichte, war sozusagen der Diener, der Unter-hund. Warum spielte sich eigentlich dieser Didier als Leiter der

Expedition „Phönizisches suchen" auf? Er hatte zwar die Idee gehabt, er bezahlte zwar einen Stundenlohn, doch die Ausführung und endlich die Funde waren wirklich nur möglich dank Nikos, dank seiner überragenden Kenntnis der Insel und ihrer Geschichte. Didier allein hätte nie und nimmer auch nur ein Gramm Phönizisches gefunden ohne ihn, auch wenn er gesucht hätte, bis seine Haare weiss geworden wären. Und Nikos hätte eigentlich genau all das jederzeit auch finden können ohne einen Didier, wenn er sich die Zeit genommen hätte.

Wenn man es also genau betrachtete, gehörten die Funde alle ihm, ihm allein, ihm der die genauen Stellen mit scharfem Verstand entdeckt und aufgezeigt hatte und der schliesslich auch auf die Astarte gestossen war.

Warum hatte er nicht gleich von Anfang an erklärt, wer hier der Meister war? Was war auch in ihn gefahren? Wie hatte er sich von diesem Nobody von Didier so blenden lassen?

Nach langem Überlegen hatte Nikos einen Plan ausgeheckt, wie er vorgehen musste. Er würde Klartext reden mit Didier. Er würde den Boss herauskehren und Didier unzweideutig erklären müssen, dass die Astarte ihm, Nikos, gehörte, ihm allein. Ohne Nikos würde er wahrscheinlich immer noch im Norden oben in Finikia mit einem Schäufelchen herumstochern.

Und sollte Didier auf der Astarte beharren – warum nicht den Markt funktionieren lassen? Die Astarte würde dem verkauft, der den höheren Preis hinlegen könnte, also dem Meistbietenden. Das war nur fair, so lief es doch in der grossen Welt draussen, wo die gerissenen Geschäfte getätigt wurden.

Das musste Didier verstehen, und vielleicht hatte er ja durchaus genügend Mittel im Hintergrund, um den Russen auszustechen. Ein solcher Zweikampf – Wissenschaft gegen illegalen Kunsthandel – hatte erst noch den Vorteil, dass der Preis in die Höhe getrieben werden könnte; so wäre Nikos der grosse Sieger, verdientermassen.

Irgendwie tat ihm der blauäugige Didier zwar leid, er hatte solche Begeisterung gezeigt über den Fund. Und was noch schlimmer war, er hatte solches Vertrauen in Nikos gesetzt, er wäre riesig enttäuscht von der ach so gepriesenen und eifrig gepflegten griechischen Gastfreundschaft. Aber man konnte nicht alles auf einmal haben.

Nikos schlief wieder ein, mit einer grossen Idee und einem winzigen schlechten Gewissen.

Irgendwie würde er es richten, beide Seiten zufriedenzustellen. Bei Tageslicht würde sich bestimmt ein Weg zeigen.

12 Santorin 9.Jh.v.Chr.

„Schau dort, ein Schiff! Es scheint gerade auf uns zuzukommen. Ist das wohl ein Besuch aus der Heimat?"

Es war recht heiss am Strand unten beim Lager. Die beiden wachhaltenden Sklaven hatten es sich unter einem Busch bequem gemacht und nahmen immer wieder einen Schluck aus dem Krug, in welchem sie eine interessante Mischung aus Wein, ausgepressten blauen Beeren und kaltem Wasser hergestellt hatten. Einen langweiligeren Posten konnte man sich kaum ausdenken, denn seit sie auf der Insel Fuss gefasst hatten – waren es vierzehn Tage oder doch schon viel mehr? – hatte noch nie eine Wache irgendwie tätig werden müssen.

Doch jetzt waren sie aus ihrer Trägheit aufgerüttelt durch das neue Ereignis. Ein Schiff näherte sich der Bucht! Da lohnte es sich, sich zu erheben und genauer hinzuschauen, was sich da wohl anbahnte.

Immer näher kam das Schiff, gerade auf ihre Bucht zu.

Es war schwarz angemalt und hatte schwarze Segel. Die wenigen Spartaner, die sich zufällig auf der Lakedaimona befanden, welche etwas weiter draussen verankert lag, sandten ein Willkommenszeichen aus, einen Dreiklang auf einem Horn, und warteten auf ein Gegenzeichen. Doch es kam nichts zurück, kein freundliches Grusszeichen, wie es üblich war, wenn ein Schiff sich einem andern näherte.

Auch Theras, der sich weit im Norden auf einer Erkundungsreise befand, wie immer ganz allein, sah das Schiff auf die Insel zusteuern. Er hatte kein gutes Gefühl. Das Schiff wirkte nicht vertrauenerweckend, um es milde auszudrücken. Nein, es wirkte beunruhigend, ja gefährlich.

Doch jetzt war er viel zu weit vom Hafen weg, um rascher als das fremde Schiff dort anzukommen und die Leute zu organisieren und den Befehl zu übernehmen, sollte sich das Schiff wirklich als Gefahr entpuppen. Angestrengt schaute er hin, was sich da unten ereignete.

Das Schiff näherte sich ziemlich schnell, gab immer noch kein Zeichen, schwenkte keine Fahnen oder Tücher, gab kein Hornsignal.

Nun war es schon bedrohlich nahe bei der Amykleia, die ziemlich dicht am schützenden Felsrücken verankert war. Theras traute seinen Augen kaum: jetzt drückte sich das fremde Schiff zwischen die Amykleia und den Felsabhang, der sich senkrecht im Süden als

Schutz erwies. Der Platz war eng, zu eng für ein weiteres Schiff, und tatsächlich, die Amykleia wurde unsanft weggestossen.

Was Theras nun sah, trieb ihm die Zornesglut ins Gesicht. Da war etwas Böses geplant. Das waren Piraten.

Er rannte los, so rasch ihn die Beine trugen, über Steine und Gräben, immer nur vorwärts gegen den Ankerplatz zu. Immer wieder stolperte er und musste sich aufrappeln, schürfte sich, zog sich Kratzer und Beulen zu, doch jetzt war nicht der Augenblick, sich seinen Wunden zu widmen. Nur vorwärts, nur zum Strand, möglichst rasch, zur Rettung der Schiffe.

Er wusste jedoch selber, dass er nie rechtzeitig ankommen würde. Er würde noch gut eine halbe Stunde brauchen, um im Lager anzukommen.

Das fremde Schiff hatte sich nun vollkommen verkeilt zwischen dem Felsen und der Amykleia. Schon kletterten schwarz verhüllte Männer flink von ihrem Schiff auf das Nachbarschiff hinüber. Er sah, wie sich die wenigen eigenen Leute, die sich zufällig dort befanden, zu wehren suchten, wie sie mit Händen und Füssen um sich schlugen und traten, doch die Feinde waren in der Überzahl; es war ihnen ein leichtes, die wenigen zu fesseln und auf das Deck zu werfen. Bald würde man sie als besonders kostbare Beute ins fremde Schiff heben, und ein Schicksal, auf dem Sklavenmarkt verkauft zu werden, war den jungen starken Männern gewiss. Andere Piraten machten sich auf dem Deck zu schaffen, rissen die Segel herunter, zerrten an den Verankerungen und den Riemen und trugen Kisten aus dem Bauch des Schiffes, und weitere Männer hievten die Beute auf ihr Piratenschiff hinüber. Vorräte, die für die nächsten Monate das Überleben sichern sollten, verschwanden im Bauch des Piratenschiffs. Die Angreifer schienen es nicht einmal besonders eilig zu haben, da nur ein paar wenige ihnen kraftlosen Widerstand leisteten.

Theras griff sich an den Kopf. Er hätte sich ohrfeigen können. Wie hatte er so nachlässig sein können! Immer nur dem Gefühl nach über die Insel schweifen, Götterzeichen erwarten, Mondsicheln suchen – völlig fruchtlos, er hätte sich wirklich als Führer zeigen müssen. In Reih und Glied stehen, stramm gehorchen, kämpfen und dienen, das hätte er ihnen eintrichtern sollen. Er hätte ein solches Ereignis erahnen müssen, er hätte sich vorsehen sollen, er hätte für einen fähigen Bewachungsdienst mit genügend geschulten Leuten besorgt sein sollen. Er hätte klare Ämter verteilen, Pflichtenhefte erstellen sollen und ... und ....

Jetzt war es zu spät. Jetzt war ihm sonnenklar vor Augen, was er alles versäumt hatte: Er hatte alles dem Zufall überlassen, oder dem Entscheid einiger Weniger, der Phantasie einiger Phantasieloser.

Doch im Nachhinein war es nun müssig, sich Vorwürfe zu machen, das Unglück war geschehen. Er konnte nur noch von weitem entnervt zuschauen, wie ihr Hab und Gut Beute, viel zu leichte Beute, von gemeinen Piraten wurde.

Würden sie alles nehmen, das wertvolle Saatgut, die Ölvorräte, die Werkzeuge? Das durfte nicht geschehen, das wäre das Ende ihres Abenteuers, das würde sie alle hilflos zurücklassen. Abgeschlagen müssten sie nach Sparta zurückkehren und um gnädige Wiederaufnahme bitten. Das wäre das allerschlimmste, das ihnen zustossen könnte!

Dieser Überfall war für die Piraten ein Sonntagsspaziergang. Einige seiner Leute waren vor Schrecken ins Wasser gesprungen und wateten ans Ufer. Nur ja nicht ein Schicksal als Sklave! Auf dem Strand rannten die Leute wirr hin und her, versuchten, sich zu sammeln, einige warfen Steine gegen das fremde Schiff – ein hoffnungsloses Unterfangen.

Theras sah sogleich, dass keiner die Führung übernommen hatte, dass jeder für sich selber ziellos sich zu wehren suchte. Offensichtlich waren sowohl Otanas wie auch Mios auf einer Erkundungstour, genau wie Theras selber, und Battys schlief wohl betrunken in seiner Luxushöhle.

Die Piraten hatten sozusagen freie Hand.

Viel zu weit weg war Theras noch, mindestens fünfzehn Minuten würde er brauchen, um am Hafen für Ordnung zu sorgen. Bis dann wäre alles vorbei, seine Leute gefangen und verschleppt, seine Vorräte geraubt und seine Schiffe zerstört.

Theras schnappte nach Luft, Furcht und vor Zorn schnürten ihm die Kehle zu – nur vorwärtskommen, damit er endlich die Führung übernehmen könnte. Wie würde er sich wehren und die Piraten einzeln zusammenschlagen!

Jetzt waren die schwarzen Männchen alle auf ihrem Schiff versammelt, und Theras traute seinen Augen kaum: hatten sie Feuerstäbe entzündet? Würden sie diese am Ende ihres Raubüberfalles auf die Amykleia werfen?

Noch rascher lief Theras. Wie konnte er verhindern, oder wie konnte überhaupt jemand verhindern, dass die Piraten schliesslich alle drei Schiffe verbrennen würden?

Schon hatten die Piraten sich an der Reling aufgestellt mit ihren Feuerstäben, doch warteten sie noch mit Werfen, denn sie waren ja wie eingekeilt zwischen der Amykleia und dem senkrechten Felsen im Rücken. Sie mussten zuerst einen Fluchtweg öffnen, damit ihr Schiff nicht selber in Flammen aufging.

Sie manövrierten mit Rudern und dem kleinen Segel, doch es war nicht leicht, denn nun hatten die Leute sich wieder am Ufer zusammengetan und bewarfen die Piraten gezielt mit grossen Steinen. Einige wackere Leute hatten am Ufer ebenfalls Feuerscheite entzündet und versuchten nun, diese gegen das Piratenschiff zu werfen, ohne die Amykleia zu treffen.

Wenn sie nur noch eine Weile ausharren würden, bis er bei ihnen war!

Schon war das Schiff der Piraten zur Hälfte an der Amykleia vorbeigeschoben, schon auf halbem Weg zur siegreichen Flucht, und nochmals stand Theras still, um genau hinzuschauen. Jetzt würden sie gleich ihre Bahn frei vor sich haben und als letztes sein Schiff in Brand stecken. Tatsächlich – Theras schrie auf vor Wut. Zwei Fackeln wurden auf das Deck der Amykleia geworfen, und schon stand der Hinterteil des Schiffes in Flammen. Und weitere Fackeln flogen hinüber, schon loderte Feuer auch aus dem Mittelteil der Amykleia.

Da geschah etwas Unerwartetes: Vom Mesavouno herab, von der steilen Wand im Norden, rollte ein riesiger Steinblock herunter. Theras stand erstarrt da und schaute. Und dann ging es blitzschnell – der Riesenstein fiel genau senkrecht auf das Piratenschiff, das eng an der Wand klebte., und schon war es in der Mitte auseinandergeborsten. Das Krachen drang bis zu Theras herauf. Zwei traurige Schiffshälften schwankten auf dem Wasser, bevor sie langsam versanken. Theras schaute nicht mehr lange zu, wie seine Leute nun ins Wasser wateten und die ertrinkenden Piraten erschlugen.

Einige erkletterten die Amykleia und versuchten, die Flammen zu löschen. Es war ein schwieriges Unterfangen, mit Kesseln und Pfannen war wenig auszurichten. Die Amykleia versank ebenfalls, kurz nachdem das Piratenschiff untergetaucht war.

Wie im Traum hatte Theras dieses Ende erlebt. Was war geschehen? Wie war der Stein auf das Schiff gefallen, so exakt in die Mitte? Hatte da ein Mensch geholfen, oder einer der Götter? Oder war es Zufall, dass sich genau im richtigen Augenblick ein Stein loslösen musste?

Oder waren doch andere Menschen hier und hatten helfend eingegriffen?

Theras setzte sich nieder und rang nach Atem. Er konnte sich kaum fassen. Im allerletzten Moment war ihnen geholfen worden, waren die Piraten vollständig ausgelöscht worden. Es war ein Wunder geschehen.

Bevor er zu seinen Leuten an den Strand ging, wollte er herausfinden, wie der rettende Stein losgelöst worden war und exakt auf das Piratenschiff gefallen oder vielleicht doch gelenkt worden war. Er kletterte an der steilsten Stelle gegen den Mesavouno hinauf. Dabei kam ihm nun zugute, dass er schon mehrmals auf verschiedenen Wegen hinaufgeklettert war, und er kam rasch vorwärts. Diesmal wollte er jedoch nicht erst in den Sattel steigen und von dort aus auf einem leidlich bequemen Weg auf den Rücken gelangen, er musste an der steilen Flanke suchen, wo sich der riesige Stein losgelöst hatte.

Es war eine mühsame Kletterei, und vor allem recht gefährlich. Doch von hier aus hatte er den besseren Überblick über die Bucht. Wenn es ihm gelänge, noch etwas weiter nach Osten zu klettern, wäre er senkrecht über den Schiffen. Mit äusserster Mühe klammerte er sich an das Gestrüpp und zog sich von Absatz zu Absatz aufwärts. Hier war der Abhang noch steiler, hier war es noch schwieriger, Halt zu finden. Sollte er umkehren? Den Fuss noch diesen einen Absatz höher – sich gut festhalten – noch mit einem kräftigen Ruck sich hochziehen – bald würde er die rettende Kante erreichen. Schon war sein Kopf auf der Höhe der Ebene.

Da erblickte er wenige Schritte entfernt ein glühendes Mädchengesicht, das ihn mit weit aufgerissenen Augen anstarrte. Jetzt noch zwei drei Tritte, sich festhalten an den Steinen, sich hinaufziehen an einer Wurzel – er war oben und konnte endlich um sich schauen. Das Mädchen war verschwunden.

Hatte er geträumt? Fing er an, verwirrt zu sein, Dinge zu sehen, die es nicht gab?

Da hörte er eine kräftige Stimme: „Hallo, ist jemand da?"

Die Stimme war nicht weit weg, etwas unterhalb von seinem Standort. Es war nicht ein Schrei in Not, eher der Ruf eines Berggängers, der sich im wilden Gelände nach seinen Gefährten orientieren will. War da einer seiner Leute ebenfalls diese Wand hinaufgeklettert? Jedenfalls schien er jetzt in Not.

Auf Theras' Antwort kam ein neuer Ruf: „Hast du ein Seil? Ich bin da auf etwas rutschigem Grund und komme nicht mehr hoch."

Theras, der immer reichlich bepackt auf seine Märsche ging, liess rasch sein Seil sorgfältig in Richtung der Stimme hinunter.

„Es kommt ein Seil, halte dich dran!" rief er in den Abgrund.

„Etwas mehr gegen Osten!" rief die Stimme zurück, „ich kann es beinahe fassen."

Behutsam wandte er sich mit dem Seil etwas weiter nach rechts, dann wieder etwas nach links, dann lockerte er es, und auf einmal hörte er die Stimme:

„Ich habe das Ende erwischt. Binde es fest an einen Felsen, wenn du kannst."

Der Mensch, dem die Stimme gehörte, schien sich überhaupt nicht zu wundern, wer da mit ihm sprach.

Theras schlang das Seil um einen Stein, und zur Sicherheit hielt er es noch mit den Händen fest.

Plötzlich spannte sich das Seil heftig, und Theras spürte, wie es ihm eine Schramme in die Haut drückte. Doch er hielt es mit aller Kraft fest und liess nicht los.

Es ging nicht lange, da erschien ein Haupt über der Kante des Felsens. Ein lachendes Gesicht eines jungen kräftigen Mannes mit einem Strubbelbart und wilden schwarzen Locken strahlte ihm entgegen. Theras staunte. Das war keiner von seinen Männern aus Sparta.

Einige kräftige Griffe, und der Mann hatte sich hochgezogen. Schon stand er vor Theras auf dem sicheren Rasen.

„Danke!" sagte er mit fester Stimme.

Theras beugte sich nieder, um das Seil loszulösen, das sich kräftig zusammengezogen hatte. Es kostete ihn einige Mühe, es zu lösen. Als er sich endlich wieder aufrichtete, war der Mann verschwunden, wie vom Erdboden verschluckt, genau so plötzlich wie auch das Mädchenbild verschwunden war.

Theras schaute verdutzt um sich. Wo waren sie? Nirgends ein Zeichen, nirgends eine Spur.

Er schüttelte sich. Hatte er alles geträumt?

Der Piratenüberfall war jedenfalls sehr wirklich gewesen, ebenfalls die Wunde, die das eng gezogene Seil auf seiner Hand angerichtet hatte, und auch das Blut, das heraustropfte, war echt.

War der Lockenjüngling ein Mensch? Oder ein Faun, ein Felsgeist, ein Götterbote? War er wirklich aus Fleisch und Blut? Wohnte er auf der Insel?

Und die vordringlichste Frage, die er gleich hatte stellen wollen: Hast du den Stein gestossen, um uns zu helfen?

Er riss sich zusammen. Er musste wissen, was geschehen war, er musste ihn finden.

Entschlossen stieg er vom Mesavouno gegen den Sattel hinunter, gegen Westen.

Doch bald wurden seine Schritte langsamer. War dies der Augenblick, einem Hirngespinst hinterherzurennen?

Schon wieder war er daran, sich selber wichtiger zu nehmen als die ihm Anvertrauten. Müsste er sich nicht zuallererst seinen Leuten widmen? Jetzt, jetzt brauchten sie ihn, jetzt sollte er endlich eine Stütze sein, straff leiten und jedem eine Aufgabe geben. Und endlich eine Kolonie gründen.

Schon stand er auf dem Sattel, an der Wegkreuzung. Jetzt musste er sich entscheiden. Sollte er gegen Norden den Hang hinuntergehen zum Lager in der Bucht? Oder sollte er weiter irren gegen Westen, um den rätselhaften Erscheinungen nachzuforschen?

Entschlossen wandte er sich den Hang abwärts und schritt der Bucht und seinen Leuten entgegen.

Doch er kam nicht weit. Nach zwanzig Schritten hielt er inne, wie wenn eine Wand ihn anhalten würde.

Nein, er wollte nicht zu seinen Leuten, noch nicht, die waren ja jetzt gerettet; er hatte zuerst diese andere Aufgabe: Er musste die Antwort auf seine Fragen bekommen, musste sich klar werden, wer ihm geholfen hatte und wem er geholfen hatte – er musste endlich wissen, was auf dieser Insel los war.

Er wandte sich um und schritt benommen gegen Westen, dorthin, wohin das Rätsel verschwunden war.

Diese Ecke der Insel hatte er noch wenig besucht, der Weg über den Berg war mühsam. Jetzt hiess es alle Sinne beieinander halten. Er spähte nach links und rechts, machte einige Schritte vorwärts, wieder einige rückwärts, und wieder geradeaus und wieder seitwärts in die Büsche. Immer hektischer bahnte er sich einen Weg durch die ruppige Landschaft, Ausschau haltend, ob er Menschen oder Behausungen oder ein Räuchlein erspähen könnte, oder wenigstens eine Fussspur auf dem Boden.

Was hatte er eigentlich in diesen ersten Tagen gemacht? Verträumt, mit einem Blick in den Himmel, war er mehr über die Insel geschwebt, als dass er sie gründlich untersucht hatte. Er war ohne Ziel, ohne Vorstellung, was er eigentlich suchte, stundenlang herumgewandert, tagelang herumgetrödelt.

Verlorene Zeit! Er schämte sich. Jetzt galt es, genau zu suchen, zu lauschen, zu riechen, zu spähen. Denn jetzt wusste er es genau: Es gab Menschen auf dieser Insel. Es gab mindestens zwei, und diese musste er nochmals treffen.

Oder hatte er alles nur geträumt?

Immer weiter gelangte er, in unwirtliche Gegenden nahe dem Südrand der Insel. Wie lange war er schon unterwegs? Es dunkelte und Theras wurde immer erschöpfter. Schliesslich torkelte er nur noch durch Gebüsch und über Steinbrocken, und endlich sank er entkräftet nieder, nahe am äussersten Ende der Insel. Er war völlig ausgelaugt vom langen raschen Marsch, war keines Gedankens mehr fähig. Nur ruhen, tief atmen – schlafen.

Er riss sich zusammen und sperrte die Augen nochmals auf, um sich klar zu werden, wo er gelandet war. Er fand sich auf einem grossen Stein, der wie eine Bank aussah, recht bequem, als ob sie von Menschenhand geschaffen worden wäre. Hier schien der Boden etwas glatter, fast unnatürlich glatt. Wenige Schritte vor ihm war etwas wie eine Wand mit einer Nische. Er schaute genauer hin. In dieser Vertiefung sass eine rätselhafte Gestalt, die ihn wohlwollend anschaute mit halbgeschlossenen Augen. Geheimnisvolles Lächeln eines verschlossenen Mundes.

Theras war jetzt hellwach. Da stand vor ihm eine kleine Statue, ein Meisterwerk sorgfältig aus einem dunklen Stein gemeisselt, ein Oberkörper und darauf ein feiner Kopf, die Haare straff gekämmt. Auf dem Kopf ein Krönchen, und oben in der Mitte war etwas Helleres aufgesetzt, etwas, das wie von selbst leuchtete. Theras schaute genauer hin – das Krönchen war mit einem winzigen Sichelmond geschmückt. Er sass vor einer Göttin, einer Mondgöttin!

Fassungslos starrte Theras auf die Figur. War das ein Traum, oder war er da in ein Heiligtum geraten, ein Heiligtum, das Menschen errichtet hatten und immer noch verehrten? War die Figur Wirklichkeit? Um den Hals der Frauengestalt hatte jemand frische Blumen gelegt.

Er war zu müde, um noch weiter zu denken, und sank wieder auf die Bank. War das wohl jetzt der dritte Sichelmond, dieser Schmuck auf der Krone der Statue? Bevor er seine Gedanken weiterspinnen konnte, war er in tiefen Schlaf gesunken.

Ein Lied weckte ihn, eine hohe, klare Stimme sang eine Melodie, die in den Himmel gepasst hätte. Er öffnete die Augen und versuchte, sich nicht zu rühren.

Nun sah er die Sängerin: es war, wie in einem Traum zu erwarten, ein junges wunderhübsches Mädchen mit einem feingeschnittenen Gesicht, in ein einfaches Tuch gehüllt, und sorgfältig gekämmt mit einer kühnen hochaufragenden schwarzen Haartracht. Es war hochgewachsen, grösser als all die Mädchen, die von Sparta mit ihm ausgezogen waren.

Er erhob sich aus seinem Lager und trat in seiner ganzen Grösse vor das Mädchen. Es verstummte mitten im Vers und blieb wie versteinert stehen. Beide schwiegen und schauten sich an.

Theras fand als erster wieder seine Stimme. Es gab nur eine Frage, die er jetzt endlich stotternd stellte:

„Habt ihr den Stein absichtlich auf das Piratenschiff gestossen? Habt ihr uns helfen wollen?"

Jetzt war es heraus, was ihn so geplagt hatte.

„Ja." Ihre Stimme klang kräftig und klar. Sie hatte sich gefasst.

Das weitere geschah schnell und ohne Aufhebens. Theras ging auf sie zu und fasste ihre Hand. Er zog sie auf die Bank hinunter, und nun sassen sie nebeneinander, recht nahe, und immer noch hielt er ihre Hand fest in der seinen.

„Wie heisst du denn?" fragte er, um irgendetwas zu sagen.

„Selene."

Wie vom Donner gerührt zuckte Theras zusammen und wäre beinahe von der Bank gestürzt. Jetzt war es mit seiner Beherrschtheit vorbei. Selene – Mond! Und er hielt ihre Hand. Das also war die dritte Prophezeiung!

Wie lange sassen sie wohl nebeneinander, hielten sich bei den Händen und schauten sich tief in die Augen?

Theras erinnerte sich noch rechtzeitig, was einer solchen ewig wiederkehrenden Szene die Krone aufsetzte: Er zog seinen Anhänger, den blauen Mondstein, unter seiner Toga hervor und hängte ihn Selene um den Hals.

13 Santorin 2014

Am nächsten Abend war es so weit, das Ruderboot des Nachbarn war bereit. Das Tauschgeschäft hatte schon einige Male funktioniert: eine Ruderfahrt gegen eine Taxifahrt, je nach Bedarf.

Schweigend ruderten sie um die Spitze mit dem Faros herum. Jetzt war es nicht mehr weit bis zum winzigen Kieselstrand, welcher der Fundstelle am nächsten war.

Im Licht einer Taschenlampe erschien die Höhle mit der Statue drin noch tiefer und noch mystischer. Didier und Nikos sprachen kein Wort, als sie die Figur aus der Höhle hoben, doch beide hatten ein vages Gefühl, etwas wie ein Sakrileg zu begehen.

Die Göttin hatte nun fast dreitausend Jahre unberührt dagestanden, ruhig, im Dunkeln. Sie hatte hier gewirkt und ihre göttlichen Kräfte ausgesandt, um Landsleuten fern von ihrer Heimat zu helfen. Sie hatte Trost gespendet, hatte Menschen in der Fremde zusammengehalten und war ihnen in schwierigen Zeiten ein Beistand gewesen; sie war täglich geehrt und angebetet und neu bekränzt worden, täglich hatten Leute sich vor ihr niedergeworfen und sie um Hilfe für alle möglichen und unmöglichen Dinge angefleht. Die Phönizier waren dann zwar von den neuen Herrschern, den Spartanern, integriert worden, doch in schwierigen Situationen hatten sie sich wohl immer wieder ihrer Herkunft erinnert und ihre eigene Göttin aus der phönizischen Heimat angerufen, meist wohl eher im Verborgenen, um keinen Anstoss zu erregen. Die Götter der Spartaner waren wohl durchaus auch fähig zu helfen, doch ob sie in einem Streit nicht eher auf der Seite der Herrscherklasse Sparta standen als auf der Seite der Integrierten?

Das alles war vor unvorstellbar langer Zeit gewesen. Und nun sollte die Astarte ganz prosaisch aus ihrer Ruhe herausgerissen werden, aus ihrem Jahrtausend langen Schlummer, sollte aus dem angenehm mystischen Dunkel ins grelle Tageslicht gezerrt werden, sollte in einer Kiste verpackt eine Reise unternehmen, um dann in einem fernen Land in bläulich-grellem Neonlicht von einem unverständigen Publikum angestarrt zu werden?

All diese Gedanken gingen Didier durch den Kopf, als sie im kleinen Ruderboot sassen. Kein Wunder, dass Didier ihr gegenüber ein schlechtes Gewissen empfand. Hatte er das Recht, dieser Göttin all das anzutun?

Didier setzte sich auf die kleine Bank im Heck des Schiffes und hielt die Statue in seinen Armen, in ein weiches rotes Tuch eingehüllt. Sie fühlte sich an, als ob sie warm und lebendig wäre.

Nikos sass auf der Ruderbank und legte sich ins Zeug. Ihn beflügelten andere Gedanken. Hier in den Armen von seinem Gegenüber sass sein grosses zukünftiges Glück. Von 20'000 Euro hatte der Russe gesprochen!

Die Kunstsammler überall in der Welt waren ja wirklich blöd, solche Summen für eine kleine Statue auszugeben. Auch wenn sie recht hübsch war, mehr als ein Stein war es ja nicht. Ein Verhältnisblödsinn. Aber das war nicht sein Kummer. Wenn ein russischer oder chinesischer oder schweizerischer Liebhaber es wert fand, dieses Stück Stein wie ein Urrätsel anzustarren und dafür Tausende hinzublättern, dann war das seine Sache, auch wenn er dabei keine Ahnung hatte von der Kraft und der Bedeutung, die ein solcher Stein einmal für einen kleinen ausgewanderten Volksteil gehabt hatte.

In Nikos' Kopf arbeitete es wie wild. Er musste seinen Plan durchbringen, bevor sie landeten. Er musste es wagen, und zwar noch hier und jetzt auf dem Schiffchen.

Es war schon stockdunkel, schon halb elf. Hoffentlich fand in Balos, wo Ariadni mit dem Taxi auf sie wartete, nicht gerade ein Fest statt in der kleinen Taverne am Wasser. Wie dumm von ihm, dass er sich nicht im Voraus erkundigt hatte. Es wäre peinlich, neugierige, wohl schon leicht beduselte Zuschauer zu haben für ihre geheime Aktion.

„Siehst du dort oben den Faros? Das ist das Zeichen, dass die festen Felsen hier an der Ecke recht weit hinausstechen unter der Wasseroberfläche; man muss etwas ausholen."

„Kennst du dich da gut aus?" fragte Didier besorgt.

„Ja sicher, am Tag habe ich schon oft Gäste hier durchgerudert, wenn sie auf eine spezielle Tour drängten und nicht mit einem grossen Boot zur Red Beach gefahren werden wollten."

Nun war er ums Kap herum gesteuert.

Noch immer hatte er den Einstieg zu seiner Argumentation nicht gefunden.

„Auch hier innen muss man aufpassen, überall hat es Riffe und Felsen. Eines der Riffe war auf der einen Seekarte mit 57 Metern Länge eingezeichnet, dabei ist es über 130 Meter lang. Das wurde der Sea Diamand zum Verhängnis."

130

Didier kannte die Geschichte nur zu gut: Das Kreuzfahrtschiff war auf ein Riff gestossen, sank sehr rasch, und jedermann wusste, dass hier die Caldera besonders tief war. Eine Bergung von Versunkenem war an dieser Stelle beinahe unmöglich.

Nikos ruderte etwas näher ans Ufer heran.

„Kannst du ins Wasser hinunter sehen? Wenn man ganz genau hinschaut, sieht man nämlich das Riff."

Didier sah nichts. Er neigte sich noch etwas mehr über den Rand. Doch, dort unten konnte man etwas erspähen, mit viel Phantasie war es dort etwas weisser, oder wenigstens leicht heller.

„Warte, wir gehen noch etwas näher heran, vielleicht siehst du es dann."

Didier beugte sich noch etwas mehr über den Rand des Schiffes, um genauer zu sehen.

In diesem Augenblick stiess das Schiff grob auf das Riff. Es schwankte so stark, dass Didier gegen den Rand geworfen wurde. Beinahe wäre er samt der Göttin über Bord geflogen. Er hielt die Statue noch fester im linken Arm und hielt sich mit der rechten Hand fest.

Erschrocken setzte er sich wieder gerade hin und streichelte die Göttin liebevoll. Stumm ruderte Nikos weiter, etwas vorsichtiger. Lange verharrten sie in Schweigen.

Schon sah man von weitem die etwas hellere Kiesbucht von Balos. Die Taverne war nicht beleuchtet.

Nikos schluckte zweidreimal. Es musste sein, er musste hier hindurch, bevor sie landeten. Er liess die Ruder sinken, atmete tief ein und wagte es:

„Didier, ich muss dir etwas sagen, was du wohl nicht gern hörst."

Erschrocken schaute Didier auf. Was hatte Nikos im Sinn? Hier draussen auf der dunklen Caldera war er ihm völlig ausgeliefert.

„Die Statue gehört mir, du kannst die Scherben und all den Kleinkram mitnehmen."

Jetzt war es heraus.

Didier stockte der Atem.

„Was hast du da gesagt? Die Statue gehöre dir? Nein, sie gehört mir, ganz allein."

„Gefunden habe ich sie, daher gehört sie mir. Aber es hat noch einen ganz andern Grund."

Nikos hörte auf zu rudern, das Schiffchen stand still. Nun musste es heraus:

„Ich will sie nicht behalten – ich habe einen Käufer gefunden, der mir morgen 20'000 Euro dafür gibt."

Jetzt war es an Didier auszurufen.

„20'000 Euro? Bist du wahnsinnig? Du willst 20'000 Euro nehmen für etwas, das dir gar nicht gehört?"

„Wenn du mir 20'000 Euro geben kannst, kannst du sie behalten. Aber nicht weniger."

Didier war fassungslos. Seine Stimme überschlug sich.

„20'000 Euro, Wahnsinn! Was fällt dir ein? Die Statue gehört der Wissenschaft, sie gehört in ein Museum. Ums Himmels Willen, du denkst doch nicht etwa an Kunsthandel?"

Doch Nikos versuchte seine Ruhe zu bewahren.

„Ein für alle Mal: ICH habe sie gefunden, das heisst, mein Sohn Michalis. Ohne ihn hätten wir sie nie gefunden. Wir waren schon über die Stelle hinaus mit Suchen."

Didier schüttelte sich, um wieder klarer zu denken. Er atmete dreimal tief durch, und schliesslich hatte er seine Stimme wieder im Griff. Er sagte ruhig und bestimmt:

„Aber so geht das nicht. Du hast in meinem Dienst gesucht, unter meiner Anleitung, und hast von mir Lohn erhalten. Die Funde gehören alle dem Chef der Ausgrabung. Das ist ein Grundprinzip, das die Archäologen im ersten Semester lernen. Die Grabenden werden für ihre Arbeit bezahlt, dürfen aber nie und nimmer etwas behalten, das sie finden. Der Chef kann besonders wichtige und wertvolle Funde durch ein Geldgeschenk anerkennen, aber von „gehören" keine Rede. Das ist eine unantastbare Regel unter Archäologen."

„Ach hör auf mit „Archäologen". Du bist ja nur ein Student, woher massest du dir einen solchen Titel an? Hast du irgend ein Diplom, einen Ausweis, dass du etwas Besseres bist als ich?"

Das sass. Didier stieg das Blut in die Wangen. Jetzt war er im Innersten getroffen. Wieder das Wort Diplom! Er war so wütend, dass er sich vergass, die Statue auf den Boden stellte und Nikos einen gekonnten eingeübten Schlag in die Brust versetzte. Nikos fiel um, fiel neben die Statue, doch rasch rappelte er sich auf, packte die Göttin und hielt sie Didier entgegen.

„Willst du der auch noch eine hinhauen? Pass auf, sie hat göttliche Kraft."

Und mit diesen Worten ging Nikos auf Didier zu, streckte ihm die Statue, die immer noch in ihr rotes wollenes Tuch gewickelt war, entgegen und versetzte ihm untendurch gleichzeitig mit dem Fuss einen gezielten Tritt aufs Schienbein. Der wirkte. Nikos kannte sich also auch aus in Kampfsport. Didier wankte, doch hielt er sich am Bootsrand fest, und schon hatte er den Schmerz überwunden und ging mit gebeugtem Rücken auf Nikos los. Der hielt die Göttin mit eisernem Griff an seine Brust gedrückt, Didier packte sie am Kopf und zerrte mit aller Kraft. Nikos liess nicht los, mit den Füssen wehrte er seinen Gegner ab. Sie rangelten, zerrten, stiessen sich mit Ellbogen und Füssen. Jetzt war es keine klar reglementierte Karate-übung mehr, jetzt waren sie wilde, sich raufende Jungen auf einem Schulhof.

Und da geschah es. Das ungesteuerte Boot stiess wieder auf ein Riff, ein heftiger Ruck legte es auf die Seite, die Kämpfer schwank-ten, versuchten wieder zu stehen, doch keiner liess die Statue los. Das Schiff legte sich noch mehr auf die Seite, sie taumelten und torkelten, und schliesslich fielen beide über Bord, die Göttin zwi-schen ihnen.

Beim Aufprall auf das kalte Wasser erschraken sie so sehr, dass sie automatisch ihren Griff etwas lockerten. Die Göttin nutzte den Moment zur Flucht, wand sich geschmeidig los und schlüpfte aus dem roten Tuch heraus.

So entglitt sie ihren Entführern und rettete sich in die Freiheit.

Sie versank in die Tiefe. Langsam und stetig sank sie, immer weiter hinunter, bis sie Ruhe fand auf dem Grund der Caldera, wo sie am tiefsten war. Nur das rote Tuch, in welches sie eingewickelt gewesen war, wippte noch auf und ab in Didiers Hand. Dann liess er es auch fahren, und es bewegte sich gemächlich davon auf den leichten Wellen.

Mit Mühe konnten Nikos und Didier wieder ins Schiff klettern. Sie spuckten und husteten, und keiner sprach ein Wort. Nikos ru-derte grimmig auf Balos zu.

Als sie am Ufer ankamen, hatten sie nur noch die Schachtel mit den Scherben und dem Kleinkram aus dem Schiff zu laden.

Ariadni, die neben dem Auto stand, schaute die beiden tropfnassen Männer fragend an, doch sie wusste zu gut, was mit ihrem Nikos los war, wenn er ein solches Gesicht aufgesetzt hatte, da schwieg sie lieber. Sie wurde unsanft auf den Nebensitz geschoben, Nikos setzte sich ans Steuer. Didier stieg auf die hintere Bank, die Schachtel mit den Scherben fest an sich gedrückt, und Nikos raste im Höllentempo die steile holperige Strasse hinauf. Kein Wort wurde gewechselt.

14 Santorin 9. Jh. v.Chr.

Das arglose Liebesspiel dauerte nicht allzu lange; es wurde plötzlich durch ein lautes Schimpfen unterbrochen:

„Da bist du, du Luder! Komm sofort weg, was fällt dir ein!"

Ein grosser grob gebauter Jüngling brach aus den Büschen hervor, packte Selene kräftig am Arm und riss sie weg. Es war nicht der Jüngling, den Theras gerettet hatte. Und der zuerst die Spartaner rettete. Er trug lange schwarze Haare und einen wilden Schnurrbart, der ihm das Aussehen eines Piraten gab.

„Das wirst du noch büssen, du Hund!" rief der Rüpel gegen Theras, und zerrte Selene mit sich.

„Nimm dich in acht, Phönix ist stark," rief Selene noch zurück, und die beiden verschwanden.

Jetzt erwachte Theras aus seinem Traum. Recht kurz war die Seligkeit gewesen.

Es gab also eine wunderschöne Frau auf dieser Insel, aber es gab auch gefährliche Männer, die ihm bös wollten. Und einer davon hiess Phönix.

Jetzt hatte er schon drei Bewohner der Insel angetroffen. War das wohl bloss der Anfang?

Er riss sich zusammen. Plötzlich wusste er, was er zu tun hatte. Jetzt war er wieder der alte, tatkräftige Theras, der eine Aufgabe hatte. Jetzt konnte er nicht mehr im Alleingang agieren, seine ganze Mannschaft war gefordert. Jetzt sah die Lage vollkommen anders aus.

Er erhob sich und ging mit entschlossenen Schritten gegen Osten, schnurstracks zu seinen Leuten. Jetzt hatten sie einen konkreten Feind, aber auch zwei konkrete Freunde. Auf jeden Fall sollten sie sich wappnen gegen einen Angriff des rachsüchtigen Phönix.

Und daneben sollte die Hauptaufgabe nicht vergessen gehen: eine Kolonie gründen.

Er war noch nicht sehr weit gekommen, als plötzlich ein anderer junger Mann aus einem Busch trat. Es war der Jüngling, den er am Seil hochgezogen hatte. Der sah eindeutig weniger grimmig aus als der andere, dessen Bekanntschaft Theras vor kurzem gemacht hatte. Einige Schritte hinter ihm trat Selene hervor.

Die drei schauten sich wortlos an.

„Ihr habt den grossen Stein mit Absicht auf das Piratenschiff gestossen," sagte Theras atemlos, „ich weiss nicht, wie ich euch danken soll."

Der Jüngling schwieg erst bescheiden. Dann begann er zu erzählen:

„Ich bin Kadmos, Selenes Bruder. Wir sahen euch schon lange zu und wollten abwarten, was ihr im Schilde führt. Wir glaubten zuerst, ihr seid Piraten und hielten uns in Deckung. Zu viel Schlimmes haben wir schon erlebt, wir können nicht vorsichtig genug sein."

Er schien bereit zu sein, Theras mehr zu erzählen, setzte sich auf einen Stein und zog Selene neben sich. Theras setzte sich den beiden gegenüber, begierig, endlich die Lösung des Rätsels zu erfahren.

Der Jüngling fuhr unaufgefordert weiter in seiner Erzählung:

„Vor nicht allzu langer Zeit haben sie vier unserer besten Männer entführt, die stärksten und tüchtigsten. Es war nichts zu machen, sie waren so sehr in der Überzahl. Ich selber war zufällig gerade unterwegs, sonst hätte mich wohl das gleiche Los getroffen."

Er hielt an und schüttelte die Erinnerung von sich.

Theras staunte. Da war von vielen Leuten die Rede, die auf der Insel wohnten.

„Wie viele seid ihr denn auf der Insel? Und wo wohnt ihr? Und wovon lebt ihr? Warum sind wir noch nie auf euch gestossen?"

Kadmos lachte.

„Wir sind es gewohnt, uns unauffällig zu verhalten. Wie hätten wir sonst überleben können mit all den Piraten im Meer draussen?"

Das Leben auf dieser Insel schien wirklich nicht leicht.

„Wir haben natürlich sogleich eure Ankunft gesehen. Wir nahmen an, ihr würdet nur für eine kurze Rast auf der Insel weilen. Wir schauten immer wieder, ob ihr bald weiterziehen würdet. Uns schien, dass ihr ziemlich lange ausharrtet."

Er lachte wieder fröhlich.

„Wir vermuteten bald einmal, dass ihr nichts Böses im Sinne habt. Aber wir wollten zuerst ganz sicher sein. Als wir dann die echten Piraten im Kampf mit den Euren sahen, wussten wir, was für Leute ihr wart, und griffen ein."

Theras kam aus dem Staunen nicht heraus. Sie waren also ständig beobachtet und schliesslich noch von ihnen gerettet worden. Unglaublich. Wie war es möglich, dass sie gar nichts gemerkt hatten?

Da kam ihm etwas in den Sinn:

„Also wart ihr es, die unsere Ziege gestohlen habt? Und den Kochtopf? Und das Segel?"

Selene hatte bis jetzt noch kein Wort gesprochen, jetzt griff sie ein:

„Siehst du, wir hätten es nicht zulassen sollen."

Kadmos lachte: „Das ist alles nur halb so schlimm. Unser Vetter Phönix, der sich wie der zukünftige König aufführt, hat das alles mit einigen Jungen, die ihm die Worte von den Lippen lesen, angezettelt. Es war für sie eher eine Mutprobe, eine Übung im Verstecken und sich Anschleichen und sich wieder ungesehen Davonmachen. Es blieb uns andern nicht viel übrig, als es zu dulden, obwohl wir nur halbherzig einverstanden waren. Anderseits konnten wir einige der gestohlenen Dinge wirklich dringend brauchen."

„Wir hätten es nie und nimmer tun dürfen. Jetzt werden sie uns verachten und als gemeine Diebe und Gauner betrachten," warf Selene ein.

„Ach, Selene, sie haben ja sechs Ziegen, und wir hatten im Augenblick gar keine mehr. Wir waren sehr in Bedrängnis und waren auf neue Quellen angewiesen, da kommen drei reich beladene Schiffe wie ein Geschenk der Götter daher. In der Not kennt man keine allzu grosse Rücksicht. Und natürlich haben wir uns bemüht, euch nicht in zu grosse Schwierigkeiten zu bringen und euch zu schaden. Aber so ein kleines bisschen wollten wir doch Anteil am Überfluss haben. Die Sachen, die wir holten, haben euch ja wahrscheinlich nicht allzu sehr gefehlt, uns haben sie aber viel bedeutet."

Selene war immer noch rot vor Scham.

„Ihr habt ja nur eine der sechs Ziegen geholt. Wirklich rücksichtsvoll, ihr hättet gleich drei oder gar alle mitnehmen können."

„Nein, eine genügt uns im Augenblick. Unsere letzte war vor kurzem gestorben. Aber wenn du meinst – wir können gern weiter verhandeln."

Und wieder lachte Kadmos sein ansteckendes fröhliches Lachen.

Theras fand die Erzählung immer spannender.

„Und wie viele Leute seid ihr denn auf der Insel, dass euch eine Ziege genügt?"

„Das ist ein trauriges Kapitel – vor Kurzem sind uns die besten vier Jungen weggeholt worden, wie ich eben erzählt habe. So sind wir tatsächlich nur noch eine ganz kleine Schar von vierunddreissig Leuten, zwölf davon sind Frauen.

Unser Haupt ist unser Grossvater, wenn man es genau nimmt unser Urgrossvater, Membliaros. Er ist schon sehr alt und nicht mehr sehr lebendig, weder im Kopf noch in den Gliedern. Doch wir alle halten ihn in Ehren, denn er ist der direkte Nachfolger vom ersten

Membliaros, der von Kadmos vor acht Generationen hier abgesetzt wurde. Daher heisse ich auch Kadmos."

Theras staunte: „Ihr seid von Kadmos hierhergebracht worden, der dann Theben gegründet hat?"

„Ja, die Geschichte kennt hier jeder: Agenor, unser Vorfahre, König der Phönizier, hatte einige Söhne und eine einzige Tochter, die schöne Europa. Zeus in der Gestalt eines Stieres verliebte sich in sie und entführte sie nach Kreta. Sie wurde dann Urmutter eines grossen Geschlechtes, ihr Sohn Minos war der berühmteste König von Kreta. Doch Vater Agenor war da gar nicht einverstanden, er sandte seine drei Söhne aus, Kadmos, Phönix und Kilix, sie sollten nicht mehr heimkehren, ohne Europa zurückzubringen.

Das war natürlich eine unmögliche Aufgabe. Kadmos war der schlaueste; anstatt lang zu suchen, befragte er das Orakel in Delphi, wie das so bei Grossen üblich ist. Und du weißt ja wohl auch, dass ein Orakelspruch aus Delphi meist interpretationsbedürftig ist."

Theras schmunzelte. Und ob er das nicht wusste!

„Das Orakel sagte, ganz vernünftig, Kadmos solle doch die hoffnungslose Sucherei nach seiner Schwester Europa aufgeben, die sei bestens versorgt, und er solle lieber eine Stadt gründen, zum Beispiel Theben in Böotien. Aber die Geschichte kennst Du ja bestimmt."

„Und ob ich sie kenne! Mein Ururahne war Kadmos, ich bin ein Thebaner."

Kadmos staunte. „Dann bist du unser König, unser Oberhaupt," er verneigte sich vor Theras.

„Tatsächlich. Aber jetzt, wie kommt es, dass ihr auf Kalliste siedelt?"

„Der Urvater Kadmos war eben erst losgezogen, um Europa zu suchen, da landete er auf seiner Fahrt zufällig auf Kalliste, und aus irgend einem Grund – vielleicht gefiel ihm die Insel besonders, oder vielleicht hatte er zu viele Leute aufgeladen für seine Mission, oder vielleicht sollten einige bestraft werden – jedenfalls liess er eine Gruppe von Phöniziern unter der Führung von Membliaros hier. Unser heutiger Chef Membliaros ist schon der achte dieses Namens. Die andern tragen immer wieder phönizische Namen, mein Cousin heisst Phönix, und wie schon gesagt, ich bin Kadmos."

Nun war Kadmos in seinem Element, es sprudelte aus ihm heraus:

„Kadmos, der Gründer von Theben, war übrigens auch der Vater von Semele, die mit Zeus zusammen den Dionysos gebar. Du siehst, keine schlechte Familie. Der Fehler ist nur, dass wir selber hier auf Kalliste alle kein so richtig königliches Blut haben, nur königliche

Namen, da wir ja alle nur von der Linie des Membliaros und Seinesgleichen sind."

Kadmos kam noch mehr ins Feuer mit seiner Erzählung, kaum konnte ihm Theras folgen. Zum Glück war ihm einiges bekannt aus dieser vertrackten Familiengeschichte.

„Aber jetzt muss ich endlich zurück zu Membliaros, das alles wird ihn sehr interessieren. Er wollte immer auf dem Laufenden gehalten werden über die neuen Eindringlinge und war schon in echter Existenzangst. Ich will gehen und ihn beruhigen."

Er erhob sich um zu gehen, doch dann wandte er sich nochmals um und sagte:

„Am besten kommst du gleich mit, dann kann ich dich vorstellen. Das wird ihn mächtig beeindrucken, dass du ein Nachkomme des echten Kadmos bist, denn in Sachen Stammbaum ist sein Geist noch völlig klar."

So liess sich Theras von Selene und Kadmos zu ihrem Wohnsitz führen.

Das Lager der Phönizier wirkte eher wie ein Flüchtlingslager als wie eine Residenz. Es bestand aus zusammengebastelten Hütten, ausstaffiert mit bunten Einzelstücken von undefinierbarer Herkunft. Hinter den Hütten fanden sich sorgfältig zurechtgemeisselte Höhlen, mit Laub und Zweigen getarnt. Alles wirkte irgendwie provisorisch. Etwas Königliches war da nicht zu spüren. Die verschiedenen Hütten, Wohnhöhlen und Zelte lagen alle verstreut oberhalb einer kleinen Bucht, die nur über einen unwirtlichen Hügel voller Löcher und Höhlen zu erreichen war. Schiffe konnten zwar, wenn es denn sein musste, in der Nähe landen, doch hatte es weiter östlich und westlich einladendere Buchten. Niemand würde an dieser Stelle landen wollen, viel weniger noch ein Lager erwarten; die Gegend wirkte allzu karg und unwirtlich.

Sie traten vor eine etwas grössere Hütte, aus Steinen, Ästen und Zweigen etwas kunstvoller zusammengebastelt. Neben dieser Residenz graste friedlich eine Ziege, die Theras einen schelmischen Blick zuwarf.

Theras betrat das seltsame Bauwerk mit Kadmos, und als sich seine Augen etwas an die Dunkelheit gewöhnt hatten, sah er an der hinteren Wand einen wackligen Sitz, der komfortabel gemacht worden war mit einem Stück Fell, das der verschwundenen Decke aus seiner Schlafstelle merkwürdig ähnlich sah.

Auf dem Thron sass ein winziger Greis, eine Handvoll Haut und Knochen. Er wirkte äusserst zerbrechlich und war es wohl auch, denn er erhob sich nur mit grösster Mühe von seinem Thron. Es war unmöglich, aus dem runzeligen Gesicht und den schütteren Haaren das Alter zu erraten. Auf seinem kleinen schrumpeligen Haupt sass etwas verdrehtes Goldenes, wohl eine Art Krone. Das war also Membliaros der Achte.

Neben ihm, ebenfalls in einen Pelz gehüllt, sass sein neuer Aussenminister, Verbindungsmann zur Aussenwelt. Kurz verschlug es Theras den Atem: es war Mikrulis! Er grüsste die Eintretenden stumm mit einer huldvollen Handbewegung und einem kaum merkbaren Schmunzeln.

Membliaros wurde König genannt, und er wurde verehrt wie ein König, aber zu regieren hatte er wahrhaftig nicht sehr viel. Selenes Bruder Kadmos besorgte das Wichtigste, und von den andern jungen Männern, die noch geblieben waren, war da eigentlich nur einer, auf den man zählen konnte, ihr Vetter zweiten Grades oder ähnlich, Phönix.

Es gab nur wenige Frauen im Gebäralter auf der Insel, und diese wenigen Frauen waren nicht bestimmten Männern zugeteilt; die Besitzverhältnisse waren nicht eindeutig, daher waren auch die verwandtschaftlichen Beziehungen alles andere als klar.

Für Selene war es besonders schlimm, dass dieser Phönix sie als sein Eigentum betrachtete und exklusive Besitzrechte angemeldet hatte. Denn Selene, nach stillschweigender Übereinkunft die höchste, da auch schönste und grösste der Frauen fand ausgerechnet diesen grobschlächtigen Phönix besonders widerlich. Er hatte eine herrschsüchtige Art mit ihr, auch mit andern, umzugehen, wie wenn er schon der zukünftige König wäre. Man hatte wohlweislich auf der Insel nie einem Neugeborenen den Namen und somit Königstitel Membliaros gleich bei der Geburt verliehen. Diesen Ehrennamen bekamen die Jünglinge immer erst, wenn ein alter Membliaros, ein König, starb oder verschleppt wurde, also wenn der Thron wieder frei wurde.

Theras verneigte sich untertänig vor dem greisen Mann, den sie König nannten, und in edlen wohlgesetzten Worten, die ihm wie schon immer besonders gut über die Lippen kamen, empfahl er sich:

„Sei gegrüsst von einem Fremdling und seinen Gefährten, König dieser Insel. Wir bitten dich als herrschenden Inselregenten demütig um deinen Schutz. Als dir Untergebene ersuchen wir dich untertänig uns zu gestatten, hier zu siedeln und uns unter deine Herrschaft zu stellen."

Er war selber stolz, wie grossartig er sein Anliegen formuliert hatte. Er war doch noch ein Herr von Welt.

Membliaros schaute ihn mit offenem Mund an, er hatte nicht so recht verstanden, was der vor ihm Kniende genau wollte. So versuchte Theras es nochmals, und drückte sich etwas praktischer aus:

„Membliaros, seit Generationen beherrscht euer Geschlecht diese Insel. Wir wollen nicht eine alte Tradition brechen und anerkennen euch als das leitende Volk hier. Nur bitten wir gnädig um die Erlaubnis, uns auf dieser grossen schönen Insel, die ja noch viel Platz bietet, niederlassen zu dürfen. Wir würden gern eine starke befestigte Stadt bauen und von hier aus vielleicht Handel mit fremden Völkern treiben."

Membliaros zitterte. Er war völlig überfordert von so vielen salbungsvollen Worten. Er fühlte sich einerseits geschmeichelt und geehrt, doch anderseits war er gar nicht darauf erpicht, König zu sein über so viele tapfere weltgewandte Leute, von welchen ihm seine Männer in den letzten Tagen berichtet hatten. Er selber hatte ja noch nie viele fremde Leute gesehen ausser einigen ruppigen Piraten, die sein Menschenbild zeichneten.

Zum Erstaunen seiner Leute legte er dennoch gleich stotternd los: „Ihr Neuen könnt hier machen, wie es euch beliebt – wir schliessen uns an – wir können alles, was die Insel hat, teilen – wir wollen die Piraten gemeinsam bekämpfen – lasst uns alle Ziegen und Schafe gemeinsam besitzen – " erschöpft stotterte er noch einige weitere Worte, die aber niemand mehr verstand, dann sank sein Kopf auf die Brust und er schwieg.

Man setzte sich um ein Lagerfeuer, und ein undefinierbares, aber recht schmackhaftes Getränk, eine Art Kräutertee, wurde serviert. Theras kamen die Becher recht bekannt vor. Die hatte bei ihnen noch niemand vermisst.

Selene setzte sich unverschämt nahe zu Theras. Phönix warf ihr einen drohenden Blick zu. Vor all diesen wichtigen Leuten wagte er nichts zu sagen, doch so leicht würde er es ihr nicht machen, sich einfach einem Wildfremden in die Arme zu werfen.

Ausführlich erklärte Kadmos nun dem Alten, dass Theras selber von eben dem Kadmos abstamme, der sie hier auf Kalliste abgesetzt hatte, bevor er auf der Suche nach Europa nach Delphi weiterzog. Somit stehe er also über ihnen, sie seien ihm so oder so untertan, er sei ihr natürlicher König.

Eine grosse Last fiel von Membliaros; er strahlte, als er diese einfache Lösung hörte.

Von den Neuen hatten ihm seine Leute erzählt. Es seien durchwegs sportliche jugendliche kräftige Leute, die rasch gehen und klettern konnten und beim Kochen ungemein delikate Düfte hervorlockten.

Und nun hatte er einen von diesen strammen sportlichen Leuten in Fleisch und Blut vor sich, Theras, und wenn er ihn anschaute, wurde ihm gleich wohl ums Herz. Ein grosser gutgewachsener sich elegant bewegender Mann von Welt, der so viel wusste und kannte. Und trotz seines Alters sah er sogleich, es war eigentlich unübersehbar, dass Selene, seine Tochter – oder war es seine Enkelin oder seine Nichte? – sich besonders nahe an ihn schmiegte. Das konnte ja nur etwas bedeuten: die beiden liebten sich, und der starke Mann begehrte sie und würde sie schützen und behüten. Das war ein Traum, wie er ihn so wunderbar gar nicht hatte träumen können, mangels Erfahrung.

Stotternd, nach Worten ringend, nahm er das Angebot an, dass Theras ihn und seine gut dreissig Leute ganz selbstverständlich in seiner neuen Stadt – eine Stadt, was war das wohl? – aufnehmen wollte.

„Zuallererst wollen wir aber unserer Göttin danken, die alles so gütig gefügt hat," meldete sich nun Selene. Als erste Frau auf der Insel war ihr auch die Pflege der Göttin und des Kultes anvertraut. Zusammen mit Theras ging sie zurück zu dem Schrein aus Steinen, in dem die Statue einer phönizischen Göttin aufgestellt war, geschmückt mit Blumenkränzen. Theras hatte schon ihre Bekanntschaft gemacht.

„Das ist unsere Göttin, Astarte. Sie hat manchmal als Zeichen einen Stern, aber unsere Astarte hat auf dem Kopf etwas wie zwei Hörner, einen Viertelmond. Daher hat man mich mit dem Zeichen des Mondes getauft und mich Selene genannt."

Selene war nun in ihrem Element als Priesterin.

„Die Astarte haben unsere Vorfahren aus Phönizien mitgebracht, sie hat uns immer treu behütet."

Sie stutzte plötzlich.

„Sie ist hier zuhause. Ich glaube, sie sollte hier bleiben und nicht an einen neuen Ort umziehen, auch wenn wir andern alle wegziehen in eure Stadt."

Sie schaute Theras fragend an, und er nickte.

„Hier ist ihre Heimat. Wir werden hier ihre Stätte beibehalten und sie hier verehren, im alten phönizischen Lager. Denn sie würde sich bestimmt nicht wohl fühlen unter euren fremden Göttern."

Das leuchtete allen ein und wurde so gehandhabt.

„Dann können wir uns immer wieder hierher zurückziehen, wenn wir Sehnsucht nach etwas Heimatlichem, etwas Phönizischem, haben."

Da stürmte plötzlich der ungeliebte Phönix herbei und hielt zwei lange zugespitzte Holzstangen in seiner Hand. Er stellte sich vor Theras hin.

„So leicht kannst du Selene nicht haben, die gehört mir."

Selene duckte sich und schmiegte sich an Theras.

„Mir scheint, ich hätte einmal gehört, dass sich ein Streit zwischen zwei Männern um eine Dame nur in einem Zweikampf lösen lässt, also mit einem Duell. Bist du bereit?"

Theras war nicht gefasst auf eine solche Fortsetzung seines Abenteuers. Nun musste er rasch denken und handeln. Auf ein Duell mit diesem wilden Phönix mit den überkräftigen Muskeln an den Oberarmen und dazu diesen zwei ungewohnten Waffen hatte er nicht die geringste Lust. Anderseits fühlte er sich durchaus in guter Form und wohl trainiert. Er war wendiger als er wohl wirkte mit seinen über fünfzig Jahren.

„Du hast ganz recht. Doch in unserer etwas fortgeschritteneren Heimat werden solche Konflikte etwas differenzierter behandelt. Zuallererst darf die Dame bestimmen, welchen Mann sie sich wünscht, und Selene hat sich für mich entschieden."

Phönix' Augen funkelten zornig, er wollte sich schon auf Selene stürzen, doch Theras hielt ihn mit kräftiger Hand zurück.

„Dann folgt, wie es nichts als recht ist, die Entscheidung, der Kampf. Der von der Dame Auserwählte darf die Art des Kampfes bestimmen, die Waffe, die verwendet wird, also ich. Das ist nicht Sache des Abgewiesenen."

Es arbeitete fieberhaft in seinem Kopf, was er wohl weiter erfinden und vorschlagen sollte. Jetzt war eine List gefragt. Irgendetwas würde ihm schon noch einfallen, hoffte er, wenn er etwas Zeit gewinnen könnte.

Also weiter faseln.

„Bei uns in Sparta, einem sehr fortschrittlichen Land, sind verschiedene Waffen für solche Fälle zugelassen. Die Dinge allerdings, die du da in deiner Hand hältst, sind nicht bekannt, da sie wohl altmodisch sind."

Was könnte er vorschlagen? Ein Schwertkampf wäre unfair, so etwas kannte wohl sein Gegner nicht. Was kannte der überhaupt? Einen Schwimmwettbewerb, ein Rennen, ein Wettklettern, Weitsprung? In all diesen Sparten war Theras zwar recht tüchtig, aber es wäre durchaus möglich, ja sogar wahrscheinlich, dass Phönix ihm überlegen war. Ein Zweikampf drängte sich auf, ein Ringen, doch so gut sich Theras auch in dieser Sportart auskannte, er wusste nicht, was in diesem Phönix für Kräfte steckten. Das war alles zu unberechenbar, und er musste gewinnen.

Er wusste nicht weiter und schaute hilfesuchend auf das weite Meer hinaus.

Plötzlich kam ihm die rettende Idee.

„Allerdings kommen solche Entscheidungen mit Waffen bei uns eigentlich eher unter dem niedrigen Volk vor. In den herrschenden Schichten, denen wir ja beide angehören, regelt meistens ein Handel, irgend eine Abmachung, einen solchen Konflikt."

Nun nahm Theras eine möglichst königliche Haltung ein.

„Ich als König der ganzen Insel schlage dir folgenden Ausgleich vor: Ich biete dir in unserem neuen Staat die Stelle des Aussenministers an. Du wirst in einem Schiff in die Welt hinaus fahren und Kontakte knüpfen, sei es bei mir zuhause in Sparta, sei es bei euch zuhause in Phönizien, oder sonst irgendwo in der Welt, du bist völlig frei zu entscheiden."

Phönix war sprachlos. Das war ein umwerfendes Angebot. Er war plötzlich ein kleines Kind, dem man eine Süssigkeit versprochen hatte. Er fand keine Worte.

Endlich stotterte er: „Ist das dein Ernst? Ich … ich …auf einem Schiff wegfahren, irgendwohin in die Welt hinaus?"

Theras nickte feierlich. „Weg von hier an Orte, die noch schöner sind und die alle auf dich warten."

Schon hüpfte Phönix mit einem Jauchzer den Hang hinunter.

Bald zog sich Theras höflich zurück, um zu den Seinen zurückzukehren und endlich zu schauen, was für Schäden die Piraten angerichtet hatten.

Nikos wälzte sich in seinem Bett hin und her; er war fuchsteufelswild. Die 20'000, die der Russe genannt hatte, tauchten immer wieder in seinem Halbschlaf auf, einmal in einzelnen Euroscheinen, ein ganzer Koffer voll, dann wieder in Tausenderscheinen, die der Russe wie einen Satz Spielkarten lässig in seinen Händen ausgespreizt hielt. Und hinter allem ein elegantes, schlankes, gediegenes Occasionsauto, mit Lederpolster und leicht getönten Scheiben.

Er verdrängte den Gedanken erfolgreich, dass es auch seine Schuld war, wenn auch nur ein kleines bisschen. Angefangen mit Schlagen und Kämpfen hatte eindeutig Didier, Nikos hatte sich ja nur gewehrt.

Aber warum hatte er das leidige Thema über den rechtmässigen Besitzer der Statue ausgerechnet auf einem wackeligen Schiffchen gestartet? Und das erst noch an der heikelsten Stelle mit dem Riff? Warum war er so nahe ans Riff herangefahren, und das noch im Dunkeln? Er kannte doch die Tücken der Stelle besser als jeder andere. Da hatte ihn wieder einmal der Teufel geritten, möglichst nahe daran vorbeizufahren. Er hätte sich ohrfeigen können vor Ärger.

Am nächsten Abend, als Nikos kurz vor dem Essen mürrisch am Tisch sass und vor sich hinbrütete, klopfte es an die Türe. Didier stand draussen.

Am liebsten hätte ihn Nikos mit einem gezielten Schlag die Treppe hinunter befördert. Doch er erinnerte sich gerade noch rechtzeitig, dass Didier ja ein ausgezeichneter Nahkämpfer war, und dass es vielleicht doch von Vorteil sein könnte, ihn zuerst einmal anzuhören. Denn Geld war bei ihm ja kein Problem.

Mit einem unbestimmten Knurren wies er ihm den Weg in die Stube. Ariadni erhob sich rasch, murmelte etwas von Küche und verschwand.

Didier versuchte ein Lächeln:

„Hoffentlich bist du mir nicht böse, dass ich mit der Schlägerei begonnen habe," fing er an. Es klang, wie wenn er seine Worte sorgfältig auswendig gelernt hätte. „Es tut mir ja so leid, aber du siehst, meine Ausbildung in Karate hat mir wieder einmal einen Streich gespielt. Es juckt mich immer gewaltig dreinzuschlagen, wenn etwas nicht recht läuft."

Nikos blieb stumm.

„Aber ich bin ja am meisten selbst bestraft, dass das passiert ist. Nun kann ich meinem Professor nicht ein Paradestück der alten Phönizier vorführen."

Nikos sagte immer noch kein Wort. Er stand mit verstockter Miene da und schaute auf den Boden.

„Ich fände es jammerschade, wenn unsere Freundschaft und unsere gemeinsame Arbeit ein so plötzliches Ende finden würde. Ich glaube, es wäre für beide ein Verlust."

Nikos schwieg immer noch mit trotziger Miene. Didier zögerte und wagte kaum weiterzureden.

„Es tut mir ja so furchtbar leid, dass ich dich geschlagen habe. Es soll bestimmt nie nie mehr vorkommen."

Didier schien völlig vergessen zu haben, aus welchem Grund das Unglück geschehen war, nämlich dass auch Nikos die Statue für sich beanspruchte. Er hatte diese Forderung wohl als total irre Idee gar nicht ernst genommen und gleich beiseite gewischt.

„Ich gebe ja zu, dass es allein meine Schuld war. Aber ich habe ja auch den Schaden allein zu tragen," fügte er lächelnd hinzu.

Es schien ihm sehr daran zu liegen, die Freundschaft mit Nikos aufrechtzuerhalten. Er packte einen Ordner aus seinem Rucksäckchen und übergab Nikos eine vollständige Sammlung aller seiner Aufnahmen. Irgendetwas in Nikos machte klick, er öffnete seinen Mund und bedankte sich sogar knapp für die schönen Bilder.

Ariadni trat wieder ein mit einem Tablett, auf welchem sie Gläschen, eine Flasche Ouzo und einen Krug Wasser gestellt hatte, dazu noch Nüsschen und Oliven. Mit dieser versöhnenden Geste schmolz bei Nikos das Eis ein wenig, und er schaute die Bilder einzeln durch. Irgendwie fühlte er, dass in diesen Bildern eine Lösung seines Problems lag, dass die Bilder ihn auf einen neuen Weg bringen würden. Doch konnte er den Gedanken nicht genau fassen.

Didier schlug vor, die Sucherei noch nicht aufzugeben, und da Nikos ja so hilfreich und nützlich war, würde er ihm gern von jetzt an 20 Euro pro Stunde zahlen.

Nikos versuchte, nicht allzu begeistert dreinzuschauen und nickte so mürrisch wie bis anhin, auch wenn es in seinem Innern schon bedeutend heller aussah.

Sie beschlossen, ihre Sucherei gleich am nächsten Tag wieder aufzunehmen; immerhin hatten sie schon eine recht ansehnliche Sammlung von Scherben und kleinen Dingen. Didier würde also auf keinen Fall mit leeren Händen nach Beirut zurückkehren.

Dann schüttelten sie sich freundschaftlich die Hand, und Didier ging in sein Logis zurück.

Nikos war immer noch stocksauer. Wie sollte er weiterfahren? Ein Riesengeschäft war ihm ins Wasser gefallen, buchstäblich. Allerdings musste er zugeben, dass der grosse Handel ja noch nicht vor dem Abschluss gestanden hatte. Er wusste ebenso gut wie Didier, dass nur der Leiter Anspruch auf den Fund hatte. Es hätte noch einiges gebraucht an Überredungskunst oder vielleicht an List, bis Nikos die begehrte Figur erhalten hätte. Ganz so nahe war er noch nicht an seinem Ziel gewesen.

Die Familie sass während dem Abendessen stumm um den Tisch, jeder hing seinen Gedanken nach.

Nikos brütete über den farbigen Bildern. Die wundervolle Göttin war ein für alle Mal weg, verschwunden, versunken, da liess sich nichts machen. Und da sass ein fetter Russe mit einer prall gefüllten Geldtasche und wartete auf ein Stück Antike. Das durfte einfach nicht das Ende sein. Irgendwo im Hinterkopf rumorte es gewaltig. Wieder schaute er die Bilder an, immer wieder fing er von vorne an. Da musste die Lösung liegen. Was hätte Odysseus an seiner Stelle unternommen?

Ariadni war damit beschäftigt, einen Flicken auf die Werktags-Jeans ihres Nikos zu nähen. Was in aller Welt plagte denn ihren Nikos, dass er wortlos immer wieder auf die Bilder starrte? Sie hatte sie auch anschauen dürfen, fand sie jedoch nicht besonders inspirierend.

Der kleine Michalis bettelte erfolgreich darum, noch eine Viertelstunde lang nicht ins Bett geschickt zu werden. Er genoss einen ruhigen Abend mit seinen beiden Eltern. Er öffnete die Schatulle, in welcher er seine Spielwaren aufbewahrte, und entschied sich für die Schachtel mit der Knetmasse, die ihm Didier als Geschenk gebracht hatte. Aus diesen weichen, farbigen Würmern liessen sich lustige Figuren kneten.

Seine kleinen Fingerchen arbeiteten eifrig mit der willigen Masse, und schon war eine Göttin entstanden, die der verlorenen Astarte ähnlich sah.

„Die, die mich in der Höhle angestarrt hat, hat so ausgesehen," erklärte er stolz und zeigte sein Kunstwerk seinem Vater.

Nikos starrte die Figur an, dann schoss er auf, der Stuhl fiel nach hinten und krachte auf den Boden.

„Ich hab's!"

Er umarmte Ariadni so stürmisch, dass auch sie beinahe vom Stuhl gefallen wäre. Sie konnte sich noch knapp an der Tischkante halten.

„Was ist denn so Tolles in dich gefahren? Sag, was los ist, bevor du mich erdrückst!"

„Zuerst bringe ich unsern Goldschatz ins Bett, dann erzähle ich es dir," keuchte Nikos.

Er half dem Kleinen, die Schachtel wieder zu versorgen. Das neueste Kunstwerk, die Astarte, erhielt einen Ehrenplatz auf der Kommode.

„Weisst du, eben ist mir in den Sinn gekommen, wie ich doch noch eine Astarte für den Russen hinbringe: wir lassen sie nachmachen! Jetzt wo wir all die Bilder haben, aus allen Richtungen und Winkeln, mit allen Massen und Angaben, dürfte es doch ein Kinderspiel sein. Wir lassen eine Kopie anfertigen von Kleander, dem Töpfer ganz hinten in Megalochori. In seiner Bude stellt er doch die perfektesten Kopien her, und ich glaube, er macht ganz gute Geschäfte."

Tatsächlich, in den Souvenirläden, die sich vor allem in Fira und Oia häuften, fand man zwar jede Menge scheusslicher, billiger – oder gar nicht so billiger – Nachahmungen von griechischen Vasen und Statuen, die ihren Vorbildern aus dem Archäologischen Museum nur von ferne ähnelten; doch in einer Ecke der grösseren Läden hatte es jeweils eine spezielle verschlossene Vitrine mit ganz anders gearteten Stücken: Einzelanfertigungen für Kenner, genaue Imitate von besonderen Kunstwerken, Stücke, die ihren Originalen in nichts nachstanden und die daher auch ihren Preis hatten.

Warum sollte ihm Kleander nicht auch eine phönizische Statue nachmachen können, wenn er ihm solch klare eindeutige Bilder als Modell vorlegen konnte samt einer Liste mit allen Grössen- und Gewichtsangaben? Der Russe würde nichts merken und den stolzen Preis bezahlen.

Am nächsten Morgen sprang Nikos schon um 7 Uhr aus dem Bett. Die Caldera lag noch im Schatten und spendete ihre feuchten Schwaden. Doch heute hatte Nikos keine Zeit, der Landschaft und dem Wetter seine Aufmerksamkeit zu schenken; er zog sich rasch an, ass ein hastiges Frühstück, und schon vor acht Uhr stand er in der Gasse, in welcher Kleander seine Werkstatt hatte. Er wartete und wartete und rauchte ungeduldig eine Zigarette nach der andern.

Endlich schlurfte Kleander daher. Es war schon gegen neun.

Kleander öffnete die Türe zu seiner Werkstatt und genehmigte als erstes einen kräftigen Schluck Ouzo, um auf Touren zu kommen. Auf dem Hinweg hatte er sich mit dem Gedanken beschäftigt, was er wohl heute am besten anpacken würde. Was war im Moment besonders gefragt, besonders häufig gekauft von Amerikanern und Japanern? Vielleicht doch wieder der Diskuswerfer, oder vielleicht der Apoll aus Delphi? Auch der speertragende Poseidon war nicht schlecht, doch er war etwas heikel zu transportieren wegen des langen dünnen Speeres.

Da stürmte Nikos auf ihn zu, kaum hatte er die Türe zu seinem Atelier geöffnet.

„Gemach, gemach, nicht so stürmisch, da stehen heikle Dinge herum, die dürfen nicht herunterfallen."

In weniger als einer Viertelstunde war der Handel perfekt. Kleander war dankbar, einen Auftrag zu erhalten mit klaren Vorgaben und exakten Bildern. Ein geeigneter schwarzer Stein fand sich im reichhaltigen Lager im Hof hinter dem Haus. Eine solche Aufgabe war für ihn Anfängerstoff. Da er im Augenblick wenig zu tun hatte, rechnete er damit, in fünf bis sieben Tagen fertig zu sein. Nikos fiel ein Stein vom Herzen.

Er ging zurück und machte sich in der Küche zu schaffen. Dann kredenzte er Ariadni und sich selber ein zweites, sehr reichhaltiges Frühstück im Garten draussen. An diesem frühen Sommermorgen war die Luft geradezu ideal, leicht feucht und kühl. Ariadni konnte nur wieder staunen, was für einen Charme ihr Gemahl hervorkehren konnte, wenn seine Geschäfte wieder einmal, ausnahmsweise, gut liefen.

Nikos liess sich Didier gegenüber nichts anmerken, er fuhr weiter, mit ihm in der Höhlengegend herumzustochern und Löcher zu erforschen, und sie wurden noch dreimal überrascht durch kleinere Funde an beinahe unzugänglichen Stellen.

Didier war fest entschlossen, sich nicht zu ärgern. Er redete sich immer wieder ein, dass es die Astarte selber gewesen war, die nicht weggehen wollte von ihrem angestammten Ort, dass es ihr Recht war, hier zu bleiben, dass es eine Blasphemie gewesen wäre, sie ans Tageslicht und bis Beirut zu schleppen. Sie hatte sich auf ihre Weise gewehrt. Das tröstete ihn.

Die Imitationsastarte machte gute Fortschritte. Nikos besuchte die Werkstatt des Kleander jeden Abend, um die Entstehung des Werkes zu verfolgen.

Den Russen bat er um noch etwas Geduld. Er würde ihm ein besonderes Stück liefern, das noch in der Reinigungsphase sei. Er wolle es in vier Tagen bringen, wenn das dem Herrn passe.

Er zeigte ihm ein Bild, und der Russe war echt beeindruckt. Sie feilschten kräftig hin und her und einigten sich schliesslich auf 20'000 Euro, zu begleichen bei der Übergabe.

Nikos zog seine besten Jeans und ein nagelneues T-Shirt an, als er zur verabredeten Zeit zu Kleander ging, um das Werk abzuholen.

Da stand die Astarte fertig und wunderschön auf dem Tisch, und Nikos konnte kaum atmen vor Bewunderung, wie vollkommen es dem Bildhauer gelungen war, die Göttin nachzugestalten. Auch die kleineren Schäden und Altersflecken hatte Kleander getreulich nachgeahmt. Er war wirklich ein Meister in seinem Fach.

Kleander gab ihm noch ein Schriftstück mit, in welchem er klar festhielt, dass es sich bei diesem Stück um eine moderne Herstellung handelte, nach Fotografien von einem echten Stück, und dass auch die Spuren des Alters naturgetreu wiedergegeben worden waren. Signiert und datiert, Kleander, Töpferwerkstätte in Megalochori auf Santorin. Käufer verlangten gewöhnlich ein solches Zertifikat, damit sie Kunstwerke, ob echt oder Imitat, anstandslos durch den Zoll hindurch ins Ausland bringen konnten.

Der Russe schmunzelte. Er war Nikos dankbar, dass er dieses Papier auch noch besorgt hatte, denn falls er doch noch Schwierigkeiten bekäme bei der Ausfuhr einer echten Antiquität, liessen sich mit diesem Fetzen alle Probleme vom Tisch wischen.

Am Freitagabend flog der Russe in den Nahen Osten mit seiner Beute, nachdem er Nikos für die Statue einen Scheck über den vereinbarten Preis von 20'000 Euro überreicht hatte.

Im Lager herrschte Aufräumstimmung. Das Piratenschiff war vollständig zertrümmert worden – einer der Götter hatte sich ihrer erbarmt und einen Stein vom Berg herunter rollen lassen, genau auf das Schiff. Wenn man nur wüsste, welcher der Götter, würde man ihm gern ein Dankopfer darbringen. Einige der Piraten waren ertrunken, mit den restlichen, die sich bis ans Ufer kämpften, hatten die Spartaner kurzen Prozess gemacht. Sie selber hatten im ganzen nur drei Leute verloren im Kampf.

Die Amykleia, die gleich neben dem Piratenschiff stand, war geentert und angezündet worden, war halb gesunken und in einem hoffnungslosen Zustand. Einige Ruderer waren daran, durch Tauchen noch etwas von den Gütern zu retten, die im Schiffsbauch lagen, etwa verschlossene Fässer mit Olivenöl oder Wein.

Da trat Theras herzu, mit Selene an der Hand.

Seinen Leute blieb der Mund offen. Woher kam dieses erstaunliche Wesen, schöner, herrlicher als alle zwölf spartanischen Frauen zusammengenommen? Wo hatte er dieses Wunder gefunden? War es vom Himmel gefallen?

Theras hatte diesmal keine Mühe, alle seine Leute zusammenzutrommeln. Die Botschaft, dass es einiges an Neuem zu hören und zu bewundern gab, lockte alle in Windeseile herbei, so nah wie möglich, um einen guten Blick zu erhaschen und um die aufregenden Neuigkeiten zu vernehmen.

Theras stellte sich auf einen Stein, mit Selene eng an seiner Seite, damit alle die beiden sehen konnten.

Dann richtete er seine Worte an alle.

„Trotz sorgfältigem Suchen und Erkunden haben wir nicht gemerkt, dass wir nicht die einzigen Bewohner auf dieser Insel sind. Eine uralte Gruppe von Phöniziern, damals von Kadmos, meinem Ahnen, hier abgesetzt, lebt ebenfalls hier, allerdings recht unauffällig und bescheiden, und hat uns die ganze Zeit über beobachtet. Die Leute haben sich auch äusserst geschickt bedient, wenn sie etwas nötig hatten. Keine schlechte Eigenschaft, wenn man sich so unsichtbar machen kann."

Theras schwieg, und die Zuhörer raunten einander zu:

„Hab ich mir's doch gedacht – was habe ich dir gestern gesagt – da war jemand anderer am Werk …"

Theras schaute in die Runde und wartete, bis sich das erregte Gemurmel gelegt hatte.

Da fragte einer der Minyer: „Also sind wir doch nicht Alleinherrscher und müssen uns einem bestehenden Volk unterordnen?"

„Nur nicht so voreilig!" beschwichtigte ihn Theras. „Die Siedler hier sind völlig damit einverstanden, nicht über uns zu herrschen, sondern sich uns unter- oder besser nebenzuordnen und uns zu helfen mit der neuen Stadt."

Neue Stadt? – das liess alle aufhorchen.

„Wir bauen eine richtige Stadt? Hier auf diesen Steinen? Oder gar auf dem Sand? Am besten vielleicht in der Felswand mit den vielen Höhlen?"

Wieder wartete Theras ab, bis sich der Lärm gelegt hatte.

„Wir wollen gemeinsam die beste Stelle auswählen." Er selber wusste allerdings schon genau, welche das sein würde, aber wieder ein Mitspracherecht zu geben, wenn auch nur ein scheinbares, das machte Eindruck.

„Ihr habt jetzt ja einige Tage Zeit und Musse gehabt, die Insel zu erforschen. Kann jemand einen Vorschlag machen, wo wir die Stadt bauen sollen?"

Betretenes Schweigen. Die meisten hatten sich immer nur in der Nähe der Schiffe aufgehalten. Einige wenige waren bis hinauf an den Rand der Caldera gewandert und hatten den andern vom herrlichen Blick in den stillen runden See mit den farbigen Wänden vorgeschwärmt. Manche bereuten es nun, dass sie die üppige Freizeit nicht besser genutzt hatten.

Battys stand unbeweglich da, sein Blick war starr auf den Boden gerichtet. Er gab keinen Laut von sich, was eher ungewohnt war.

Otanas war als einziger etwas weiter herumgekommen. Er wandte sich an alle:

„Mir scheint nach dem Zwischenfall mit den Piraten, dass es nur eine Lösung gibt: Weg vom Strand, in eine sichere Lage, wo wir das ganze Meer immer im Blick haben."

„Wo? Was? Wie weit?" schwirrten die Fragen durcheinander.

Theras raffte sich auf, streckte sich in die Höhe und war endlich der Führer, dem nicht widersprochen werden konnte.

„Otanas hat recht. Wir bauen eine Stadt dort oben auf dem Felsen," er holte weit aus und deutete mit seinem rechten Arm in Richtung Mesavouno, „dort oben auf dem herrlichen Plateau, auf festem Fels und nahe beim Himmel werden wir uns niederlassen."

Ohne eine Diskussion abzuwarten, hiess er alle, sich am nächsten Morgen am Fuss des Felsens einzufinden, stieg mit Selene vom Stein herunter und zog sie mit sich den Abhang hinauf.

Die Männer und Frauen strebten auseinander, einige sinnierend, andere leise diskutierend, was da wohl alles auf sie zukäme. Sie legten sich noch lange nicht zur Ruhe, um die verschiedenen Lagerfeuer herum wurde eifrig diskutiert und gerätselt. Erst spät trat Ruhe ein.

In der Nacht hörten sie Flüstern, verhaltene Rufe, leise Befehle, Widerreden – waren wohl andere noch im Dunkeln unterwegs? Oder waren irgendwelche Diebe besonders dreist? Dann war es wieder still, nur die Wellen plätscherten etwas kräftiger ans Ufer als vorher.

An diesem Abend stieg Theras mit seiner Selene wieder hinauf auf den Mesavouno.

Ja, er hatte richtig entschieden. Hier oben liess sich wunderbar wohnen, hier würden sie ihre neue Heimat aufbauen. Hier hoch über dem Meer, auf solidem Felsen, unter dem weiten Himmel wollte er auch nochmals die Nacht verbringen.

Sehr früh am nächsten Morgen, als er aufwachte und auf das Lager und den Hafen hinunterblickte, lag nur noch ein Schiffe dort, die Lakedaimona. Er suchte mit scharfen Augen das ganze Meer ab, das sich auf drei Seiten weit ausdehnte – tatsächlich, dort weit draussen im Süden segelte ein grosses Schiff gegen Westen, das genau so aussah wie seine Taygeta.

Theras' erster Gedanke war: Otanas hat die Flucht ergriffen, er hat mich verraten.

Doch dann schüttelte sich Theras. Nein, das wäre nicht die Art von Otanas, sich davonzuschleichen. Er hatte sich immer als höchst korrekt und höflich erwiesen. Also hatte Battys sich aus dem Staub gemacht!

Wieder zurück in der Bucht unten fand er die Leute in Aufregung. Zehn der dreissig Ruderer der Taygeta standen noch am Ufer, die andern waren teils freiwillig, teils gezwungen, zurückgefahren.

Otanas stand neben Theras und schaute ihn ernst an.

„Battys hat sich davongemacht. Auch Mikrulis ist verschwunden. Doch ich werde dich nie verlassen, du bist ein unübertrefflicher Führer, bei dir zu bleiben ist ein Vorrecht, eine grosse Ehre."

Theras war gerührt und drückte ihm stumm die Hand. Das Lob des Otanas empfand er als übertrieben, denn eigentlich war Theras bis jetzt wenig Führer und Vorbild gewesen, fand er selber. Aber er würde jetzt alles besser machen, da war er sich sicher.

Doch Otanas war noch nicht fertig:

„Du weisst wohl nicht, dass Coalix mich überredet, eigentlich gezwungen hat, mit dir auszuziehen. Er fand, es wäre heilsam für das Unternehmen, wenn jemand von Zeit zu Zeit Probleme schaffen würde. Dazu hat er mich ausersehen."

Also doch Coalix, wie Theras im Stillen vermutet hatte. Er würde dem Apoll ein besonderes Dankopfer bringen, dass Otanas selbständig entschieden hatte, ihm, Theras, treu zu sein.

Und Battys hatte er als harmlosen Schwätzer abgetan. Der schien trotz allem einen eisernen Willen zu haben, wenigstens wenn es ihm passte und ihm nützte.

Theras riss sich zusammen – jetzt sich nicht ärgern über Battys, über einen miesen Verräter. Hoffentlich würde ihm ein kläglicher Empfang geboten in Sparta! Wohl möglich, dass es eher ein Segen war, Battys und einige andere Feiglinge los zu sein. Jetzt waren ja andere starke Männer zu ihnen gestossen, vor allem Kadmos.

Denn nun stand die nächste grosse Aufgabe vor ihnen: sich niederlassen, eine Stadt gründen.

Theras fand bald alle am Fuss des Felsens versammelt.

Sollte er ihnen nun nochmals alles erklären und schmackhaft machen? Was für Worte waren da wohl angemessen? Irgendetwas Heroisches, Pompöses?

Nein, diesmal nicht! Er war so überwältigt von der Idee der Stadtgründung oben auf dem grünen Plateau, dass er nicht weiter nach Worten suchte, sondern impulsiv ausrief:

„Auf zur neuen Stadt!"

Das klang so überzeugend, dass es niemandem in den Sinn kam, etwas einzuwenden.

Theras wandte sich um, und mit grossen Schritten stieg er den Abhang hinauf. Selene marschierte ebenso stramm an seiner Seite. Der Weg wurde von den ersten Sonnenstrahlen beleuchtet, war aber noch frisch und kühl.

Die ganze Hundertschaft der Spartaner folgte den beiden. Alle kannten den Weg bis zur Quelle, doch nur wenige waren schon weiter hinaufgestiegen.

Munter und forsch schritt Theras voran und liess sich nicht anmerken, dass er etwas ausser Atem kam.

Die Jüngeren versuchten, es Theras im Aufstiegstempo gleich zu tun; die Älteren, deren Atem kürzer war, stiegen langsamer aufwärts. Der Zug kam aber stetig vorwärts, und bald waren die ersten auf dem Sattel. Nun ging es aber nicht wieder auf die andere Seite hinunter zum nächsten Strand, nein, der Führer Theras schritt kräftigen Schrittes gegen Osten, auf den Bergrücken zu.

Schliesslich war auch der letzte atemlos oben angekommen.

Und jeder einzelne – ob er leicht gestiegen war oder noch nach Luft rang, spielte überhaupt keine Rolle mehr – jeder einzelne war überwältigt von dem grossartigen Blick, der sich von diesem Hügel aus bot und von der völlig sicheren Lage gegen Piraten und andere Eindringlinge.

Kein Zweifel, kein Wenn und Aber, keine Widerrede, jedem war klar, dass man hier bauen und leben wollte.

Nun, wie weiterfahren? fragte sich Theras, als sich der erste Eindruck gesetzt hatte. Er suchte nach passenden edlen Worten. Da trat Radamas aus seiner Hütte heraus, stellte sich vor die Spartaner und rief laut:

„Willkommen in der neuen Stadt! Willkommen in Theras' Stadt!"

Vor seiner unterdessen recht eindrücklich erweiterten Hütte stand er im vollen Morgenlicht und hielt einen Becher Wein in die Luft.

„Das erste Haus ist schon gebaut. Noch heute bauen wir weiter!"

Dann nahm er einen grossen Schluck aus seinem Weinpokal und rief:

„Auf unsern Gründervater Theras! Zum Wohl auf die neue Stadt Thera!"

Es klang so fröhlich und einladend, dass alle lachend einstimmten und ihm entgegenriefen: „Auf Theras! Hurra! Auf die Stadt Thera!"

Theras wurde verlegen vor so viel Ehrbezeugung. Er war Radamas wahrhaftig dankbar, dass er ihm auf einfache Weise das Wort aus dem Mund genommen hatte und die Stadtgründung gleich als Tat festhielt.

Voller Freude kehrten sie zum Strand und ihren Lagern zurück. Der Entschluss wurde nicht mehr diskutiert, er stand fest. Noch am gleichen Morgen ging es los; mit Schaufeln und Hacken, mit Brettern und Stangen bewaffnet zogen sie wieder hinauf auf den Hügel, ihren Hügel.

Und so entstand die spartanische Stadt auf dem Mesavouno, von wo sie Jahrhunderte lang weit über das Meer hinaus leuchtete.

17 Santorin 2014

Am Samstagmorgen flog auch Didier zurück nach Beirut mit seinen Funden, nachdem er am Abend vorher Nikos noch ein grosszügiges Geschenk für seine Helferdienste gemacht hatte. Nikos fuhr ihn in seinem alten Taxi zum Flughafen und bedankte sich nochmal für die nette Zusammenarbeit. Beide beteuerten, von sich hören zu lassen und sich nicht aus den Augen zu verlieren.

Didier hatte den Verlust der Astarte einigermassen verschmerzt, denn sie selber war es gewesen, die nicht zurück nach Phönizien wollte. Das hatte er sich tapfer eingeredet, bis er es auch glaubte. Immerhin hatte er eine beträchtliche Sammlung kleiner Gegenstände, die als phönizisch gelten konnten, in seinem Gepäck.

Nikos fiel es schwer den Mund zu halten und Didier nichts von seinem Glück zu erzählen. Wie froh war er, dass er sich nicht hatte mit Didier überwerfen müssen. Es war doch besser, ihn noch als guten Freund zu behalten, und seine Meinung von griechischer Gastfreundschaft war nicht getrübt worden. Der Check des Russen war tief unten in Nikos' Tasche. Am Montagmorgen früh würde er ihn als erstes einlösen gehen und gleich in der nächsten halben Stunde die neu-alte Octavia übernehmen. Und vorher noch würde er seinem Sohn in Athen eine grosszügige Geldsendung zukommen lassen.

Der Bankier würde staunen, dass ein armer Schlucker diesmal nicht um ein Darlehen bettelte, um sein kaputtes Auto wieder auf Vordermann zu bringen, sondern dass er ohne mit einer Wimper zu zucken 20'000 Euro abheben würde, einfach so.

Nikos erzählte nicht einmal Ariadni von seinem Glück; er würde sie überraschen. Gut, zuerst musste er Kleander bezahlen, der forderte immerhin seine 400 Euro für die Arbeit und das Material, aber das war ja nun für Nikos eine Bagatelle.

Und dann, dann käme seine grosse Zeit, sein erträumtes Leben in gehobener Manier.

Endlich könnte er seiner wahren Berufung folgen und sein Geschäft beginnen: „Individualtouren für besonders Interessierte" oder lieber „besonders Kultivierte"? – nein, das klang zu hochnäsig, und auch weniger Kultivierte waren ja willkommen.

Frohgelaunt ging er am Sonntag in die Kirche, dankte der Panagjia und dem Heiligen Phanourios, dem grossen Helfer beim Finden, für das Glück, warf ein grosszügiges Almosen in den Opferstock und ging dann ins Museum.

Dimitrios war gerade daran, einem interessierten Deutschen einige der besten Stücke aus Alt Thera zu zeigen. Nikos schloss sich der Führung an und erfuhr, dass der Deutsche Hiller hiess und die Taten seines berühmten Vorfahren Hiller von Gärtringen besichtigen wollte. Er war beeindruckt von der Leistung seines Vorfahren, und als er erst erfuhr, dass der alles auf eigene Rechnung ausgegraben hatte, kam er sich selber als der grosszügige Gönner vor.

Nikos sah sich ebenfalls als grosser Gönner der Archäologie. Er würde eine eigene Abteilung „Phönizische Überreste" stiften und gleich mit den Funden dotieren, die er noch im Sinne hatte zu machen. Er fühlte sich mittlerweile als echter Kenner des Phönizischen, und Herodot hatte es ihm angetan. Der sprach Klartext und wusste auch genau mit Zahlen zu belegen, was er behauptete, mit „acht Generationen". Die Höhlen in Mesa Pigadia hatten bestimmt noch einiges herzugeben. Mit Didier hatte er nicht einen Drittel des Gebietes untersucht und dennoch beachtliche Funde zutage gefördert.

Als der Deutsche gegangen war, blieb Nikos noch etwas sitzen bei Dimitrios, sie tranken zusammen einen Ouzo, und Nikos plauderte so unterhaltsam und aufgeräumt, dass Dimitrios ihn fragte, ob es die Idee der phönizischen Abteilung im Museum war, die ihn so beschwingt erscheinen liess.

„An dir ist wahrhaftig ein Archäologe verloren gegangen."

Den Sonntagabend verbrachte er mit Ariadni, dem Schwager Antonios und der Schwägerin Melpomene. Er lud alle ein zu einem Abendessen mit viel Wein und allen möglichen griechischen Gerichten.

„Hat dein Student dich bezahlt für deine Hilfe?"

„So ist es. Er ist gestern zurück nach Beirut geflogen, und ich habe ihm geholfen alle seine kleinen Funde – Münzen, Scherben, Messerklingen, Schmuckstücke – bestens zu verstecken und zu kaschieren. In seinen Wochen auf Santorin hat er sich vom geschniegelten reichen Studenten eher in einen Tramper verwandelt, ihr wisst, wilde Haare, Bart, abgeschabte Kleider, alles vom Suchen und Forschen. Der wird problemlos durch den Zoll kommen. Hoffentlich gelingt es ihm, seinen Professor zu überzeugen. Jedenfalls geniessen wir jetzt etwas vom Lohn, den er mir bezahlt und grosszügig aufgerundet hat."

Am Montagmorgen führte ihn sein erster Gang auf die Bank. Die würden Augen machen, wenn sie seinen Check sähen. Er, ein kleiner Taxifahrer, plötzlich reich, überreich. Glücklicherweise kannte er die Leute auf der Bank gut, sie waren seine Freunde. Sie würden ihn nicht ausfragen und an den Fiskus verraten. Wie sollte er auch eine solch grosse Einnahme plausibel erklären? Ausser eben mit nicht ganz lupenreinem Antiquitätenhandel?

Er ging an den Schalter, an welchem sein Schulfreund Apostolos Dienst hatte und reichte ihm möglichst lässig seinen Check.

Apostolos schaute ihn gross an. „So, hast Du geerbt? Gratuliere!"

Dann verschwand er im Hintergrund mit dem kostbaren Dokument in der Hand.

Nikos wartete lange Minuten.

Dann kam Apostolos zurück und mit ihm der Bankdirektor, ein jüngerer Athener, der sich aber auf Santorin schon recht gut eingelebt hatte und die Leute hier verstand.

„Tut mir leid, Herr Nikos, aber der Check ist gefälscht."

Nikos war, als habe sich ein Schacht unter ihm geöffnet und er sause in die Tiefe.

Er schloss die Augen. Nach einer langen Minute sagte er tonlos: „Ich habe nicht richtig gehört. Was haben Sie eben gesagt?"

„Der Check ist nichts wert. Eine solche Bank und ein solcher Name existieren überhaupt nicht. Da hat sie jemand schön hereingelegt. Können sie den Aussteller noch finden?"

„Unmöglich. Es ist ein Russe, ich weiss nicht einmal, ob er wirklich Sergei heisst. Er war nur kurz auf Santorin und ist gleich wieder abgereist."

„Da kann ich nichts machen, tut mir sehr leid. Vielleicht können sie die Polizei dahinter setzen, die könnte im Hotel herausfinden, wer er wirklich ist und wo er wohnt."

Das hatte gerade noch gefehlt – die Polizei! Da würde seine Fälschung und sein Betrug an den Tag kommen.

Nikos schlich durch Fira, ohne genau zu wissen, wohin er gehen wollte. Seine Brust war zusammengefallen, sein Blick auf den Boden geheftet, und er zog seine Füsse hinter sich her, als ob er achtzig Jahre alt wäre. Eine Decke war auf ihn herabgestürzt, wie wenn ein Vulkan Asche und Lava über ihn gegossen hätte und er nun das ganze Gewicht auf seinen Schultern schleppen müsste.

Er war zu gutgläubig gewesen und dazu zu selbstsicher. Ihm war eine grosse Lehre verpasst worden. Die kostete ihn 400 Euro, denn die schuldete er dem Kleander. Das war der Preis, den er für seine Leichtgläubigkeit, oder eher für seine Dummheit, zahlen musste.

Er landete wieder im alten Museum und setzte sich stumm auf den Stuhl neben der Kasse. Hier war es wenigstens angenehm kühl, es roch nach frischem Putzmittel, die Böden glänzten.

„So, träumst du schon wieder von deinen Phöniziern? Möchtest du immer noch eine neue Abteilung eröffnen?"

Nikos schwieg und schaute Dimitrios verständnislos an. In seinem gegenwärtigen Zustand war das Wort „Phönizier" für ihn eine glühende Nadel, die man in seine Backe steckte.

Doch waren denn die Phönizier schuld? Hatte er nicht eine einzigartige Freundschaft mit ihnen geschlossen, viel gelernt von Didier, sich eingelebt in diese so ganz andere Welt? Didier hatte ihn gut bezahlt für seine Arbeit. Dass die Astarte auf dem Calderagrund lag, hatte er ihm überhaupt nicht angekreidet, er hatte die ganze Schuld auf sich genommen. Niemand war Nikos etwas schuldig.

Er riss sich zusammen.

„Ja, die Phönizier – und überhaupt unsere Insel. Du hast es gut, du bist ständig nahe bei all diesen wunderbaren Dingen …", stotterte er unzusammenhängend, um nur etwas zu sagen.

Dimitrios klopfte ihm aufmunternd auf die Schultern.

„Nikos, du hast es erfasst. Du scheinst mir der geborene Museumskustos zu sein."

Er zögerte erst, doch dann fuhr er fort:

„Ich fühle mich langsam ziemlich alt und ausgelaugt, ich möchte mein Amt einem jüngeren übergeben."

Wieder hielt er inne, wieder schaute er Nikos väterlich an.

„Da habe ich an dich gedacht. Würde es dir Spass machen, meinen Posten zu übernehmen? Da das Museum nicht mehr so lange Öffnungszeiten hat, ist es ja nur eine halbe Stelle. Das würde sich fein verbinden lassen mit deinem Taxifahren."

Beide schwiegen. Nikos musste sich erst fassen, was er da Wunderbares gehört hatte. Das Leben ging weiter, schon war der nächste Schritt vor ihm.

„Und die Obrigkeit ist froh, wenn ich alles selber regle. Sie haben alle Hände voll zu tun mit den andern Funden, du weisst, mit Akrotiri, und dieses Museum muss einfach weiterlaufen wie gehabt – besser oder schlechter. Du würdest es bestimmt besser machen."

Nikos fiel ihm um den Hals.

„Danke, danke. Das ist genau, was ich jetzt brauchen kann. Eine feste Anstellung in einem herrlichen Museum. Mein eigener Herr und Meister."

Am Abend sass Nikos wieder etwas munterer am Abendessen. Er hatte Ariadni alles haargenau erzählt und ihr gesagt, dass er den Posten als Museumswärter antreten würde. Sie war entzückt. Nikos war irgendwie abgehoben vom Boden. Museumskustos – das war eigentlich sein Traumberuf. Viel Zeit verbringen inmitten von herrlichen, rätselhaften Gegenständen, denen man auf den Zahn fühlen konnte, die man mit Einfühlung pflegen musste, die man auch etwas anders anordnen durfte, die man den Besuchern in farbigen Worten erklären konnte. In ihm war ein Professor verloren gegangen, er hatte schon immer gern einer interessierten Zuhörerschaft irgendetwas möglichst Spannendes doziert.

Ariadni war glücklich, dass ihr Nikos wieder der alte war, wenigstens teilweise. Die düsteren Geschäfte mit noch viel düstereren Unbekannten aus dem fernen Osten waren doch nicht das, was er sich im Innersten immer erträumt hatte. Das war so ein Zwischenspiel gewesen – illegaler Handel mit Antiken, nur halb seine Sache. Seiner geliebten Insel konnte er viel besser dienen mit seinen originellen Ideen für das Museum. Das war etwas Besonderes, etwas, das Ariadni ihrem Nikos gönnte, er selber war ja auch etwas Besonderes. Sollten die andern Taxifahrer mit ihren schnittigeren Kähnen nur die besten Kunden an sich reissen. Nikos würde neben dem Taxifahren ein ganzes Museum meistern. Er war ein grossartiger Mensch, ein echter Grieche, eben einfach ihr Nikos.

Es ging schon gegen elf Uhr in der Nacht. Ariadni und Nikos sassen immer noch auf ihrer Terrasse und tranken einen Ouzo nach dem andern. Da läutete das Telefon.

„Hier Didier aus Beirut. Ich kann nicht bis morgen warten, es ist alles so einmalig und wundervoll, ich muss dir gleich alles erzählen. Der Herr Professor hat alle meine Funde evaluiert, doch als es an die Präsentation vor dem Kollegium ging, hatte ich einen rechten Schock. Da war zuvorderst unsere Astarte! Stell Dir vor, genau unsere Astarte. Du solltest die Kopie sehen – perfekt! Keine Ahnung, wo die herkommt! Mir wurde schwarz vor den Augen. Der Professor erklärte dann, dass die phönizische Besiedelung auf Santorin, nach Herodot, hiermit hieb- und stichfest bewiesen sei.

Und nun kommt das allerbeste: Der Professor erzählte mir, er habe die Statue einem Russen abgekauft, der in seinem Auftrag Altertümer in Europa aufkaufen sollte. Und am Grunde der Kiste mit der Astarte lagen auch die Bilder – du weisst, Bilder von der Höhle, wo wir die Statue fanden, wie ich sie grad vor der Fundstelle in die Höhe hebe, wie ich daneben knie – und er sagte, die erwiesen eindeutig, dass ich der Finder sei. Und denk dir, für diese Leistung bekomme ich den Doktortitel, den meine Eltern so ersehnen! Wie das alles zugegangen ist, weiss ich nicht, nur hat der Professor gesagt, die Universität schulde dem Russen 25'000 Euro, ein fairer Preis für ein so wunderschönes Objekt. Doch der Russe war schon verhaftet, da er gerade einem Museum in der Türkei einen gefälschten griechischen Apoll andrehen wollte. Nun bekommt der die 25'000 natürlich nicht. Der Professor hat sie mir gegeben und gesagt, ich sei ja der echte Finder. Das Geld brauche ich nicht, und du, nein, dein Michalis, hat ja zuerst die Stelle gefunden, wo die Astarte war. Morgen werde ich dir die 25'000 € auf deine Bank überweisen …"

Didier wollte noch etwas sagen, doch es knackte in der Leitung.

„Mein Akku ist leer …"